Émile Gaboriau
Akte 113

Émile Gaboriau

Akte 113

Kriminalroman

Verlag Das Neue Berlin

Nach einer alten Übersetzung bearbeitet

ISBN 3-360-00236-9

1. Auflage

Lizenz-Nr.: 409-160/223/89 · LSV 7354
Einbandentwurf: Klaus Ensikat
Printed in the German Democratic Republic
Lichtsatz: INTERDRUCK Graphischer Großbetrieb
Leipzig – III/18/38
Druck und buchbinderische Verarbeitung:
LVZ-Druckerei »Hermann Duncker«,
Leipzig – III/18/138
622 875 6

00750

1.

Seit drei Tagen sprach ganz Paris von nichts anderem als von dem Diebstahl im Bankhaus André Fauvel. Dem Täter, der ungemein raffiniert zu Werke gegangen sein mußte und den die Polizei bis zur Stunde nicht gefaßt hatte, war es gelungen, aus der streng gesicherten Kasse 350 000 Franc zu entwenden.
Die Kasse selbst war völlig unversehrt, und es war unerklärlich, auf welche Weise das Geld aus dem einbruch- und feuersicheren Schrank entnommen worden war. Der Kassenraum war Fremden nicht zugänglich, und es waren außerdem solche Sicherheitsmaßnahmen getroffen, daß nur ein Eingeweihter die Kasse öffnen konnte.
Das durch einen vergitterten Schalter in zwei Hälften geteilte und mit dem Arbeitskabinett des Chefs durch eine geheime Wendeltreppe verbundene Kassenzimmer war wie ein Kriegsschiff gepanzert. Die Kasse selbst, ein mächtiger, drei Meter hoher Eisenschrank, war in eine tiefe Nische eingelassen und dort verankert. Das Kassenschloß war kunstvoll gearbeitet und nur mit Schlüssel und Codewort zu öffnen.
Das Codewort, das von Zeit zu Zeit geändert wurde, war nur dem Chef des Hauses und dem Kassierer bekannt.
Die weitläufigen Büros des Bankhauses Fauvel nahmen das ganze Erdgeschoß des palastartigen Gebäudes ein.

Das letzte Zimmer in der langen Flucht der Büros war der Kassenraum, welcher durch eine gußeiserne Wendeltreppe mit den Arbeitszimmern des Chefs in Verbindung stand.
Am Morgen des Tages, an dem der Diebstahl entdeckt wurde, erschien in den Büros ein elegant gekleideter, hochmütig aussehender Herr mit einem Trauerflor am Hut, und begehrte den Kassierer zu sprechen. Als man ihm bedeutete, daß der Kassierer noch nicht anwesend sei und die Kasse erst um zehn Uhr geöffnet werde, wurde er sichtlich ärgerlich.
»Ich bin der Marquis Louis von Clameran, Hüttenbesitzer in Oloran, und habe Monsieur Fauvel von meinem Kommen verständigt«, sagte er hochfahrenden Tones. »Das Geld, das ich abzuheben wünsche, ist hier in der Bank von meinem Bruder, dessen Erbe ich bin, hinterlegt worden, und ich erwartete, die dreihunderttausend Franc sofort zu meiner Verfügung zu haben.«
Die Beamten zuckten die Achseln.
»Der Kassierer ist noch nicht hier«, entgegneten sie, »wir können nichts machen.«
»Dann wünsche ich mit dem Chef zu sprechen«, sagte der Fremde, doch als er vernahm, daß auch dieser noch nicht anwesend sei, bemerkte er, daß er später wiederkommen wolle, und entfernte sich, wie er gekommen, ohne Gruß.
»Nun, höflich ist der adelige Herr gerade nicht«, bemerkte ein junger Beamter namens Cavaillon, der müßig am Fenster stand, »und Pech hat er auch, denn eben sehe ich unseren Kassierer über die Straße kommen.«
In der Tat trat Prosper Bertomy, der Kassierer des Hauses Fauvel, einen Augenblick später ein. Er war ein schöner, etwa dreißigjähriger, hochgewachsener Mann mit blondem Haupt- und Barthaar und fröhlichen blauen Augen. Er wäre

sehr sympathisch gewesen, wenn er sich nicht bemüht hätte, äußerst steif und kalt zu erscheinen, er hielt das für englisch, wie er sich denn auch nach streng englischer Mode kleidete und stets den »Gentleman« markierte. Dies machte ihn in den Augen vernünftiger Leute ein wenig lächerlich, während namentlich die jüngeren Kollegen sich bestrebten, ihn nachzuahmen.

»Sind Sie endlich da«, rief ihm Cavaillon entgegen, «man hat schon nach Ihnen gefragt.«

»Ein Hüttenbesitzer, nicht? Der wird schon wiederkommen, übrigens liegt sein Geld bereit.«

Während Prosper sprach, hatte er die Tür zu seinem Büro geöffnet und sich von da in den Kassenraum begeben.

»Den bringt auch nichts aus der Fassung«, bemerkte einer der jungen Beamten. »Und jeden Tag kommt er zu spät. Der Chef kann sagen, was er will, Monsieur Bertomy kümmert sich wenig darum! Natürlich kann er morgens nicht rechtzeitig am Platze sein, wenn er die ganzen Nächte durchschwärmt. Habt ihr bemerkt, wie elend er heute wieder aussieht? Ganz grün!«

»Wahrscheinlich hat er wieder gespielt, ich habe mir sagen lassen, daß er vorigen Monat an einem einzigen Abend eintausendfünfhundert Franc verspielt hat.«

»Er ist nichtsdestoweniger ein guter Beamter«, sagte Cavaillon, »und an seiner Stelle würdet ihr vielleicht ...«

Er konnte den Satz nicht vollenden, denn plötzlich öffnete sich die Tür zur Kasse, und Bertomy wankte herein. Er zitterte am ganzen Körper, und seine Züge waren angstverzerrt.

»Man hat mich bestohlen«, stieß er mit heiserer Stimme hervor.

Alle Beamten erschraken bei seinem Anblick, sie eilten her-

bei und fragten: »Was ist Ihnen geschehen? Was soll gestohlen worden sein?«
Aber Prosper Bertomy war außerstande zu antworten, er rang vergebens nach Fassung. Einer der Kollegen schob ihm einen Sessel hin, auf den er sich schwer fallen ließ.
»Sagen Sie uns doch, was geschehen ist!«
Prosper konnte noch immer nicht reden. Endlich, als ihm Cavaillon ein Glas Wasser gereicht hatte, kam er so weit zu sich, daß er einige Worte hervorzubringen vermochte.
»Das Geld ... aus der Kasse ... weg.«
»Alles?«
»Ja, was ich vorbereitet hatte: drei Pakete zu je hunderttausend Franc und eines zu fünfzigtausend. Ich hatte alle vier Pakete in einem Umschlag zusammengebunden, und jetzt – ist er weg.«
»Hat man die Kasse gesprengt?«
»Nein, sie ist unversehrt.«
»Aber wie ist das möglich ...?«
»Das weiß ich nicht, ich weiß nur, daß ich gestern abend dreihundertfünfzigtausend Franc in der Kasse hatte und daß sie jetzt leer ist.«
Alle schwiegen bestürzt, nur ein alter Beamter sagte besonnen: »Aber Bertomy, verlieren Sie doch nicht den Kopf. Das Geld kann ja nicht einfach verschwinden, der Chef hat wahrscheinlich darüber verfügt.«
Der unglückliche Kassierer atmete erleichtert auf: »Ja, so wird es sein, der Chef ...«
Aber plötzlich sank er wieder in sich zusammen, wie gern er sich auch an die Hoffnung geklammert hätte, er konnte es nicht.
»Nein«, sagte er niedergeschlagen, »nein, das ist nicht möglich, noch niemals, seit ich in der Kasse bin – und das sind

nun über fünf Jahre –, hat Monsieur Fauvel Geld entnommen, ohne mich zu verständigen, ja, er hat die Kasse überhaupt nur in meiner Gegenwart geöffnet ... Nein, es ist keine Hoffnung ...«

»Nun, zur Verzweiflung ist immer noch Zeit, darum ist's am besten, den Herrn doch zu befragen«, meinte Cavaillon.

Die Nachricht, daß die Kasse bestohlen worden sei, hatte sich wie ein Lauffeuer durch alle Büros des Bankhauses verbreitet und war auch bis zu Monsieur Fauvel gedrungen. Er erschien in ebendem Augenblick, als Cavaillon einen Diener beauftragte, ihn herabzubitten.

André Fauvel mochte etwa fünfzig Jahre alt sein, er war von mittlerer Größe, hatte sympathische Züge, lebhafte Augen, aus denen Güte und Wohlwollen sprachen; sein Gesicht zeigte noch jugendliche Frische, und sein dichtes Haar war nur an den Schläfen leicht ergraut.

Die Beamten, die sich alle um den Kassierer gedrängt hatten, machten respektvoll Platz.

Als Bertomy des Chefs ansichtig wurde, erhob er sich sofort, trat ihm entgegen und sagte: »Monsieur Fauvel, da, wie Sie wissen, heute morgen eine größere Zahlung zu machen war, habe ich gestern zur Bank geschickt und dreihundertfünfzigtausend Franc holen lassen ...«

»Warum gestern?« unterbrach ihn der Chef. »Habe ich Ihnen nicht schon tausendmal gesagt, daß die Gelder immer erst am Bedarfstage selbst beschafft werden sollen?«

»Ja, ich weiß, daß ich unrecht hatte, und so ist das Unglück geschehen. Gestern abend schloß ich das Geld in die Kasse, und heute ist es verschwunden – der Schrank ist aber nicht aufgebrochen worden.«

»Sie sind nicht recht bei Troste«, rief Fauvel, »oder Sie träumen, wie kann denn das Geld verschwinden?«

Obgleich diese Worte des Chefs Bertomys Hoffnung vernichten mußten, zeigte er sich ziemlich gefaßt. Nach dem Schreck war er fast apathisch.
»Leider bin ich bei voller Vernunft und träume auch nicht«, entgegnete er, »es ist so, wie ich sagte.«
Die scheinbare Ruhe das Kassierers brachte Fauvel auf. Er faßte Bertomy am Arm, schüttelte ihn und rief: »Wer soll denn die Kasse geöffnet haben, Sie Unglücksmensch? So sprechen Sie doch!«
»Ich weiß es nicht.«
»Aber nur *Sie* kennen außer mir das Codewort, und niemand außer uns beiden hat einen Schlüssel!«
Bertomy blieb bei diesen Worten, die fast einer Beschuldigung gleichkamen, völlig kalt, er machte seinen Arm aus Fauvels Umklammerung sachte frei und sagte ruhig, indem er seinen Chef scharf ansah: »Allerdings, Monsieur Fauvel, kann niemand anderes das Geld genommen haben als ich — oder *Sie*!«
Der Bankier hob drohend den Arm, und es war nicht vorauszusehen, was geschehen wäre, wenn man nicht plötzlich draußen einen lauten Wortwechsel vernommen hätte.
Einer der Diener bemühte sich, einem Herrn den Eintritt zu verwehren, dieser aber stieß mit zorniger Gebärde die Tür auf.
Alle Beamten, welche im Büro anwesend waren, standen ernst und unbeweglich, das tiefe Schweigen hatte etwas Unheimliches. Aber der Ankömmling merkte anscheinend nichts; wieder mit dem Hut auf dem Kopf trat er ein und sagte kurz: »Es ist zehn Uhr vorüber.«
Da niemand antwortete, war der Hüttenbesitzer eben im Begriffe, seiner Meinung heftig Ausdruck zu geben, als er Fauvel erblickte.

»Ah gut, daß Sie da sind«, rief er. »Ich bin schon einmal hier gewesen, aber weder Sie noch der Kassierer waren anwesend.«
»Sie irren«, entgegnete der Bankier, »ich war in meinem Arbeitszimmer.«
»So? Man hat mir gesagt, daß Sie nicht da wären – jener Mensch dort behauptete es«, und der Marquis wies mit dem Finger auf Cavaillon. »Übrigens ist das jetzt Nebensache. Sehr merkwürdig aber finde ich es, daß die Kasse noch immer geschlossen ist und man mir den Eintritt verweigert. Natürlich lasse ich mir so etwas nicht bieten, und nun frage ich Sie, kann ich mein Geld haben oder nicht?«
Fauvel, der bei der Eröffnung seines Kassierers aschfahl geworden war, wurde nun bei den Worten des Hüttenbesitzers dunkelrot, er bebte vor Zorn und mußte sich Gewalt antun, um nicht heftig zu werden, und sich zu einem höflichen Ton zwingen.
»Es wäre mir angenehm, Marquis«, sagte er, »wenn Sie mir noch eine kleine Frist einräumen wollten.«
»Sie selbst sagten ausdrücklich ...«
»Allerdings, das Geld lag auch schon für Sie bereit, aber leider bin ich das Opfer eines Diebstahls geworden, es wurden dreihundertfünfzigtausend Franc aus der Kasse entwendet.«
»Ah«, sagte der Marquis von Clameran und lächelte ironisch. »Und wie lange soll ich warten?«
»Nur so lange, bis ich das Geld von der Bank habe holen lassen.«
Fauvel kehrte dem Hüttenbesitzer den Rücken und sagte zu seinem Kassierer: »Schreiben Sie rasch eine Anweisung aus und schicken Sie sofort zur Bank; der Diener soll einen Wagen nehmen und das Geld holen.«

Bertomy saß wie versteinert da und rührte sich nicht.
»Haben Sie nicht gehört?« herrschte ihn der Bankier an.
Der Kassierer zuckte zusammen, wie ein Schlafwandler, der jäh aufgeschreckt wird.
»Es würde nichts nützen, zur Bank zu gehen«, sagte er, »die Forderung dieses Herrn beträgt dreihunderttausend, und wir haben nur noch hunderttausend Franc dort stehen.«
Der Marquis von Clameran stieß ein kurzes Lachen aus.
»Natürlich ...«, sagte er, und seine höhnische Miene drückte deutlich seine Gedanken aus: Das ist natürlich eine abgekartete Komödie, aber ich lasse mich nicht täuschen.
Bei der überraschenden Mitteilung des Kassierers, daß das Guthaben auf der Bank nicht ausreichte, drückten die Gesichter der Beamten Erstaunen und Bestürzung aus.
Allerdings war es allen bekannt, daß durch finanzielle Krisen selbst alte ehrenwerte Firmen ins Wanken gekommen sind, das Haus Fauvel aber hatten sie alle für fest gehalten.
Und doch – konnte die Szene, die sich soeben zwischen dem Chef und dem Kassierer abgespielt hatte, nicht eine abgekartete Komödie sein, wie der unhöfliche Hüttenbesitzer andeutete?
Fauvel war ein viel zu erfahrener Mann, um nicht sofort den Eindruck, den Bertomys Worte hervorgerufen hatten, zu gewahren, stand doch der kränkende Verdacht auf allen Gesichtern deutlich zu lesen.
»Seien Sie außer Sorge, Marquis«, beeilte er sich zu sagen, »mein Haus hat noch andere Quellen, Ihr Geld ist Ihnen sicher, wollen Sie sich nur einen Augenblick gedulden, ich bin sofort zurück.«
Er ging in sein Arbeitskabinett und erschien nach wenigen Minuten wieder, in der Hand einen Brief und ein Päckchen, das Wertpapiere enthielt.

»Rasch, Courtier«, sagte er zu einem der Beamten, »fahren Sie mit dem Marquis zu Rothschild, dort geben Sie diesen Brief und die Wertpapiere ab. Sie werden dafür dreihunderttausend Franc erhalten, die Sie dem Marquis gegen Quittung auszahlen.«

Der Marquis von Clameran schien etwas verlegen und versuchte, sein unartiges Benehmen gutzumachen. »Seien Sie versichert, Monsieur Fauvel«, sagte er, »daß es mir fern lag, Sie beleidigen zu wollen; wir stehen ja schon seit Jahren in Verbindung und ...«

»Bitte, es bedarf keiner Entschuldigung«, entgegnete der Bankier kalt. »Bei Geschäften gelten keinerlei Beziehungen, weder Bekanntschaft noch Freundschaft. Sie fordern Ihr Geld, und meine Pflicht ist es, Ihnen dasselbe auszuzahlen, begleiten Sie meinen Beamten, und Sie werden es sofort erhalten.«

Dann drehte er sich um und sagte zu den Leuten, die noch immer neugierig herumstanden: »Nun, meine Herren, ich dächte, es wäre Zeit, daß Sie zu Ihrer Arbeit zurückkehren.«

Im Nu war der Kreis zerstoben und das Büro leer, nur die Beamten, die hier arbeiteten, waren geblieben. Sie saßen an ihren Schreibtischen und schrieben, daß die Federn flogen.

Fauvel schritt fieberhaft erregt auf und ab, indes Bertomy bleichen Antlitzes an der Wand lehnte und gedankenlos vor sich hinstarrte.

Endlich, nach langer Pause, blieb der Bankier vor dem Kassierer stehen und sagte: »Wir müssen trachten, Licht in die Sache zu bringen, kommen Sie in den Kassenraum.«

Ohne ein Wort der Erwiderung, fast mechanisch, gehorchte Bertomy und folgte dem Chef.

Nichts verriet, daß Einbrecher eingedrungen waren. Kein Blatt Papier war von seiner Stelle gerückt, alles lag in gewohnter Ordnung. Im offenen Geldschrank – Prosper hatte im ersten Schrecken über seine Entdeckung vergessen, ihn wieder zu schließen – gewahrte man im oberen Fach eine Anzahl Geldrollen, die die Diebe übersehen oder verschmäht haben mochten.

Fauvel hatte seine Fassung wiedererlangt. Er schloß die Tür sorgfältig ab, dann, ohne die Kasse oder irgend etwas in Augenschein zu nehmen, setzte er sich, bot seinem Kassierer ebenfalls einen Stuhl an und sprach: »Jetzt sind wir allein, Prosper – haben Sie mir nichts anzuvertrauen?«

Der Kassierer schrak aus seiner Geistesabwesenheit auf. »Nichts, Monsieur Fauvel, was ich Ihnen nicht schon gesagt hätte.«

»Wirklich, Prosper, nichts? Sie werden doch diese lächerliche Geschichte, an die niemand glaubt, nicht weiter aufrechterhalten wollen? Das wäre Wahnsinn. Haben Sie Vertrauen zu mir, Prosper, ich bin nicht nur Ihr Vorgesetzter, ich bin auch Ihr bester Freund. Vergessen Sie, daß Sie seit fünfzehn Jahren bei mir sind und ich Ihnen in dieser Zeit stets väterliches Wohlwollen bewiesen habe? Und ich, Prosper, ich will jetzt nur daran denken, daß ich diese ganze lange Zeit Ursache hatte, mit Ihnen zufrieden zu sein.«

Noch niemals hatte Bertomy seinen Chef in so weichem, väterlichem Ton sprechen hören.

»Sagen Sie selbst, habe ich Sie nicht wie ein Vater behandelt, stand Ihnen nicht mein Haus offen? Sie haben die ganze Zeit mit meinen Söhnen und meiner Nichte Madeleine wie mit Geschwistern verkehrt. Aber plötzlich gefiel Ihnen dieses häusliche Leben nicht mehr. Seit einem Jahr ungefähr meiden Sie unser Haus, und seitdem ...«

Die Erinnerungen, die durch des Bankiers Worte in Bertomy wachgerufen worden, rührten und überwältigten ihn derart, daß er die Hände vors Gesicht schlug.

»Einem Vater kann man alles anvertrauen«, nahm Fauvel, ebenfalls von Rührung ergriffen, wieder das Wort, »und ein Vater Prosper, kann *verzeihen, vergessen* sogar. Ich weiß sehr wohl, daß ein junger Mann in einer Großstadt wie Paris Versuchungen aller Art ausgesetzt ist, er kann straucheln ... Und es gibt Stunden der Verirrung, wo man etwas begeht, was man später selbst nicht begreifen kann. Sprechen Sie, Prosper, gestehen Sie mir alles.«

»Ich ...!« stöhnte Prosper.

»Armer Junge«, sagte Fauvel traurig. »Glauben Sie denn, daß ich Ihr Leben seit dem Tage, da Sie sich uns entfremdet haben, nicht kenne? Ihre Kollegen waren offenbar neidisch und mochten es Ihnen nicht verzeihen, daß Sie trotz Ihrer Jugend ein Gehalt von zwölftausend Franc haben. Es verging kaum eine Woche, in der nicht ein anonymer Brief mir über Ihr Privatleben Aufschlüsse gebracht hätte. Von allen Nächten, die Sie beim Spiel verbrachten, von allen Summen, die Sie verloren, hatte ich Kenntnis. Und wenn ich auch auf anonyme Angebereien keinen Wert lege und sie verachte, so war ich doch schließlich gezwungen, mich zu erkundigen — denn es ist nur recht und billig, daß ich darüber unterrichtet bin, wie der Mann lebt, in dessen Hände ich mein Vermögen und meine Ehre vertrauensvoll gelegt habe. Ja, meine Ehre«, wiederholte der Bankier mit erregter Stimme, in deren Klang noch die erlittene Demütigung nachzitterte, »meinen Kredit, der heute durch Sie hätte bloßgestellt werden können. Wie, wenn ich die Wertpapiere, die ich hingegeben habe, um den Marquis von Clameran zu befriedigen, nicht besessen hätte?«

Der Bankier hielt inne, er erwartete eine Antwort, da aber Bertomy wie vernichtet dasaß, ohne sich zu regen, fuhr er fort: »Fassen Sie Mut, Prosper, folgen Sie Ihrer guten Regung. Ich lasse Sie jetzt allein und komme erst am Abend wieder. Unterdessen suchen Sie noch einmal recht gründlich in der Kasse nach. Ich bin überzeugt, das Geld wird sich im Laufe des Tages finden, wenn auch nicht alles, so sicherlich der größte Teil, und damit wollen wir die Sache auf sich beruhen lassen und nicht weiter darüber reden. Abgemacht?«

Fauvel hatte sich während dieser Worte erhoben und war auf die Tür zugeschritten, aber Prosper hielt ihn zurück.

»Ihr Edelmut ist überflüssig«, sagte er bitter, »ich kann nichts zurückgeben, aus dem einfachen Grunde, weil ich nichts genommen habe. Ich habe mich nicht geirrt, die Kasse ist leer, das Geld ist gestohlen worden.«

»Aber von wem, um Himmels willen, von wem?«

»Von *mir nicht*, das schwöre ich bei allem, was mir heilig ist!«

Die Zornesröte stieg Fauvel ins Gesicht. »Elender«, rief er, »wollen Sie etwa damit sagen, daß *ich* es genommen habe?«

Bertomy senkte den Kopf und gab keine Antwort.

»Ah, steht es so«, rief der Bankier außer sich. »Sie wagen es ...! Nun wohl, so soll das Gericht zwischen mir und Ihnen entscheiden ...! Ich habe alles, was menschenmöglich war, getan, um Sie zu retten, Sie stießen die Hand zurück – nun wohl, schreiben Sie sich die Folgen selbst zu ... Ich habe den Polizeikommissar herbitten lassen. Er wartet gewiß schon in meinem Zimmer –, soll ich ihn rufen?«

Prospers Gesicht und Haltung drückten vollständige Hoffnungslosigkeit aus. »Tun Sie es«, sagte er tonlos.

Fauvel, der schon an der Tür stand, öffnete sie, er warf einen letzten Blick auf seinen Kassierer – dann wandte er sich hinaus und rief einem Diener zu: »Anselm, bitten Sie den Kommissar herabzukommen.«

2.

Wenn es auf der Welt einen Menschen gibt, den keinerlei Ereignisse in Erstaunen setzen oder aufregen, der sich nicht durch den Schein trügen läßt und dem nichts unglaublich oder unmöglich erscheint, so ist es sicher ein Polizeikommissar von Paris.

Der Kommissar, den der Bankier hatte rufen lassen, erschien mit ruhiger, gleichgültiger Miene, ihm folgte ein kleines, schwarzgekeidetes, äußerst bewegliches Männchen.

»Ein peinlicher Umstand zwingt mich, Ihre Dienste in Anspruch zu nehmen, Kommissar«, sagte Fauvel.

»Ich weiß«, entgegnete jener, »es handelt sich um einen Diebstahl.«

»Allerdings, um einen unerhörten, niederträchtigen Diebstahl an dieser Kasse, die Sie hier offen sehen. Nur mein Kassierer – der Bankier deutete bei diesen Worten auf Bertomy – hatte den Schlüssel und das Codewort.«

Diese Worte, die einer direkten Beschuldigung gleichkamen, rüttelten den unglücklichen Kassierer aus seinem dumpfen Hinbrüten auf.

»Entschuldigen Sie, Herr Kommissar«, sagte er mit erloschener Stimme, »auch der Chef besitzt einen Schlüssel und kennt das Stichwort.«

Aus diesen beiden Aussagen wurde dem Kommissar klar, daß die beiden Männer einander gegenseitig anklagten und daß in der Tat nur einer von ihnen der Schuldige sein konnte. Sein Gesicht verriet seine Gedanken nicht, aber er betrachtete abwechselnd den Chef und den Kassierer mit der größten Aufmerksamkeit, als wollte er aus ihrer Haltung Beweise für die Schuld des einen oder des anderen herauslesen.

Prosper war auf seinem Stuhl zusammengesunken, seine Arme hingen schlaff herab, er sah blaß und niedergeschlagen aus. Der Bankier hingegen war stehengeblieben. Sein Gesicht war zornesrot, seine Augen funkelten. Er sprach mit größter Heftigkeit.

»Es handelt sich um keine Kleinigkeit, dreihundertfünfzigtausend Franc sind spurlos verschwunden. Der Diebstahl hätte für mich unabsehbare Folgen haben, meinen Kredit schädigen können.«

»Das begreife ich«, versetzte der Kommissar, »an einem Verfallstage zum Beispiel ...«

»Jawohl, ich hatte gerade heute eine größere Zahlung.«

»In der Tat?« In dem Kommissar war ein Verdacht aufgestiegen, und die Art, wie er diese Worte betonte, ließen Fauvel seine Gedanken erraten. Er zuckte zusammen, entgegnete schnell: »Ich bin trotzdem meinen Verpflichtungen nachgekommen. Aber ich muß noch erwähnen, daß sich die dreihundertfünfzigtausend Franc nicht in der Kasse befunden hätten, wenn meine Befehle befolgt worden wären.«

»Wieso?«

»Ich behalte nie gern größere Summen über Nacht im Hause. Mein Kassierer war angewiesen, stets bis zur letzten Stunde zu warten, ehe er das Nötige von der Bank von Frankreich, wo ich meine Gelder deponiert habe, holen ließ.«

»Verhält es sich so?« wandte sich der Polizeikommissar an Bertomy.
»Ja«, antwortete dieser abwesend.
»Kann der Dieb nicht von draußen gekommen sein?« fragte der Kommissar aufs neue.
Fauvel zögerte mit der Antwort. »Kaum«, entgegnete er endlich.
»Und ich bin sicher, daß er nicht von außen kam«, sagte Prosper bestimmten Tones.
»Trotzdem dürfen wir nichts unberücksichtigt lassen«, sagte der Kommissar, und sich an seinen unscheinbaren Begleiter wendend, setzte er hinzu: »Sehen Sie doch nach, Fanferlot, ob Sie nicht irgendwelche Spuren finden, die den Herren entgangen sind.«
Fanferlot war Beamter der Sicherheitspolizei und wurde von seinen Kollegen wegen seiner Behendigkeit »das Eichhörnchen« genannt. Er war von einem ungeheuern Ehrgeiz beseelt und brannte darauf, sich auszuzeichnen; seit Jahren suchte er nach einem außerordentlichen Fall, der ihn ans ersehnte Ziel führen könnte – bis zur Stunde aber hatte er ihn noch nicht gefunden.
Noch ehe der Kommissar ihn dann beauftragte, hatte er schon überall herumgespürt, Wände und Türen untersucht, sogar in der Asche im Kamin herumgestöbert.
»Ein Fremder dürfte hier schwerlich eingedrungen sein«, sagte er endlich. »Wird die Tür abends abgeschlossen?«
»Ja, gewiß.«
»Und wer hat den Schlüssel?«
»Ich übergebe ihn jeden Abend dem Bürodiener«, entgegnete Bertomy.
Und Fauvel fügte hinzu: »Dieser Diener schläft im Vorzimmer auf einem Feldbett.«

»Ist er hier?« fragte der Kommissar.
Der Bankier öffnete die Tür und rief: »Anselm.«
Der Diener erschien; er war schon zehn Jahre im Hause und genoß das volle Vertrauen seines Herrn; und doch entsetzte ihn der Gedanke an den Diebstahl so, daß er wie Espenlaub bebte.
»Haben Sie heute nacht im Nebenzimmer geschlafen?« fragte der Kommissar.
»Ja, Herr Kommissar, wie gewöhnlich.«
»Um wieviel Uhr sind Sie schlafen gegangen?«
»Es mochte halb elf sein, ich habe den Abend mit dem Kammerdiener im Café nebenan zugebracht.«
»Haben Sie nachts kein Geräusch gehört?«
»Nicht das geringste, ich habe einen sehr leichten Schlaf und erwache sofort, wenn zum Beispiel der Chef in den Kassenraum kommt.«
»Pflegt Monsieur Fauvel öfter nachts in die Kasse zu kommen?«
»Nein, im Gegenteil, sehr selten.»
»War er heute nacht da?«
»Nein, bestimmt nicht, ich konnte lange nicht einschlafen, weil der schwarze Kaffee, den ich getrunken, sehr stark war, ich müßte jedes Geräusch gehört haben.«
»Es ist gut«, sagte der Polizeikommissar. »Sie können gehen.«
Fanferlot hatte unterdessen seine Nachforschungen fortgesetzt und die Tür, durch die man zur Wendeltreppe gelangte, geöffnet.
»Wohin führt diese Treppe?« fragte er.
»In mein Arbeitszimmer«, erwiderte der Bankier.
»Kann ich es besichtigen? Ich möchte den Eingang untersuchen.«

»Gewiß, kommen Sie, meine Herren, und auch Sie, Prosper.«

Das Privatbüro Fauvels bestand aus zwei Räumen, einem vornehm ausgestatteten Empfangssalon und dem Arbeitszimmer, das außer einem riesigen Eichenschreibtisch nur wenig Möbel enthielt.

In das Arbeitszimmer mündete die Wendeltreppe, eine zweite Tür führte in das Schlafzimmer, während der Empfangssalon einen Ausgang nach dem Hausflur und der Haupttreppe hatte.

Mit einem einzigen Blick hatte Fanferlot das Arbeitszimmer überschaut und sich sofort überzeugt, daß hier nichts zu entdecken war. Er begab sich in den Empfangssalon, wohin ihm der Kommissar und Fauvel folgten. Prosper blieb allein zurück.

Er war noch immer keines klaren Gedankens fähig, aber er fühlte, daß sich seine Lage verschlimmert hatte. Er war sich dessen bewußt, daß es einen Kampf galt zwischen ihm und seinem Chef und daß der Unterliegende die Niederlage mit seiner Ehre bezahlen würde. Und er wußte auch, daß die Aussichten für ihn weit ungünstiger standen.

Nein, niemals hätte er gedacht, daß Monsieur Fauvel seine Drohungen wahr machen und es auf einen Prozeß ankommen lassen würde, stand doch für ihn ebensoviel, ja noch mehr auf dem Spiele als für seinen Untergebenen.

Prosper war trostlos auf einen Sessel gesunken. Da öffnete sich plötzlich die Seitentür, die in das Schlafzimmer führte, und ein wunderschönes junges Mädchen erschien auf der Schwelle. Sie war schlank und groß, und das enganliegende Morgenkleid ließ ihre jugendlich-anmutigen Formen voll zur Geltung kommen. Ihre dunklen Flechten hingen lang auf ihr weißes Gewand herab.

Es war Madeleine, die Nichte Fauvels.
Als sie statt des Oheims, den sie suchte, Prosper erblickte, konnte sie einen Ausruf des Erstaunens nicht unterdrükken.
Prosper war aufgesprungen, in seinen erloschenen Augen leuchtete es auf, ihm war, als wäre ihm ein Engel des Trostes, der Hoffnung erschienen.
»Madeleine«, stammelte er.
Das junge Mädchen war rot geworden. Sie wich einen Schritt zurück, als wollte sie sich entfernen, aber in ihr siegte ein Gefühl, das stärker als ihr Wille war, und sie streckte ihm die Hand entgegen, die er an die Lippen führte. Dann standen sie schweigend und befangen einander gegenüber und wagten nicht, sich anzublicken; sie hatten sich so viel zu sagen und konnten keine Worte finden.
Endlich sagte sie leise: »Sie, Prosper, Sie?«
Diese Worte brachen den Zauber, der junge Mann ließ die kleine Hand los, die er noch in der seinen gehalten, trat einen Schritt zurück und sagte bitter: »Jawohl, Prosper ist es, der Spielgefährte Ihrer Kinderzeit, der nun des schmählichsten Diebstahls verdächtig und angeklagt ist, den Ihr Oheim den Gerichten ausliefert, der im Gefängnis enden wird!«
Madeleine erschrak.
»Mein Gott, was wollen Sie damit sagen?«
»Wie, Mademoiselle Madeleine, Sie sollten noch nichts davon wissen, hat Ihnen die Tante nichts gesagt?«
»Die Tante ist so unwohl, daß ich ebendeshalb herübergekommen bin, um den Onkel zu holen. Ich weiß von nichts, sagen Sie mir um Himmels willen, was Ihnen widerfahren ist.«
Prosper zögerte. Einen Augenblick lang war ihm, als sollte

er ihr sein Herz erschließen, aber dann kam die Erinnerung an das, was einst zwischen ihnen vorgefallen war, und erstickte die Stimme seines Inneren. Traurig schüttelte er den Kopf und sagte: »Es ist sehr edel von Ihnen, Mademoiselle Madeleine, daß Sie mir Ihre Teilnahme bezeigen, aber – es ist besser, ich schweige. Was ich zu sagen habe, würde Sie nur unnötig betrüben. Wir werden uns wahrscheinlich nie wiedersehen – erlassen Sie mir, vor Ihnen erröten zu müssen.«

»Ich will alles wissen, sprechen Sie!«

»Mein Unglück und meine Schande werden Ihnen kein Geheimnis bleiben, man wird dafür sorgen, daß Sie alles erfahren, und dann werden Sie froh sein über das, was Sie getan haben.«

Madeleine drang in ihn, sich deutlicher zu erklären, sie bat, sie beschwor ihn, ihr alles zu sagen, allein er beharrte auf seinem Entschluß.

»Ihr Onkel ist mit der Polizei hier nebenan«, sagte er, »sie können jeden Augenblick zurückkommen, bitte, gehen Sie, damit man Sie hier nicht findet. Bitte, gehen Sie«, wiederholte er und drängte die Zögernde sanft über die Schwelle. Er hatte eben noch Zeit, die Tür hinter ihr zuzuziehen, als der Kommissar und der Bankier wieder eintraten.

Die beiden hatten das Empfangszimmer und die Haupttreppe besichtigt und von dem, was im Arbeitskabinett vorgegangen, nichts gehört. Aber Fanferlot hatte auf der Lauer gelegen. Er hatte sich gesagt: Wenn der Kassierer sich allein glaubt, wird manches auf seinem Gesicht zu lesen sein, und ihn deshalb belauscht. Auf diese Weise war er Zeuge des Gespräches zwischen Madeleine und Prosper geworden.

Zwar war daraus nicht viel zu entnehmen, nur so viel erriet

er, daß zwischen den beiden ehemals etwas vorgefallen sein mußte, das sie jetzt nicht berühren wollten.
Fanferlot war sicher, daß der Kassierer das schöne Mädchen liebte, auch sie mochte seine Neigung erwidern, und nun spann der phantasievolle Sicherheitsagent sofort einen Roman daraus, der ihm den Schlüssel zu dem rätselhaften Verbrechen geben sollte: Der Bankier sah das Liebesverhältnis der beiden mit scheelen Augen an, und um sich des jungen Mannes zu entledigen, hatte er den Diebstahl fingiert.
Fanferlot war klug genug, seine Vermutung für sich zu behalten, er war von der Unschuld des Kassierers zwar überzeugt, aber er wußte, daß er sie auch beweisen mußte, um andere davon zu überzeugen, und da er den Ruhm, diese verwickelte Geschichte zu entwirren, ganz allein haben wollte, beschloß er, die Untersuchung auf eigene Faust zu führen. Er war ganz vergnügt bei dem Gedanken und schwelgte schon im Vorgeschmack seines künftigen Triumphes.
Unterdessen war die Besichtigung im ersten Stock beendet, und alle begaben sich wieder in den Kassenraum hinab. Der Polizeikommissar sah sorgenvoll aus. Der Augenblick war gekommen, wo er einen Entschluß fassen mußte, und die Entscheidung fiel ihm schwer.
»Wir haben also«, sagte er, »unsere erste Meinung bestätigt gefunden, von außen ist niemand eingedrungen. Sie sind doch auch der Meinung, Fanferlot?»
Der Angeredete gab keine Antwort, er war damit beschäftigt, das Schloß der Kasse mit der Lupe zu untersuchen. Sein Gesicht drückte dabei so unverhohlenes Erstaunen aus, daß es allen auffiel.
Der Kommissar fragte: »Haben Sie etwas entdeckt?«
»Oh, nichts von Bedeutung«, antwortete Fanferlot leichthin,

innerlich verstimmt, daß er sein Erstaunen nicht besser verborgen hatte.
»Wir möchten aber doch gern wissen, was es ist«, sagte Prosper.
»Nun, ich habe einfach den Beweis gefunden, daß der Geldschrank vor kurzem mit einer gewissen Heftigkeit geöffnet oder geschlossen worden ist.«
»Woraus folgern Sie das?« fragte der Kommissar mit sichtlichem Interesse.
»Hier, Herr Kommissar, bitte, besehen Sie den Strich an der Tür, der am Schlüsselloch anfängt.«
Mit diesen Worten überreichte der Sicherheitsagent seinem Vorgesetzten das Vergrößerungsglas, und dieser besichtigte lange und aufmerksam die bezeichnete Stelle. Deutlich war mit bloßem Auge zu erkennen, daß sich ein etwa zwölf bis fünfzehn Zentimeter langer Strich von oben nach unten durch den Firnis zog.
»Den Strich sehe ich wohl«, sagte der Kommissar, »aber was soll er beweisen?«
»Oh, nichts, ich sagte es ja eben«, erwiderte Fanferlot; in Wirklichkeit aber war er überzeugt, daß der offenbar frische Strich eine Bedeutung hatte. Er sah darin die Bestätigung seiner Vermutung, daß nicht der Kassierer, sondern der Bankier selbst der Dieb war. Der Strich verriet Eile, nun, der Kassierer, der zu jeder Zeit in die Kasse gehen kann, braucht sich nicht zu beeilen, wohl aber der Chef, der nachts heimlich auf den Fußspitzen heranschleicht, um den Diener nebenan nicht zu wecken – wie leicht konnte da der Schlüssel in seinen zitternden Händen ausgleiten und den Firnis ritzen.
Da aber Fanferlot entschlossen war, die Angelegenheit allein zu entwirren, so behielt er seine Meinung für sich und war

sogar bemüht, des Kommissars Aufmerksamkeit wieder von dem Strich abzulenken.
»Meiner Meinung nach«, sagte er zu seinem Vorgesetzten, »kann kein Fremder hier eingedrungen sein, derjenige, der die Kasse öffnete, besaß den richtigen Schlüssel und kannte das Codewort.«
Diese Worte machten der Unentschlossenheit des Kommissars ein Ende.
»Darf ich Sie um eine Unterredung bitten, Monsieur Fauvel?« sagte er.
»Ich stehe zur Verfügung«, entgegnete dieser. Prosper begriff, er verließ das Zimmer und ging in das Büro nebenan.
Der Kommissar gab Fanferlot unauffällig ein Zeichen, das bedeutete: laß den Mann nicht aus den Augen – es hätte dieser Mahnung nicht bedurft.
Der Sicherheitsagent folgte dem Kassierer ins Büro, und dort setzte er sich auf ein Bänkchen, das im Hintergrund stand. Er machte sich's recht bequem, gähnte herzhaft, verschränkte die Arme, lehnte den Kopf an die Wand und schloß die Augen.
Prosper hatte sich unterdessen an ein Schreibpult gesetzt.
Die übrigen Beamten waren alle neugierig und hätten gern das Ergebnis der Voruntersuchung erfahren, aber sie getrauten sich nicht, Bertomy zu befragen. Nur sein Freund, der junge Cavaillon, trat an ihn heran: »Nun?«
Prosper zuckte die Achseln. »Man weiß nichts«, versetzte er.
Er war wieder vollkommen Herr über sich selbst geworden, und niemand hätte zu erraten vermocht, welcher Aufruhr erst vor kurzem in seinem Innern getobt hatte. Er trug wieder seine gleichgültige, hochmütig kalte Miene zur Schau,

die ihm unter seinen Kollegen soviel Feinde gemacht hatte. Fanferlot, der ihn trotz seiner scheinbar geschlossenen Augen scharf beobachtete, sah, wie er nachlässig mit einem Bleistift spielte, plötzlich aber ein Blatt Papier nahm und hastig einige Worte darauf schrieb.

»Zum Henker«, dachte der Sicherheitsagent, »was der für starke Nerven hat ...«

Und nun beobachtete er, wie der junge Mann das beschriebene Blatt zusammenfaltete, sich dann sorgfältig umsah, auch ihn, Fanferlot, der regungslos auf der Bank lehnte, mit einem Blick streifte und dann das Briefchen Cavaillon zuwarf und dabei leise das einzige Wort »Gypsy« aussprach.

Unterdessen setzte der Polizeikommissar den Bankier von der unabwendbaren Folge der Voruntersuchung in Kenntnis.

»Es sind kaum Zweifel möglich«, sagte er, »Ihr Kassierer hat den Diebstahl begangen, und ich bin gezwungen, ihn zu verhaften.«

»Schrecklich!« sagte Fauvel traurig. »Armer Prosper!« Und als ihn der Kommissar verwundert anblickte, fügte er hinzu: »Ja, ich bedaure den Unglücklichen; ich habe ihn liebgehabt, und mein Vertrauen war unerschütterlich ... Was hätte ich nicht darum gegeben, das Schreckliche von ihm abzuwenden. Ich habe ihn gebeten, beschworen zu gestehen – es war umsonst! Und was für Unannehmlichkeiten und Demütigungen mir noch bevorstehen ...«

»Wie meinen Sie das?«

»Nun, werden die Richter nicht Einsicht in meine Bücher begehren? Und wie, wenn ich nicht beweisen könnte, daß meine Aktiven meine Passiven übersteigen? Wie nahe läge die Gefahr, selbst verdächtig zu erscheinen!« Der Bankier war bei diesen Gedanken ganz aufgeregt.

»Beruhigen Sie sich, Monsieur Fauvel«, sagte der Polizeikommissar begütigend, »noch ehe acht Tage vergangen sind, verfügt das Gericht über Fakten, die die Schuld Ihres Kassierers beweisen. – Jetzt, bitte, lassen Sie ihn wieder hereinkommen.«

Ruhig und gefaßt hörte Prosper die Ankündigung, daß er verhaftet sei, an, er antwortete nur einfach: »Ich bin unschuldig, Kommissar.«

Fauvel war nicht so ruhig. »Ich bitte Sie, Prosper«, sagte er eindringlich, »noch ist es Zeit, um Himmels willen, lassen Sie es nicht zum Äußersten kommen.«

Aber der junge Mann schien ihn nicht zu hören. Er zog einen Schlüssel aus der Tasche, legte ihn auf den Kaminsims mit den Worten: »Hier ist der Kassenschlüssel, Monsieur Fauvel, ich hoffe um meinetwillen, Sie werden eines Tages erkennen, daß ich unschuldig bin, und um Ihretwillen hoffe ich, daß es dann nicht zu spät sein wird!«

Er schwieg, und erst nach einer Pause fuhr er fort: »Hier auf meinem Schreibtisch sind alle Papiere, Bücher und Verzeichnisse, mein Nachfolger wird alles in Ordnung finden. Nur muß ich, ehe ich gehe, Sie darauf aufmerksam machen, Monsieur Fauvel, daß ich, abgesehen von den dreihundertfünfzigtausend Franc, noch ein Defizit in der Kasse zurücklasse.«

Ein Defizit! dachte der Polizeikommissar, wie könnte man da noch an seiner Schuld zweifeln. Ehe er die Kasse im Großen bestahl, plünderte er sie mit kleinen Beträgen!

Ein Defizit! dachte sich Fanferlot, der Bertomy zum Kommissar gefolgt war, ein Defizit? Jetzt ist doch an der Unschuld des armen Teufels nicht zu zweifeln, denn wenn er die große Summe gestohlen hätte, würde er doch sicher den Fehlbetrag gedeckt haben!

»Ein Defizit?« fragte der Bankier verwundert.
»Ja«, entgegnete Prosper, »es fehlen fünfunddreißigtausend Franc, und zwar habe ich das Geld als Vorschuß genommen. Zweitausend für mich, und fünfzehnhundert habe ich einigen Kollegen vorgestreckt, da morgen der Erste ist, wo die Gehälter ausgezahlt werden, so ...«
Der Kommissar unterbrach ihn. »Waren Sie ermächtigt, aus der Kasse beliebig Geld zu nehmen und Vorschüsse zu gewähren?«
»Eigentlich nicht, aber Monsieur Fauvel hätte mir sicher erlaubt, den Kollegen gefällig zu sein, und übrigens ist das überall gebräuchlich.«
Der Bankier bestätigte dies durch Kopfnicken.
»Was das Geld anbelangt, das ich für mich entnommen«, fuhr Bertomy fort, »so hatte ich gewissermaßen ein Anrecht darauf, weil ich mein persönliches Eigentum – etwa fünfzehntausend Franc – in der Bank stehen habe.«
»Das ist richtig«, bestätigte Fauvel.
Nun war alles erledigt, der Polizeikommissar hatte nichts mehr zu tun, er erhob sich und verabschiedete sich von Fauvel. Dann sagte er zu Bertomy die inhaltsschweren Worte: »Folgen Sie mir.«
Mit größter Ruhe, die dem Kommissar fast als Frechheit erschien, griff Prosper nach seinem Hut und den Handschuhen und sagte: »Ich bin bereit, Kommissar.«
Sie gingen, und Fauvel sah ihnen tränenden Auges nach.
»Ach Gott«, murmelte er, »es wäre mir lieber, man hätte mir das Doppelte gestohlen, wenn nur nicht Prosper in die Sache verwickelt wäre und ich noch an ihn glauben könnte.«
Fanferlot hatte sich von seinem Vorgesetzten die Erlaubnis erbeten, Nachforschungen auf eigene Faust anstellen zu kön-

nen. Das Briefchen, das Bertomy dem jungen Beamten zugeworfen, gab ihm zu denken. Er vermutete, da er das Wort Gypsy vernommen, daß es für eine dritte Person bestimmt war, und legte sich auf die Lauer.

Gegenüber dem Bankhaus in einem Torweg nahm er Aufstellung. Von seinem Platz aus konnte er den Eingang genau überwachen, und richtig, es dauerte nicht lange, da sah er Cavaillon heraustreten. Der junge Mann blieb einen Augenblick zögernd auf der Schwelle stehen, blickte sich vorsichtig nach allen Seiten um und begann dann so rasch auszuschreiten, daß der Sicherheitsagent Mühe hatte, ihm zu folgen. Endlich, in der Rue Chaptal, auf dem Montmartre, trat er in ein Haus. – Aber kaum hatte er zwei Schritte in dem ziemlich engen und dunklen Flur gemacht, als ihm jemand auf die Schulter klopfte. Er wandte sich um und erkannte zu seinem Schrecken den Polizisten, der bei Prospers Verhaftung zugegen gewesen war.

Cavaillon erblaßte und blickte sich suchend um, aber an eine Flucht war nicht zu denken: Fanferlot hatte ihm zu gut den Weg verstellt.

»Was wollen Sie von mir?« fragte er mit angstbebender Stimme.

Fanferlot war ein äußerst höflicher Mensch, wenn er jemanden verhaftete, entschuldigte er sich immer vorher, daß er sich die Freiheit nehme. Er begegnete daher auch jetzt Cavaillon mit ausgesuchter Höflichkeit.

»Verzeihen Sie mir, wenn ich so frei bin, Sie um eine kleine Gefälligkeit zu bitten«, sagte er zuvorkommenden Tones.

»Mich? Ich kenne Sie ja gar nicht.«

»Aber ich weiß, mit wem ich die Ehre habe zu sprechen, Sie sind Monsieur Cavaillon, übrigens halte ich Sie nicht für so gedächtnisschwach. Sie haben mich heute schon ganz genau gesehen. Doch bitte, erweisen Sie mir jetzt das Vergnügen, mich einige Schritte zu begleiten; ich wünsche nur eine kleine unbedeutende Auskunft.«

Und ohne Cavaillons Antwort abzuwarten, nahm Fanferlot den Arm des jungen Mannes und führte ihn hinaus. Die Straße war abgelegen und wenig belebt, es ließ sich daher ganz gut auf und ab wandeln und plaudern.

»Mein lieber Monsieur Cavaillon«, begann der Agent freundlich, »ich habe heute Ihre und Bertomys Geschicklichkeit bewundert, er warf Ihnen ein Briefchen zu, und Sie fingen es auf – wirklich geschickt!«

In Cavaillon war längst eine unbestimmte Ahnung aufgedämmert, daß es sich um Prospers Billettchen handelte, und er war entschlossen zu leugnen.

»Sie irren sich«, sagte er, wurde aber dabei bis über die Ohren rot.

»Es tut mir unendlich leid, Ihnen widersprechen zu müssen, aber ich weiß, was ich sage.«

»Nein, gewiß, Prosper hat mir nichts gegeben.«

»Allerdings, *gegeben* hat er Ihnen nichts, aber *zugeworfen*, wozu leugnen, es war ein ganz klein zusammengefaltetes, mit Bleistift beschriebenes Blatt ...«

Da Cavaillon einsah, daß es töricht wäre, auf seiner Aussage zu beharren, gab er den Empfang des Zettels zu.

»Nun ja«, sagte er leichthin, »mein Freund hat mir allerdings geschrieben, da aber die Mitteilung nur für mich bestimmt war, habe ich das Blatt, nachdem ich es gelesen, zerrissen und ins Feuer geworfen.«

Fanferlot war schon einen Augenblick geneigt, ihm Glauben zu schenken, aber da fiel ihm rechtzeitig das geheimnisvolle Wort, das Prosper ausgesprochen hatte, ein. Auf jeden Fall wollte er mit List die Wahrheit entdecken.

»Ich bin betrübt, Ihnen nochmals widersprechen zu müssen, aber das Briefchen war gar nicht für Sie, sondern für Gypsy bestimmt.«
An dem verzweifelten Ausdruck in des jungen Mannes Gesicht erkannte Fanferlot, daß seine List gelungen und er auf der richtigen Fährte war.
»Aber ich schwöre Ihnen ...«, stotterte Cavaillon.
»Schwören Sie nicht, mein lieber Herr, es nützt nichts. Sie haben den Brief in der Tasche und waren im Begriff, ihn jener Person zu überbringen.«
Cavaillon beteuerte, daß dies nicht der Fall sei, aber der Sicherheitsagent beachtete seine Worte nicht und sagte noch immer höflich, aber äußerst eindringlich: »Sie werden gewiß die Liebenswürdigkeit haben, mir den Inhalt des Briefes mitzuteilen.«
»Niemals«, versetzte Cavaillon heftig und versuchte, sich von Fanferlots Arm loszumachen, der Polizist hielt ihn aber wie in einem Schraubstock fest.
»Geben Sie acht«, sagte er, »es täte mir leid, wenn ich Ihnen weh tun müßte. Machen Sie keine Umstände und zwingen Sie mich nicht, zu unangenehmen Maßregeln zu greifen. Wenn ich einen Sergeanten rufe, so führt er Sie aufs nächste Polizeikommissariat und durchsucht Ihre Taschen – das wäre Ihnen doch gewiß weit peinlicher. Sie sehen also, Ihrem Freund nützen Sie durch Ihre Weigerung nicht, und Sie selbst machen sich nur unnötigerweise verdächtig ...«
Cavaillon sah ein, daß der Polizist recht hatte, er war wütend über seine Machtlosigkeit, denn er konnte nicht einmal das Billett vernichten, es blieb ihm also nichts übrig, als sich zu fügen. Er entnahm das unselige Blatt seiner Brieftasche und überreichte es dem Polizisten.

Dieser ergriff es hastig, dann aber sagte er in gewohnter Höflichkeit: »Mit Ihrer gütigen Erlaubnis«, verneigte sich und las:

»Liebe Nina!
Wenn Du mich liebst, tue, was ich Dir sage, sofort, ohne eine Minute zu verlieren. Packe also gleich Deine ganzen Habseligkeiten – alles, alles, hörst Du? – zusammen und nimm Dir eine möblierte Wohnung möglichst am entgegengesetzten Ende von Paris. Zeige Dich nicht, halte Dich verborgen, als ob Du verschwunden wärst. Im Schreibtisch müssen noch 500 Franc sein, nimm sie. Deine neue Adresse teile Cavaillon mit. Ich bin eines bedeutenden Diebstahls angeklagt und werde sogleich verhaftet werden, C. wird dir Näheres darüber sagen. Verliere den Mut nicht und sei gegrüßt, auf Wiedersehen

Prosper.«

Fanferlot war über den Inhalt des Briefes höchlich enttäuscht. Er hatte gehofft, darin den vollgültigen Beweis von Bertomys Schuld oder Unschuld zu finden, indes war es eine Art Liebesbrief, und entschieden war der Schreiber mehr um das Schicksal des Fräuleins besorgt als um sein eigenes.
Der Brief war weder ein Beweis für noch gegen ihn. Zwar, die Worte *alles, alles, hörst Du?*, die unterstrichen waren, gaben zu denken, und darum beschloß der Polizeiagent, die Sache weiter zu verfolgen.
»Nina Gypsy ist wohl die gute Freundin Prosper Bertomys und wohnt in jenem Hause, in das Sie hineingegangen sind?« fragte Fanferlot.
Cavaillon bejahte.

»In welchem Stockwerk?«
»Im ersten, es ist Prospers Wohnung.«
»Schön, mein lieber Monsieur Cavaillon, ich danke Ihnen bestens für Ihre gütige Auskunft, ich werde Ihnen dafür den Weg ersparen und der Demoiselle selbst den Brief überbringen.«
Cavaillon wollte dies durchaus nicht zugeben, aber der Sicherheitsagent schnitt ihm das Wort ab und sagte wohlwollend: »Ich möchte Ihnen, mein Lieber, den guten Rat geben, ruhig in Ihr Büro zurückzukehren und sich nicht weiter um die Angelegenheit zu kümmern.«
»Prosper ist unschuldig, ich bin davon überzeugt, er hat mir stets Gutes erwiesen, er ist mein Freund und Beschützer.«
»Das ist alles sehr schön, aber wie gesagt, Sie können ihm nicht helfen und schaden nur sich selbst; wenn man Ihre längere Abwesenheit bemerkt, können Sie nur Unannehmlichkeiten davon haben; wenn Monsieur Bertomy unschuldig ist, so wird das auch ohne Sie an den Tag kommen. Also gehen Sie an Ihre Geschäfte und – ich habe die Ehre, mich bestens zu empfehlen.«
Mit diesen Worten ließ Fanferlot den armen Cavaillon stehen, der tief gedemütigt gehorchte. Während er den Rückweg einschlug, schmiedete er tausend Pläne, wie er Prosper nützen, Gypsy warnen und vor allem, wie er sich an diesem entsetzlichen Polizeiagenten rächen könnte.
Fanferlot begab sich indessen rasch zu Prospers Wohnung; er hatte nicht lange zu suchen, denn im ersten Stock stand auf einem Porzellanschild Bertomys Name. Fanferlot läutete, und ein etwa fünfzehnjähriger Bursche in greller Livree öffnete.
Der Geheimagent fragte nach Mademoiselle Gypsy, und da der kleine Bediente mit der Antwort zögerte, fügte er hinzu:

»Monsieur Bertomy sendet mich, ich habe einen dringenden Brief zu bestellen und soll auf Antwort warten.«

»So treten Sie ein, ich werde Mademoiselle benachrichtigen.«

Der Diener führte Fanferlot in einen reizenden kleinen Salon, der mit kostbaren Möbeln, Vorhängen, Teppichen elegant ausgestattet war, und ließ ihn warten.

»Potzblitz«, dachte der Polizist, »unser Kassierer ist fein eingerichtet!«

Er hatte aber nicht die Zeit, all die hübschen Sachen in Augenschein zu nehmen, denn eine der Portieren öffnete sich, und Nina Gypsy erschien.

Sie war klein und zierlich, und ihre Gesichtsfarbe hatte jenen goldigen Schimmer, der die Kreolinnen auszeichnet. Ihr reizendes Gesichtchen, ihre ganze Erscheinung ließen glauben, daß mancher Mann bereit war, für sie tausend Torheiten zu begehen. Sie trug ein helles seidenes Morgenkleid und bewegte sich wie ein anmutiges Kätzchen.

Donnerwetter, dachte der Polizist, mein Herr Kassierer hat einen guten Geschmack – einen fast zu guten!

Während Fanferlot ziemlich verlegen dastand, musterte Nina ihren Besucher und war entrüstet, daß der Bediente einen so schäbigen Menschen in ihren Salon eingelassen hatte. Da fiel ihr ein, daß es vielleicht einer ihrer Gläubiger sein könnte, der sich wahrscheinlich den Eintritt erzwungen, und mit gerunzelter Stirn fragte sie kurz: »Was wünschen Sie?«

»Meine Gnädige«, versetzte er höflich, »ich bin von Monsieur Bertomy beauftragt, Ihnen einen Brief zu bringen.«

»Wie, Sie kennen Prosper?« fragte sie verwundert.

»Jawohl, und ich gehöre sogar, wenn ich mich so ausdrükken darf, zu seinen Freunden.«

»Nicht möglich«, entfuhr es Nina, die mehr aufrichtig als höflich war. Es erschien ihr höchst unglaubwürdig, daß ihr eleganter Prosper einen so schäbigen, unbedeutend aussehenden Freund haben sollte.

»Ja«, wiederholte Fanferlot, »ich nenne mich sein Freund, und ich kann Ihnen versichern, daß im Augenblick wenig Leute den Mut hätten, dies zu bekennen.«

Der Agent sprach so ernst, daß Nina betroffen war. »Was wollen Sie damit andeuten?« fragte sie.

Statt aller Antwort zog der Polizist den Brief hervor und hielt ihn ihr hin. Ahnungslos ergriff ihn Nina. Aber kaum hatte sie ihn überflogen, als sie erblaßte und fast umgesunken wäre. Einen Moment starrte sie fassungslos auf das Blatt, dann aber trat sie auf den Agenten zu, ergriff ihn so heftig am Arm, daß er beinahe aufgeschrien hätte, und rief: »Was soll das heißen, erklären Sie mir, was das zu bedeuten hat?«

Fanferlot war ein tapferer Mann, er fürchtete sich nicht vor den gefährlichsten Verbrechern, aber der Zorn des schönen Wildkätzchens flößte ihm Angst ein. Er schwieg.

»Ist es möglich, daß man Prosper verhaften will und man ihn eines Diebstahls beschuldigt?«

»Leider ja, man behauptet, daß er die Kasse beraubt hätte.«

»Das ist eine niederträchtige Verleumdung«, rief sie mit blitzenden Augen. »Die Behauptung ist auch unsinnig«, fügte sie ruhiger hinzu, »Prosper besitzt ja ein großes Vermögen.«

»Darin täuschen Sie sich, Bertomy ist nicht reich, er ist nur auf sein Gehalt angewiesen.«

Nina war von dieser Antwort betroffen. »Nicht reich? Aber dann wäre ja ...«

Sie hielt inne, indes wußte Fanferlot genau, was sie sagen wollte, nämlich: dann wäre ja ich es, die durch meinen Luxus ihn soweit gebracht.
Dieser Gedanke war allerdings einen Augenblick durch Ninas hübsches Köpfchen geflogen, sie verwarf ihn aber sogleich. »Nein«, sagte sie, »Prosper würde um meinetwillen keinen Pfennig veruntreuen, denn leider liebt er mich nicht, und nur die übergroße Liebe kann einen Mann zum Verbrecher machen.«
»Wie, Prosper sollte Sie nicht lieben?« rief der höfliche Polizist galant, »Sie glauben wohl selber nicht, was Sie sagen!«
Sie schüttelte traurig den Kopf. »Ich glaube es nicht nur, ich weiß es bestimmt, er liebt mich nicht; in seinem Leben habe ich nichts zu bedeuten.«
»Ja – dann – warum ...«
»Warum? Ich verstehe wohl, was Sie meinen, aber darauf habe ich keine Antwort; seit einem Jahr, seit ich ihn kenne und mit ihm lebe, quält mich der Gedanke, und ich frage mich unablässig, warum er mich zur Geliebten genommen, mich mit allem Luxus umgibt, meine törichten Wünsche erfüllt, da er mich doch nicht liebt! Ich beobachte ihn, aber er ist undurchdringlich; er ist gütig und freundschaftlich zu mir – aber von Liebe keine Spur!«
Nina vergaß in ihrer Erregung, daß es ein völlig Fremder war, dem sie Einblick in ihr Innerstes gewährte, vielleicht glaubte sie auch, sich keinen Zwang auferlegen zu müssen, da der Mann sich doch Prospers Freund nannte.
Fanferlot dagegen freute sich, über Bertomys Charakter auf so untrügliche Weise Aufschluß zu erlangen. »Man behauptet, daß Prosper ein Spieler sei«, warf er ein, »und das Spiel führt weit.«

»Er spielt wohl, allein er ist kein Spieler«, entgegnete sie, »ich habe es selbst gesehen, wie er, ohne eine Miene zu verziehen, verloren oder gewonnen hat; er bleibt beim Spiel, wie bei allem anderen, völlig leidenschaftslos, er verliert niemals die Herrschaft über sich selbst. Alles scheint ihm gleichgültig zu sein. Nein, Prosper ist kein Dieb, das möchte ich mit meiner Seligkeit verbürgen, aber ich glaube, daß es in seinem Leben ein Geheimnis, ein Unglück, irgend etwas sehr Trauriges gibt, das er zu vergessen wünscht, und darum sucht er sich zu betäuben.«

Tränen waren in Ninas schöne Augen getreten und rollten langsam ihre Wangen herab. Aber plötzlich ermannte sie sich, trocknete die Tränen und rief energisch: »Ich will ihn retten, wenn er mich auch nicht liebt, so liebe ich ihn, denn er ist gut, ist edel – nein und tausendmal nein, er ist kein Verbrecher! Ich gehe sofort zu seinem Chef, zum Richter, wenn es sein muß, zum Präsidenten, ich werde beweisen, daß er unschuldig ist! Kommen Sie, kommen Sie, ehe der Tag sich neigt, muß Prosper frei sein!«

»Ihre Absicht ist sehr löblich, Mademoiselle«, entgegnete Fanferlot, »aber Sie würden meinem Freund nicht nur nicht nützen, sondern sich selbst nur schaden, man wird Sie für seine Mitschuldige halten.«

»Was liegt daran!« rief Nina opferfreudig, »wenn sie ihn in den Kerker werfen, will ich sein Los teilen.«

»Sehr edel von Ihnen, Mademoiselle, aber Ihren Freund retten Sie damit nicht, im Gegenteil, Sie geben ihn um so sicherer dem Verderben preis, außerdem würden Sie direkt gegen seinen Willen handeln. Was schreibt er Ihnen denn? Daß Sie sich verborgen halten sollen, nicht? Nun, glauben Sie, daß er dies nicht mit besonderer Absicht geschrieben, begreifen Sie denn nicht, daß er schwerwiegende Gründe hat?«

Nina hatte nur ungeduldig zugehört, sie war im Zimmer erregt auf und ab geschritten; die letzten Worte des Sicherheitsagenten ließen sie aber innehalten. Sie blieb stehen, es ging ihr ein Licht auf.
»Ah, jetzt verstehe ich, meine Anwesenheit hier in seiner Wohnung ist schon ein Beweis gegen ihn, und wenn man erst meine Kleider, meine Spitzen, meinen Schmuck fände ... oh, Sie haben tausendmal recht, ich muß fort, so schnell als möglich fort. Wer weiß, ob die Polizei mir nicht schon auf der Spur ist und gleich erscheinen wird!«
Und ohne sich weiter um den Fremden, der recht eigentümlich lächelte, zu kümmern, stürzte sie in ihr Schlafzimmer, rief mit lauter Stimme nach dem Diener und dem Kammermädchen und befahl, rasch Koffer zu bringen und zu pakken. Sie selbst machte sich sofort daran, die Schränke und Schubladen zu leeren.
Einen Augenblick später kehrte sie wieder, glühend vor Eifer und Aufregung, in den Salon zurück und sagte zu ihrem Besucher: »Ich werde gleich bereit sein, aber wohin soll ich gehen? Prosper schreibt, ans andere Ende von Paris, in eine möblierte Wohnung – aber wie soll ich eine solche so rasch finden?«
In Fanferlots Augen blitzte es freudig auf, indes bemühte er sich, völlig gleichmütig zu scheinen. »Ich wüßte wohl ein Hotel garni, freilich so fein wie hier ist es nicht, aber auf meine Empfehlung würden Sie wie eine Prinzessin behandelt werden. Außerdem wären Sie dort wirklich gut verborgen.«
»Also dann nur schnell hin, bitte schreiben Sie den Empfehlungsbrief, dort am Schreibtisch finden Sie alles Nötige. Ja, wo liegt das Hotel denn?«
»Am jenseitigen Ufer der Seine, es heißt Hotel zum Erzen-

gel, die Besitzerin, an die ich Sie wärmstens empfehlen werde, heißt Madame Alexandrine.«
Mit diesen Worten trat er an den Schreibtisch und warf rasch einige Zeilen auf das Blatt, das er in einen Briefumschlag schob.
»So, mein liebes Kind, da ist der Brief, und ich hoffe, Sie werden zufrieden sein!«
»Danke. Aber wie soll ich Cavaillon meine Adresse zukommen lassen? Richtig, warum ist er denn nicht gekommen? Prosper schreibt doch ...«
»Er ist verhindert«, fiel Fanferlot ein, »aber machen Sie sich keine Sorgen, ich komme heute noch mit ihm zusammen und werde ihn verständigen.«
Nina wollte den kleinen Diener nach einem Wagen schikken, aber ihr höflicher Besucher erbot sich, den Auftrag zu übernehmen; er empfahl sich und ging.
Er hatte nicht weit zu gehen, denn als er aus dem Haus trat, fuhr eben eine leere Droschke vorüber, er hielt sie an und sagte zu dem Kutscher, nachdem er sich ihm als Detektiv zu erkennen gegeben: »Es wird gleich eine junge Dame mit viel Gepäck herabkommen. Wenn sie zum Hotel Erzengel zu fahren wünscht, ist es gut, dann knalle mit der Peitsche, wenn sie dir aber eine andere Adresse geben sollte, dann steige vom Bock und mache dir etwas am Leitseil zu schaffen, ich werde in der Nähe sein und alles beobachten.«
Nachdem er diesen Befehl gegeben, trat er in den Torweg eines der nächsten Häuser und hielt sich verborgen. Er hatte nicht lange zu warten, ein lautes Peitschenknallen verkündete ihm, daß sein Plan gelungen war.
»Nun, die ist mir sicher«, sagte er fröhlich und begab sich aufs Gericht.

3.

Zur selben Stunde, als Nina ihre neue Behausung aufsuchte, wurde Prosper ins Polizeigefängnis gesperrt.
Er hatte sich die ganze Zeit über tapfer gehalten. Auf dem Polizeikommissariat, wo er mehrere Stunden warten mußte, saß er ruhig und gleichgültig, als ginge ihn die Sache gar nichts an. Als es Mittag war, ließ er sich das Essen aus einem nahen Gasthaus holen, er aß mit Appetit und leerte fast eine ganze Flasche Wein.
Als man ihm sagte, daß der Wagen, der ihn ins Gefängnis führen sollte, da sei, zündete er sich ruhig eine Zigarre an und rauchte während des Hinuntergehens. Am Haustor stand eine Blumenverkäuferin, er kaufte ihr ein Veilchensträußchen ab und steckte es ins Knopfloch. Als die Frau merkte, daß er verhaftet sei, sagte sie: »Armer Herr, viel Glück!«
Dies teilnehmende Wort rührte ihn. »Ich danke, gute Frau, aber ich habe schon lange keines mehr«, antwortete er.
Es war ein strahlend schöner Frühlingstag, Prosper blickte sehnsüchtig zum Wagenfenster hinaus und sagte: »Merkwürdig, noch nie habe ich eine so große Lust gehabt, spazierenzugehen, wie heute.«
Der Gendarm, der an seiner Seite saß, brach in ein schallendes Gelächter aus. »Ja, das glaube ich wohl!« meinte er.
In der Kanzlei, wo die üblichen Formalitäten erledigt werden mußten, antwortete Prosper auf die ihm vorgelegten Fragen kurz und kühl, nur als man ihm befahl, die Taschen zu leeren, und man sich anschickte, ihn zu durchsuchen, stieg die Röte des Unwillens ihm heiß ins Gesicht. Aber nur einen Augenblick dauerte die Erregung. Er biß die Zähne fest aufeinander und ließ alles geschehen.

Diese demütigende Untersuchung würde vielleicht noch länger gedauert haben ohne die Einmischung eines vornehm aussehenden älteren Herrn mit weißer Halsbinde und goldener Brille, der an dem trotz des herrlichen Frühlingswetters geheizten Ofen stand und sich wärmte. Er schien hier zu Hause zu sein.

Als Prosper mit den Gefängniswärtern eingetreten war, hatte er ihn überrascht angesehen und Miene gemacht, auf ihn zuzutreten, indes besann er sich eines anderen, blieb auf seinem Platz stehen, beobachtete Prosper aber unausgesetzt.

Diesem entging es nicht, daß der Herr ihn beharrlich betrachtete, er schien ihn zu kennen, aber sosehr Prosper auch sein Gedächtnis anstrengte, er erinnerte sich nicht, ihn je gesehen zu haben.

Als nun die Männer, die Prosper untersuchten, sich anschickten, ihm auch die Stiefel auszuziehen, um zu sehen, ob er nicht etwa ein Taschenmesser oder dergleichen darin verborgen hätte, wehrte der Herr mit einer Handbewegung ab und sagte: »Genug.«

Die Leute ließen sofort von ihm ab, denn der Befehl kam von einer Persönlichkeit, die sich der größten Wertschätzung erfreute: es war nämlich der berühmteste Detektiv der Polizeipräfektur, Lecoq.

Endlich waren alle Formalitäten erledigt, der unglückliche Kassierer wurde in eine Gefängniszelle abgeführt und die schwere eisenbeschlagene Tür hinter ihm abgesperrt.

Jetzt, wo er sich allein wähnte – er wußte nicht, daß die Wände und Türen eines Gefängnisses Augen und Ohren haben –, jetzt ließ er die Maske der Gleichgültigkeit fallen. Er war der Verzweiflung nahe. Man bezichtigte ihn eines Verbrechens, sein ganzes Leben war zerstört! Das also war der Weg, den er genommen, die Zukunft, die er erträumt!

Er war von Jugend auf von einem brennenden Ehrgeiz beseelt gewesen, und alles, was er an Intelligenz und Tatkraft besaß, hatte er angewendet, um sich emporzuringen, sich eine schöne Lebensstellung zu schaffen, und nun ...!

Er wußte, daß er verloren war, er gab sich keiner Täuschung hin, denn der Verdacht ist wie ein unauslöschliches Brandmal, und wer einmal darunter geraten, der ist gezeichnet für ewige Zeiten!

Ihn überfiel tiefste Mutlosigkeit.

»Verloren, verloren!« stöhnte er und warf sich schluchzend aufs Bett.

Als am Abend der Gefängniswärter ihm das Essen brachte, lag er noch in derselben Stellung. Er hatte keinen Hunger, er ließ alles unberührt und lag die ganze Nacht schlaflos.

Gegen Morgen überfiel ihn doch eine Art Betäubung, aus der ihn erst die Stimme des Gefängniswärters riß. Er war gekommen, um ihn vor den Untersuchungsrichter zu führen.

Mit einem Satz war Bertomy aufgesprungen. Er sollte verhört, sein Schicksal entschieden werden! Und ohne daran zu denken, seine Kleidung in Ordnung zu bringen, sagte er: »Gehen wir, gehen wir!«

Der Gefängniswärter führte ihn durch eine endlose Reihe Korridore und Säle, bis er endlich vor einer Tür stehenblieb.

»Wir sind da.«

Prosper schrak zusammen; hier also, hinter jener Tür, war der Mann, der sein Schicksal in den Händen hielt, der ihn freilassen oder den Vorführungsbefehl von gestern in einen Haftbefehl verwandeln konnte!

Er nahm seinen ganzen Mut zusammen und legte die Hand auf die Klinke. Aber der Gefängniswärter hielt ihn zurück.

»So schnell geht das nicht«, sagte er, »setzen Sie sich, man wird Sie aufrufen; es sind noch mehr Leute hier.«
In der Tat wimmelte es in dem dunklen, unsauberen Korridor von Leuten aller Art. Häftlinge, Zeugen, Polizisten kamen und gingen und saßen längs den Wänden auf den Bänken. In kurzen Zwischenräumen ging immer eine von den vielen Türen auf, die in den Korridor mündeten, und ein Gerichtsdiener rief einen Namen oder eine Nummer.
Die Luft war so heiß und dunstgeschwängert, daß Bertomy sich einer Ohnmacht nahe fühlte, als endlich die Tür, neben der er saß, geöffnet und sein Name gerufen wurde.
Er taumelte empor und stand auf einmal, er wußte selbst nicht wie, im Zimmer des Untersuchungsrichters.
Da er aus dem Finsteren kam, war er von der Lichtflut, die durch das der Tür gegenüberliegende Fenster breit hereinströmte, so geblendet, daß er gar nichts sah. Erst nach einigen Augenblicken erkannte er mitten im Zimmer einen mit Akten bedeckten Tisch, hinter dem der Richter saß, zu seiner Rechten stand an einem Schreibpult sein unentbehrlicher Gehilfe, der Gerichtsschreiber.
Der Untersuchungsrichter war eine sympathische Erscheinung. Er hatte gütige Augen, und um seinen schöngeformten Mund lag ein Zug des Wohlwollens. In der Tat war Monsieur Pertingent ein edler Charakter, so recht für seinen schwierigen Beruf geschaffen, er besaß eine unermüdliche Geduld, ließ sich durch keine vorgefaßte Meinung beeinflussen und war von falschem Mitleid ebenso weit entfernt wie von übermäßiger Strenge.
»Setzen Sie sich«, sagte der Untersuchungsrichter. Prosper war von dieser Freundlichkeit angenehm berührt, er hatte befürchtet, geringschätzig behandelt zu werden; die Höflichkeit des Richters erschien ihm als ein gutes Vorzeichen und

gab ihm seine geistige Freiheit wieder. Ruhig und mit klarer Stimme beantwortete er die Fragen des Untersuchungsrichters nach Namen, Alter, Stand, Wohnung. Nur als er über seine Familie befragt wurde, von seinem alten Vater und der jungverheirateten Schwester sprach, zitterte seine Stimme merklich. Dem Richter entging diese Bewegung nicht.
Monsieur Pertingent blätterte eine Weile in seinen Akten, dann hob er den Kopf.
»Man beschuldigt Sie, Ihrem Chef dreihundertfünfzigtausend Franc entwendet zu haben.«
Seit vierundzwanzig Stunden mußte Prosper darauf gefaßt sein, diese Anklage zu hören, und doch, als der Richter sie jetzt aussprach, schmetterte sie den Unglücklichen derart nieder, daß er außerstande war, eine Silbe hervorzubringen.
»Nun, was haben Sie darauf zu erwidern?« fragte der Richter.
»Ich schwöre es Ihnen, daß ich unschuldig bin!«
»Ich wünsche es um Ihretwillen, und ich meinerseits werde gewiß nichts versäumen, was Ihre Unschuld ans Licht bringen kann. Sie können sicherlich einige Umstände zu Ihrer Verteidigung anführen, sprechen Sie.«
»Ach Gott, was kann ich sagen? Es ist mir ja alles völlig unbegreiflich. Ich kann mich nicht verteidigen, ich kann mich nur auf mein ganzes Leben berufen ...«
Der Richter unterbrach ihn mit einer Handbewegung. »Sprechen Sie sich klar über die Sache aus. Der Diebstahl ist unter Umständen ausgeführt, daß der Verdacht nur Sie oder Monsieur Fauvel treffen kann, verhält es sich so?«
»Ja.«
»Folglich wäre, da Sie sich für unschuldig ausgeben, Monsieur Fauvel der Täter?«

Prosper schwieg.
»Haben Sie einen Grund, anzunehmen, daß der Chef sich selbst bestohlen hat? Geben Sie ihn an, und wenn er noch so geringfügig wäre, wir wollen ihn in Erwägung ziehen.«
Und da Prosper noch immer schwieg, setzte der Richter freundlich hinzu: »Wohl, ich sehe, Sie bedürfen noch einiger Zeit des Nachdenkens, die sei Ihnen gewährt; jetzt wird Ihnen mein Schreiber das Protokoll vorlesen, und wenn Sie unterschrieben haben, werden Sie in Ihre Zelle zurückgeführt werden.«
Nochmals ins Gefängnis zurück! Der Unglückliche war wie vernichtet, er hörte gar nicht, was ihm der Schreiber vorlas, und unterschrieb, ohne zu sehen, denn es flimmerte ihm vor den Augen. Als er aus dem Zimmer des Untersuchungsrichters heraustrat, schwankte er so, daß der Gefängniswärter ihn stützen mußte.
Prosper kam ganz gebrochen in seiner Zelle an. Er hatte sprechen, sich verteidigen wollen und hatte es versäumt, mußte weitere gräßliche Stunden warten, bis er wieder gerufen würde. – Mutlos, verzweifelt saß er da und gab sich verloren.
Unterdessen hatte der Untersuchungsrichter Pertingent den Bankier André Fauvel als Zeugen vorladen lassen.
So weich Fauvel *vor* Bertomys Verhaftung gestimmt gewesen, so erbittert war er jetzt, und nachdem vor dem Untersuchungsrichter die unvermeidlichen Formalitäten erledigt waren, erging er sich in so heftigen Schmähungen gegen seinen ehemaligen Kassierer, daß der Untersuchungsrichter Einhalt gebieten mußte.
»Bitte, wollen Sie sich damit begnügen, auf meine Fragen zu antworten. Haben Sie je an der Redlichkeit Ihres Kassierers gezweifelt?«

»Nein, obwohl ich genügende Gründe gehabt hätte.«
»Was für Gründe?«
»Mein Kassierer spielte, er brachte ganze Nächte beim Bakkarat zu und hat, wie ich erfuhr, einige Male nicht unbeträchtliche Summen verloren. Er soll auch einmal in eine schmutzige Spielgeschichte verwickelt gewesen sein, wie er überhaupt einen schlechten Umgang hatte.«
Fauvel erzählte noch einige Beispiele von Bertomys grenzenlosem Leichtsinn, und der Richter bemerkte: »Sie müssen es doch selbst eingestehen, Monsieur Fauvel, daß es von Ihnen unvorsichtig, um nicht zu sagen strafbar, war, einem solchen Manne Ihre Kasse anzuvertrauen.«
»Sie würden recht haben, Herr Richter, wenn Bertomy immer so gewesen wäre, aber bis vor einem Jahr war er nicht nur das Muster eines Beamten, sondern eines jungen Mannes überhaupt. Er verkehrte in meinem Hause, wir betrachteten ihn als zu meiner Familie gehörig, meine Söhne liebten ihn wie einen Bruder, und er brachte alle Abende bei uns zu. Plötzlich brach er seine Besuche bei uns ab, und das wunderte uns um so mehr, als wir alle Ursache hatten anzunehmen, daß er meine Nichte Madeleine liebte.«
»War vielleicht gerade diese Liebe die Ursache von Bertomys Entfernung?« fragte der Richter.
»Dazu wäre kein Grund vorhanden gewesen«, entgegnete der Bankier, »ich hätte seine Bewerbung nicht nur nicht verhindert, sondern ihm gern meine Einwilligung gegeben. Für ihn aber würde diese Verbindung ein Glück gewesen sein; meine Nichte ist ein schönes, liebenswertes Mädchen und besitzt eine halbe Million Mitgift.«
»So wissen Sie keinen Grund für das Betragen Ihres Kassierers?«
Fauvel dachte nach.

»Eigentlich keinen, doch will es mir scheinen, als ob Prosper sich verändert hätte, seit er mit einem jungen Mann namens Raoul von Lagors Umgang pflegte.«

»Wer ist dies?«

»Ein Verwandter meiner Frau, Prosper hat ihn bei uns kennengelernt. Er ist ein liebenswürdiger, einnehmender junger Mann, der allerdings etwas leichtsinnig ist, aber da er ein Vermögen besitzt, so kann er seine tollen Streiche bezahlen.«

Während der Bankier sprach, notierte der Untersuchungsrichter sorgfältig den Namen Raoul von Lagors und fragte dann weiter: »Sind Sie sicher, daß niemand sonst den Diebstahl ausgeführt haben kann?«

»Vollkommen sicher.«

»Tragen Sie den zweiten Kassenschlüssel immer bei sich?«

»Zumeist, wenn nicht, liegt er in dem obersten Schubfach meines Schreibtisches in meinem Schlafzimmer.«

»Trugen Sie den Schlüssel gestern abend bei sich?«

»Nein, er lag im Schreibtisch.«

»Ja, dann ...«

»Verzeihen Sie, für meinen Geldschrank genügt der Schlüssel allein nicht, man muß auch das Codewort kennen.«

»Und haben Sie das Wort niemandem gesagt?«

»Nein, niemandem. Gewöhnlich wählte der Kassierer das Wort, und oft wäre ich in Verlegenheit gewesen, wenn ich es hätte nennen sollen. Prosper sagte es mir zwar jedesmal, wenn er es wechselte, aber ich vergaß es häufig, nur das letzte habe ich behalten, weil es mir aufgefallen war, es lautete: Gypsy.«

Der Untersuchungsrichter notierte, dann fuhr er fort: »Waren Sie am Abend der Tat zu Hause?«

»Nein, ich brachte den Abend bei einem Freund zu, kam

erst um ein Uhr nach Hause und legte mich gleich zu Bett.«

»Und Sie wußten nicht, welche Summe sich in der Kasse befand?«

»Nein, da Bertomy gegen meinen ausdrücklichen Befehl das Geld noch am Tage vor der Auszahlung holen ließ.«

Der Untersuchungsrichter wußte schon aus dem Protokoll des Polizeikommissars, daß Fauvel nichts von dem Gelde in der Kasse wußte — das belastete Bertomy schwer.

»Wenn ich auch glaube, über jedem Verdacht zu stehen«, sagte der Bankier, »so werde ich doch nicht eher ruhig schlafen können, bis die Schuld meines Kassierers erwiesen ist. Die Verleumdung wird nicht ruhen, und der Verdacht, daß ich mich selbst bestahl, wird an mir haften, obgleich ich zu jeder Stunde beweisen kann, daß ich dies nicht nötig habe. Ich wäre dankbar, wenn Sie den Stand meines Geschäftes prüfen lassen wollten.«

»Das ist überflüssig, es ist bekannt, daß Sie ein vermögender Mann sind.«

Damit war Fauvel entlassen, und der nächste Zeuge wurde aufgerufen. Es war Lucien, der älteste Sohn des Bankiers, ein schöner, intelligent aussehender junger Mann von zweiundzwanzig Jahren.

Er sagte, daß er Prosper immer geschätzt, geliebt und für einen Ehrenmann gehalten habe, auch jetzt noch könne er nicht begreifen, durch welche Verkettung von Umständen Prosper dahin gebracht worden sei, sich an dem Geld zu vergreifen; er habe wohl gespielt, aber seine Verluste waren nicht so bedeutend, daß er sie nicht aus eigenen Mitteln ganz gut hätte decken können. Über das Verhältnis seiner Cousine Madeleine zu Bertomy befragt, äußerte er, daß alle in der Familie überzeugt waren, daß er sie heiraten werde,

und der Vater hätte nichts dagegen einzuwenden. Das Wegbleiben Bertomys habe er einem Mißverständnis zwischen ihm und Madeleine zugeschrieben und war überzeugt, daß sie sich wieder versöhnen würden.
Nach Lucien kam die Reihe an Cavaillon. Der arme Bursche war in einem jämmerlichen Zustand, er hatte sein Abenteuer überdacht und sich heftige Vorwürfe wegen seiner Feigheit gemacht. Er fürchtete, zu Prospers Verderben beigetragen zu haben.
Vor dem Untersuchungsrichter wenigstens wollte er sein Unrecht gutmachen, nannte sich mutig Prospers Freund und sagte, daß er von seiner Unschuld so überzeugt sei wie von seiner eigenen.
Nach Cavaillon kamen noch die übrigen Beamten des Bankhauses, ihre Aussagen waren ziemlich gleichlautend und unbedeutend, nur einer behauptete, Bertomy habe durch die Vermittlung des Monsieur von Lagors an der Börse gespielt und nicht unbedeutende Verluste erlitten.
Damit war das Zeugenverhör zu Ende, und der Untersuchungsrichter gab einem Diener den Auftrag, Fanferlot so schnell als möglich zu holen.
Es dauerte eine geraume Weile, bis man den Sicherheitsagenten ausfindig machte. Er saß in einer Weinkneipe, wo er sich eine kleine Erfrischung gönnte.
»Seit wann lassen Sie so lange auf sich warten?« fragte ihn der Richter ziemlich unwirsch.
Fanferlot, der sich beim Eintreten bis zum Boden verneigt hatte, verbeugte sich nochmals und sagte: »Verzeihen Sie, Herr Richter, aber ich habe meine Zeit nicht verloren.« Dann berichtete er, was er alles vollbracht hatte, legte den Brief, den er Cavaillon abgejagt, vor, und erzählte – allerdings mit Einschränkungen – seine Unterredung mit Gypsy;

von Madeleine erwähnte er nichts. Er hatte sich's in den Kopf gesetzt, Prospers Fall auf eigene Faust zu entwirren, und so teilte er dem Richter nur soviel mit, als unerläßlich war. Was er aber über Prosper und Gypsy an biographischen Daten in Erfahrung gebracht hatte, berichtete er vollständig.

Nachdem er geendet, äußerte Pertingent: »Es ist leider kein Zweifel möglich, daß der junge Mann schuldig ist.«

Fanferlot antwortete nicht, er freute sich, daß der Richter auf falscher Fährte war und der Ruhm, den wirklich Schuldigen ausfindig zu machen, ihm ganz allein gebühren würde – nur leider wußte er noch nicht, wie er an dies schöne Ziel gelangen sollte.

Der Richter besprach noch verschiedenes mit ihm und schloß: »Verlieren Sie mir die Nina Gypsy nicht aus den Augen, sie wird wohl wissen, wo das Geld ist, und nur durch *sie* können wir auf die Spur kommen.«

Fanferlot lächelte verschmitzt. »Keine Sorge, das Dämchen ist gut aufgehoben.«

»Dann will ich sie morgen vernehmen.« Und sofort fertigte er eine Vorladung aus.

Noch zwei andere Zeugen waren vorgeladen worden, nämlich der Bürodiener, den der Kassierer auf die Bank geschickt hatte, und Raoul von Lagors. Letzterer war aber verreist, und so konnte ihm die Vorladung nicht zugestellt werden, der Diener aber lag infolge eines Sturzes schwerkrank darnieder und war für den Augenblick nicht vernehmungsfähig. Trotzdem wuchs Bertomys Akte an, und bald hatte der Untersuchungsrichter genug moralische Beweise in Händen, um Bertomys Schuld für erwiesen halten zu können.

4.

Während Prosper Bertomys ganzes Leben Gegenstand genauester Nachforschung war, saß er selbst im Gefängnis, in Einzelhaft, und harrte der Entscheidung.

Die ersten Tage waren ihm nicht allzu lang geworden, er hatte sich Papier geben lassen und arbeitete an einer Verteidigungsschrift. Als aber der zweite, der dritte Tag verging, ohne daß er aufs neue gerufen wurde, fühlte er sich beunruhigt. »Muß ich denn hier ewig bleiben?« rief er wiederholt, »werde ich denn nicht wieder verhört?«

»Nur Geduld«, sagte der Gefängniswärter jedesmal, »man wird Sie nicht vergessen.«

Endlich am fünften Tag, nachdem er schon der finstersten Verzweiflung anheimgefallen war, hörte der Unglückliche zu einer Stunde, zu der sonst nie der Gefängniswärter erschien, die Riegel klirren.

»Endlich!« rief er, denn er hoffte, man käme, ihn zum Verhör zu holen, sprang auf und eilte zur Tür, aber er war wie vom Blitz getroffen beim Anblick des weißhaarigen Mannes, der auf der Schwelle erschien.

»Vater ...!« stieß er hervor, »Vater!«

Nachdem sich Prosper von der ersten Überraschung erholt hatte, durchflutete ihn ein Gefühl unendlicher Freude. So war er nicht ganz verlassen und vergessen, sein Vater hatte die weite Reise nicht gescheut, um zu ihm zu eilen, ihm beizustehen ...

»Vater«, rief er nochmals froh bewegt, breitete die Arme aus und stürzte ihm entgegen.

Aber der alte Bertomy stieß ihn zurück.

»Hinweg von mir«, sagte er. Dann trat er vollends ein, die Tür hinter ihm wurde geschlossen, und Vater und Sohn standen einander allein gegenüber. Prosper war gebrochen, der Alte zornig.

»Vater, auch du glaubst an meine Schuld?« rief Prosper schmerzlich aus.

»Spare dir die Komödie«, entgegnete der Alte verächtlich, »ich weiß alles!«

»Ich bin unschuldig, Vater, beim Andenken meiner Mutter schwöre ich dir ...«

»Entweihe ihren Namen nicht – wohl ihr, da sie nicht mehr lebt – deine Schande hätte sie getötet!«

»Vater, Vater, du verurteilst mich, und ich bedarf doch jetzt meines ganzen Mutes – ich bin ja das Opfer schmählichster Ränke ...«

»Was soll das heißen? Hast du vielleicht die Stirn, den zu beschimpfen, der dir eine glänzende Stellung verschafft hat und eine glückliche Zukunft bereiten wollte?«

»Höre, Vater ...«

»Wie, willst du etwa die Güte deines Chefs leugnen, hast du mir nicht selbst geschrieben, du bist seiner Zuneigung so sicher, daß er dir gewiß die Hand seiner Nichte, die du liebst, nicht verweigern wird. Verhält es sich vielleicht nicht so?«

»Allerdings«, preßte Prosper heraus.

»Das ist nun ein Jahr her – deine Neigung zu dem Fräulein scheint seitdem erloschen zu sein.«

»Nein! Ich liebe sie unverändert.«

»Wahrhaftig?« rief der alte Bertomy verächtlich. »Die Liebe zu diesem reinen Mädchen hat dich aber nicht vor Ausschweifungen bewahrt. Du liebst sie – wie konntest du ohne Erröten vor sie hintreten, wenn du von der schamlosen Gesellschaft kamst, in der du lebtest?«

»Laß dir erklären, Vater, durch welches Verhängnis Madeleine und ich ...«

»Genug, du brauchst mir nichts zu erklären, ich weiß schon alles. Ich war in deiner Wohnung. Ich sah die seidenen Vorhänge, die vergoldeten Möbel, die kostbaren Teppiche und Bilder – bei solch einem Luxus ist es kein Wunder, daß du den ehrlichen Namen, den du trägst, schimpflich beflecktest und zum Dieb geworden bist!«
Prosper taumelte bei diesen Worten, als ob er einen Schlag ins Gesicht erhalten hätte, sagte aber kein Wort.
Der Vater schwieg einen Augenblick, dann fuhr er veränderten Tones fort: »Aber lassen wir das, ich bin nicht gekommen, um dir Vorwürfe zu machen, ich bin gekommen, um den Schaden zu ersetzen. Wieviel bleibt dir noch von dem gestohlenen Geld?«
»Aber um Gottes willen, Vater«, stöhnte der Unglückliche. »Ich sagte dir ja schon, daß ich unschuldig bin.«
»Du bleibst also hartnäckig dabei? Wohl, dann werden wir den Schaden allein tragen und gutmachen, was gutzumachen ist. Ich besitze hundertfünfzigtausend Franc, und mein Schwiegersohn hat mir sofort, als er dein Verbrechen erfuhr, die Mitgift seiner Frau zurückgegeben, so daß ich Monsieur Fauvel zweihundertfünfzigtausend ersetzen kann.«
»Das wirst du nicht tun«, rief Prosper mit ausbrechender Heftigkeit.
»Das werde ich tun, und zwar gehe ich sofort hin. Was die noch fehlende Summe betrifft, so wird mir Monsieur Fauvel Zeit lassen, ich will mich aufs äußerste einschränken, und Paul, mein Schwiegersohn ...«
Der alte Bertomy hielt plötzlich erschrocken inne, denn Prosper schrie mit verzerrtem Gesicht: »Das wirst du nicht tun, dazu hast du kein Recht ...!« Und etwas ruhiger fügte er hinzu: »Ich kann dich nicht zwingen, Vater, mir zu glauben, aber du darfst einen Schritt, der einem Geständnis

gleichkäme, der mich unrettbar ins Verderben stürzen würde, nicht tun. Wer beweist dir, daß ich schuldig bin? Das Gericht zögert noch, und du, mein eigener Vater, bist unbarmherziger und verurteilst mich!«

»Ich erfülle meine Pflicht!«

»Ich stehe am Abgrund, du stößt mich hinab, und das nennst du Pflicht! Fremde klagen mich an, und du glaubst ihnen und nicht deinem Sohn, der dir schwört, daß er unschuldig ist. Warum bist du so ungerecht, Vater? Statt mir zu helfen, meine Ehre, die ja die unserer ganzen Familie ist, zu retten, meine Unschuld an den Tag zu bringen, willst du mich ganz zugrunde richten!«

Der alte Bertomy war bewegt, aber trotzdem sagte er: »Wie kann ich dir glauben, da alles gegen dich spricht?«

»Ach, Vater, eines Tages sah ich mich gezwungen, mich von Madeleine loszureißen, ich wollte mich betäuben, zerstreuen und stürzte mich in einen Strudel ... aber, Vater, ich habe keine Schlechtigkeit begangen ... Ich suchte Vergessenheit – konnte ich ahnen, daß ich nur Ekel und Schande finden würde? Aber ich bin unschuldig und werde bis zum letzten Atemzug kämpfen. Ich weiß, daß ich verurteilt werden kann, denn die menschliche Gerechtigkeit ist dem Irrtum unterworfen, aber wenn ich meine Strafe verbüßt habe, dann ...«

»Unseliger, was sagst du?«

»Ich bin ein anderer Mensch geworden, Vater«, fuhr Prosper erregt fort, »mein Leben hat nur einen Zweck, und der heißt Rache! Ich bin das Opfer eines schändlichen Anschlages; im Hause Fauvel ist mein Feind, dort werde ich ihn suchen und finden!«

»Der Zorn verblendet dich, Prosper.«

»Nein, Vater, das schöne patriarchalische Leben, die Ehrenhaftigkeit dort sind nur Schein, unter denen sich schmähliche Geheimnisse verbergen. Warum hat mir Madeleine plötzlich eines Tages verboten, an sie zu denken? Warum hat sie mich verbannt, da sie mich doch liebt und sie selbst unter unserer Trennung leidet. Ja, sie liebt mich, ich habe untrügliche Beweise dafür ...«

Die Stunde, die dem Vater zur Unterredung mit dem Sohn gewährt worden, war verstrichen, der Gefängniswärter kam, sie mußten sich trennen.

Tränen traten dem Alten in die Augen, und die widerstreitendsten Gefühle zerrissen sein Herz.

Warum sollte er Prosper nicht Glauben schenken? Und selbst, wenn er schuldig wäre, war er darum weniger sein Sohn? Sein Sohn, den er so sehr geliebt, der bis zu dem unseligen Augenblick seine Freude, sein Stolz gewesen!

Und von seinen Gefühlen übermannt, breitete er die Arme aus und zog sein Kind an sein Herz. »O Prosper«, sagte er, »mögest du die Wahrheit gesprochen haben!«

Prosper wollte antworten, aber es mußte geschieden sein. Kaum war der Vater fort, erschien der Gefängniswärter nochmals und holte Prosper zum Verhör.

Er war von der Unterredung mit seinem Vater noch so erregt, daß er jetzt gern allein geblieben wäre, aber er mußte gehorchen. Doch ging er festen Schrittes mit erhobener Stirn, er war nicht mehr gebrochen und verzweifelt, sondern das Feuer der Entschlossenheit leuchtete aus seinen Augen.

Da er den Weg kannte, schritt er dem Gefängniswärter rasch voran, plötzlich trat der Herr mit der goldenen Brille, der ihn in der Aufnahmekanzlei so scharf beobachtet hatte, auf ihn zu und sagte: »Mut, Monsieur Bertomy, wenn Sie unschuldig sind, wird Ihnen geholfen werden.«

Prosper war erstaunt stehengeblieben, doch ehe er eine Antwort finden konnte, hatte sich der Fremde entfernt.
»Wer ist der Herr?« fragte Prosper den Gefängniswärter.
»Wie, Sie kennen ihn nicht?« verwunderte sich dieser, »das ist Monsieur Lecoq von der Sicherheitspolizei.«
»Lecoq? Ich habe den Namen nie gehört, wer ist das?«
»Sie können schon Monsieur Lecoq sagen, das wird Ihnen nichts schaden. Monsieur Lecoq ist ein Mann, der alles erfährt, was er erfahren will und dem man nichts weismachen kann; wenn Sie ihn gehabt hätten statt des einfältigen, zuckersüßen Fanferlot, wäre Ihr Fall schon längst aufgeklärt. Übrigens scheinen Sie ja bekannt mit ihm zu sein.«
»Ich habe ihn nie gesehen.«
»Das läßt sich schwer behaupten, denn sehen Sie, ich glaube, es gibt keinen einzigen Menschen, der sich rühmen kann, Monsieur Lecoqs wahres Gesicht gesehen zu haben. Heute ist er blond und morgen braun, bald ist er ein Jüngling, bald ein hundertjähriger Greis. Ich bin schon auf meiner Hut, und doch führt er mich jedesmal an. Ich plaudere zum Beispiel mit einem Unbekannten, den ich nie im Leben gesehen zu haben meine, und plötzlich ist es Monsieur Lecoq. Er kann sich verkleiden und verstellen, wie er will, und wenn er sich nicht freiwillig zu erkennen gibt, erkennt ihn keiner, nicht einmal seine eigene Mutter!«
Prospers Führer würde noch lange erzählt haben, wenn sie nicht angelangt wären. Der Untersuchungsrichter erwartete diesmal Prosper, und so wurde er gleich vorgelassen.
Pertingent hatte dem alten Bertomy die Erlaubnis gegeben, seinen Sohn zu besuchen, weil er viel von der Unterredung des rechtschaffenen Vaters mit dem des Diebstahls angeklagten Sohn erwartete. Als Menschenkenner sagte er sich, daß ein erschütternder Auftritt stattfinden würde, und diese Er-

schütterung müsse den starren Sinn Prospers erweichen, ihn geneigt machen, ein Geständnis abzulegen, und darum ließ er ihn sogleich nach der Unterredung zum Verhör vorführen.

Er war über die Haltung des Kassierers, die ihm geradezu herausfordernd erschien, nicht wenig erstaunt.

»Nun, haben Sie es sich überlegt?«

»Ich hatte nichts zu überlegen, da ich nicht schuldig bin.«

»Oh, verschlimmern Sie Ihre Lage nicht, nur Aufrichtigkeit und Reue können Ihnen die Nachsicht der Richter erwerben.«

»Ich bedarf weder der Nachsicht noch der Gnade.«

Pertingent konnte eine ungeduldige Gebärde nicht unterdrücken. Er schwieg eine Weile, dann fragte er plötzlich: »Was würden Sie antworten, wenn ich Ihnen sagte, was aus den dreihundertfünfzigtausend Franc geworden ist?«

Aber die List – ein Mittel, das die Untersuchungsrichter häufig mit Erfolg anwenden – verfing nicht. Prosper schüttelte traurig den Kopf und antwortete: »Wenn man es wüßte, wäre ich nicht hier, sondern frei.«

»Sie bleiben also dabei, Ihren Chef des Diebstahls zu bezichtigen?«

»Ich muß es wohl, da nur er das Codewort kannte. Freilich zerbreche ich mir vergebens den Kopf, welches Interesse er daran haben könnte, sich selbst zu bestehlen.«

»Allerdings hat er keines gehabt, aber ich kann Ihnen sagen, welches Interesse *Sie* hatten. Können Sie mir vielleicht mitteilen, wieviel Sie im letzten Jahr ausgegeben haben?«

»Ja«, entgegnete Prosper ohne Zögern, »ich habe über meine Ausgaben Buch geführt, es werden ungefähr fünfzigtausend Franc sein.«

»Und wo haben Sie die hergenommen?«

»Ich besaß zwölftausend, die ich von meiner Mutter geerbt hatte, vierzehntausend beträgt mein Gehalt, an der Börse gewann ich achttausend, das übrige bin ich noch schuldig, kann es aber bezahlen, da ich bei Monsieur Fauvel noch fünfzehntausend Franc stehen habe.«
»Wer lieh Ihnen das Geld?«
»Monsieur von Lagors.«
»Schön, aber nun sagen Sie mir, warum Sie das Geld, dem ausdrücklichen Befehl Ihres Chefs entgegen, am Vortag holen ließen?«
»Monsieur Clameran wünschte das Geld gleich früh zu haben – das wird er Ihnen, wenn Sie ihn rufen lassen, selbst bestätigen. Andererseits fürchtete ich, daß ich an jenem Tage etwas verspätet ins Büro kommen könnte.«
»Sind Sie mit Monsieur von Clameran befreundet?«
»Nein, ich habe vielmehr eine, wie ich gestehen muß, durch nichts gerechtfertigte Abneigung gegen ihn, aber es ist ein guter Bekannter meines Freundes Raoul von Lagors.«
Nach einer Pause fragte der Untersuchungsrichter weiter:
»Wie haben Sie den Abend, der dem Diebstahl voranging, zugebracht?«
»Ich verließ um fünf Uhr das Büro und fuhr mit dem Zug nach Saint Germain, um meinen Freund Raoul in seinem Landhaus in Vesinet aufzusuchen. Er hatte eintausendfünfhundert Franc von mir zurückverlangt, und ich brachte ihm das Geld, das ich ihm schuldete; da er nicht anwesend war, übergab ich es seinem Diener.«
»Sagte man Ihnen, daß Monsieur von Lagors verreisen werde?«
»Nein, ich wußte nicht einmal, daß er in Paris ist, sonst wäre ich ja nicht aufs Land hinausgefahren.«
»Was taten Sie, als Sie Vesinet verließen?«

»Ich kehrte nach Paris zurück, traf einen Bekannten und ging mit ihm in ein Boulevardrestaurant essen.«
»Und hierauf?«
Prosper zögerte.
»Sie schweigen, also will ich Ihnen sagen, wie Sie Ihre Zeit verbrachten. Sie gingen nach Hause, um sich umzukleiden, und begaben sich sodann zu einer Mademoiselle Wilson, die dem Namen nach Künstlerin ist, in Wirklichkeit aber eine Spielhölle hält und allerlei zweideutige Gesellschaft bei sich empfängt – ist das richtig?«
»Ja, ich war allerdings dort.«
»Und zwar nicht zum erstenmal. Sie waren einmal in eine skandalöse Spielgeschichte verwickelt, nicht?«
»Nein, ich wurde nur vorgeladen, weil ich Zeuge eines Diebstahls gewesen bin.«
»In der Tat, das Spiel führt zum Diebstahl. Haben Sie bei der Wilson nicht Bakkarat gespielt und eintausendachthundert Franc verloren?«
»Entschuldigen Sie, nur eintausendeinhundert.«
»Schon gut. Nicht wahr, am Vormittag hatten Sie einen Wechsel von tausend Franc eingelöst?«
»Ja.«
»In Ihrem Schreibtisch befanden sich noch fünfhundert Franc, bei sich trugen Sie, als Sie verhaftet wurden, noch vierhundert Franc, so macht das im ganzen viertausendfünfhundert Franc innerhalb vierundzwanzig Stunden.«
Prosper war überrascht, den Untersuchungsrichter so gut unterrichtet zu sehen, er schwieg betroffen, endlich antwortete er: »Ihre Rechnung stimmt vollkommen.«
»Woher hatten Sie dieses Geld, da Sie doch am Tag vorher nicht imstande waren, eine unbedeutende Rechnung zu begleichen?«

»Ich hatte einige Wertpapiere, die ich verkaufte, außerdem habe ich auf mein Gehalt zweitausend Franc Vorschuß genommen. Ich habe nichts zu verbergen.«

»So, wenn Sie nichts zu verbergen haben, wozu dieses Billett, das Sie geheimnisvoll einem Ihrer Kollegen zuwarfen?«

Und bei diesen Worten wies der Untersuchungsrichter den an Nina Gypsy gerichteten Brief vor.

Diesmal war Prosper noch mehr betroffen, er senkte vor dem Blick des Untersuchungsrichters die Augen.

»Ich wollte ... ich dachte ...«, stammelte er.

»Sie wollten Ihre Geliebte verbergen.«

»Das ist wahr, ich wußte, daß man einem Mann, der eines Verbrechens angeklagt ist, alle Schwächen seines Lebens als Schuld anrechnet.«

»Das heißt, Sie haben eingesehen, daß die Anwesenheit eines leichtfertigen Frauenzimmers in Ihrer Wohnung für Sie sehr erschwerend in die Waagschale fällt.«

»Mademoiselle Gypsy ist keine schlechte Person, sie war Erzieherin, als ich sie kennenlernte, sie ist in Oporto geboren und kam mit einer portugiesischen Familie nach Paris.«

»Sie heißt weder Gypsy, noch ist sie eine Portugiesin, noch war sie jemals Erzieherin.«

Und aus einer Akte entnahm der Untersuchungsrichter mehrere Blätter, las und sagte dann: »Sie heißt in Wahrheit Anna Dupont und ist das Kind armer Handwerker. Früh schon mußte sie als Dienstmädchen ihr Brot verdienen, sie scheint aber nirgends besonders lange ausgehalten zu haben, denn bis zu ihrem sechzehnten Jahr hatte sie mindestens zehn bis zwölf Stellen. Dann versuchte sie es längere Zeit als Ladenmädchen, aber nicht mit besserem Erfolg, endlich kam sie zu einer portugiesischen Familie und ging mit dieser nach Lissabon, nach einem Jahr war sie aber wieder in Paris und hatte sich den Namen Nina Gypsy mitgebracht.«

»Ich versichere Ihnen ...«, versuchte Prosper zu erwidern.

»Ich weiß schon, was Sie sagen wollen: natürlich hat man Ihnen *diese* Geschichte nicht erzählt. Sie ist zwar nicht romantisch, aber wahr, doch das Romantische kommt noch. In Paris lernte sie einen Reisenden namens Caldas kennen, der sich in sie verliebte und ihr eine Wohnung einrichtete, ja noch mehr, er erlaubte ihr sogar, seinen Namen zu tragen. Ein Jahr lebte sie mit ihm – dann lernte sie Sie kennen und verließ ihn, um zu Ihnen zu ziehen. Der arme Teufel liebte das falsche Geschöpf so sehr, daß er über ihre Treulosigkeit fast die Sinne verlor. Er schwor, sich an dem elenden Räuber seines Glückes zu rächen, ihn zu töten; indes hat man allen Grund anzunehmen, daß er sich selber umgebracht hat, denn bald nach der Flucht seiner Geliebten ist er verschwunden.«

Der Richter hielt einen Augenblick inne, dann schloß er mit scharfer Betonung: »Dies ist das Weib, das Sie zu Ihrer Gefährtin gemacht, dem zuliebe Sie vielleicht gestohlen haben!«

Pertingent, durch Fanferlots unvollständigen Bericht irregeführt, hatte absichtlich Nina Gypsys Geschichte so ausführlich erzählt, er hoffte, Prospers Leidenschaft werde ihn zu einer Aussage hinreißen. Zu seinem Erstaunen blieb Prosper völlig kalt.

»Gestehen Sie wenigstens, daß die Dirne an Ihrem Verderben schuld ist«, drängte der Richter.

»Das kann ich nicht gestehen, da es nicht der Fall ist.«

»Wie, wollen Sie leugnen, daß Sie allein im vergangenen Monat zweitausend Franc für Kleider und Schmuck ausgegeben haben?«

»Das leugne ich nicht, aber ich habe das Geld nicht sinnlos und auf ihr Drängen, sondern aus freiem Antrieb ausgegeben.«
Der Untersuchungsrichter zuckte die Achseln. »Wollen Sie etwa auch behaupten, daß Sie nicht jenem Frauenzimmer zuliebe Ihre jahrelange Gewohnheit, die Abende im Hause Ihres Chefs zuzubringen, aufgaben?«
»Ja, das leugne ich, es geschah nicht um ihretwillen.«
»Warum aber hörten Sie plötzlich auf, sich um die Nichte des Monsieur Fauvel zu bewerben?«
»Dazu hatte ich Gründe, die ich nicht angeben kann«, antwortete Prosper, und seine bis dahin feste Stimme zitterte merklich.
Also hier ist seine Achillesferse, dachte der Richter, laut fragte er: »Sollte Mademoiselle Madeleine an Ihrem Fernbleiben Schuld tragen?«
Prosper schien erregt, doch er schwieg.
»Sprechen Sie«, drängte der Untersuchungsrichter, »dieser Umstand kann für Sie von großer Bedeutung sein.«
»Ich weiß, daß mein Schweigen meine Lage nicht verbessert, allein – ich kann nicht anders.«
»Das Gericht läßt sich mit Gewissensskrupeln nicht abfinden, es ist Ihre Pflicht zu reden.«
Prosper antwortete nicht.
»Sie schweigen? Sie beharren bei Ihrer Weigerung? Nun, dann zu etwas anderem. Sie geben zu, daß Ihre Ausgaben sich in dem einen Jahr auf fünfzigtausend Franc beliefen, die Anklage spricht zwar von siebzigtausend – indes, für den Augenblick ist dies gleichgültig. Sagen Sie mir, was dachten Sie nun zu tun, denn Ihre Mittel sind zu Ende, Ihr Kredit erschöpft – was also wollten Sie beginnen? Die alte Lebensweise konnten Sie nicht mehr fortsetzen.«

»Ich hatte keine Pläne, ich dachte, es geht, solange es eben geht, und dann ...«
»Und dann ist ja die Kasse da, nicht wahr?«
»Aber Herr Untersuchungsrichter, wenn ich mich wirklich an fremdem Gelde vergriffen hätte, wäre ich doch nicht so dumm gewesen, wieder ins Büro zurückzukehren.«
»Diesen Einwand erwartete ich; gerade der Umstand, daß Sie blieben und dem Sturm standhielten, beweist, daß Sie nicht dumm handelten. Durchgehen wäre dumm gewesen. Die Kassierer, die heute Geld veruntreuen, haben von anderen Prozessen her gelernt, daß das Durchbrennen ein erbärmliches Mittel ist. Die Eisenbahn ist schnell, aber der Telegraph noch schneller, und nirgends in der Welt gibt es eine Zufluchtsstätte. Amerika ist bei den Defraudanten längst in Mißkredit, denn sie können den Fuß nicht auf amerikanischen Boden setzen, ohne sofort verhaftet zu werden. Nein, so dumm waren Sie nicht. Sie blieben und sagten sich: Wahrscheinlich kann ich mich aus der Schlinge ziehen, wenn nicht, so gibt es im schlimmsten Fall einige Jahre Haft, dann aber habe ich ein Vermögen.«
»Wenn ich wirklich so gedacht hätte, würde ich mich nicht mit dreihundertfünfzigtausend Franc begnügt, sondern eine Gelegenheit abgewartet haben, um eine Million zu stehlen.«
»Das hätte Ihnen vielleicht zu lange gedauert, die Gelegenheit war eben zu günstig.«
Prosper antwortete nicht, er schien nachzudenken. »Eben fällt mir ein Umstand ein, den ich in meiner Verwirrung ganz vergessen hatte, ich glaube, er kann zu meiner Entlastung beitragen.«
»Dann sprechen Sie.«
»Ich glaube mich bestimmt zu erinnern, daß ich das Geld in

Gegenwart des Dieners, der es von der Bank gebracht hat, in die Kasse einschloß. Er muß es gesehen haben, in jedem Falle aber bin ich vor ihm weggegangen.«

»Es ist gut«, entgegnete der Richter, »ich werde den Diener verhören. Jetzt werden Sie in Ihre Zelle zurückkehren, und wenn Sie meinen Rat befolgen wollen, so werden Sie sich Ihre Sache noch einmal gut überlegen.« Der Untersuchungsrichter hatte Prosper so rasch entlassen, weil er einsah, daß die Aussage des Dieners von umgeheurer Wichtigkeit war, und er vorerst in dieser Sache Klarheit haben wollte.

Da aber dieser Diener krank war und nicht zum Verhör kommen konnte, fuhr Pertingent mit einem Schreiber, um keine Zeit zu verlieren, selbst ins Spital und fragte den Arzt, ob der Bürodiener Antoinne vernehmungsfähig sei. Der arme Mensch litt wohl große Schmerzen, da er sich den Fuß gebrochen hatte, war aber imstande, auszusagen.

Nachdem die Förmlichkeiten, die Fragen nach Namen, Alter, Stand und so weiter erledigt waren, hub der Richter an:

»Also, Sie haben das Geld, das bei Fauvel gestohlen wurde, von der Bank geholt?«

»Ja.«

»Können Sie sich erinnern, um wieviel Uhr Sie zurückgekommen sind?«

»Da ich mehrere Gänge hatte, war es ziemlich spät geworden, es mag kurz vor fünf Uhr gewesen sein.«

»Erinnern Sie sich, was Monsieur Bertomy getan hat, als Sie ihm das Geld überbrachten? Lassen Sie sich Zeit mit der Antwort und denken Sie gut nach.«

»Oh, ich erinnere mich ganz genau. Monsieur Bertomy zählte die Banknoten, machte vier Päckchen, band sie zusammen und legte sie in die Kasse, schloß dann ab, und dann glaub' ich – ja, ich weiß es bestimmt, dann ging er fort.«

»Sind Sie sicher, daß es sich so verhält?« fragte der Richter eindringlich.
Der feierliche Ton schüchterte den Diener ein.
»Sicher?« sagte er unschlüssig, »ich möchte meinen Kopf verwetten, daß es so war, aber freilich eine andere Sicherheit habe ich nicht.«
Er schien plötzlich Angst zu bekommen, daß vielleicht nun der Verdacht auf ihn fallen könnte, und es fehlte nicht wenig, so hätte er seine Aussage widerrufen.
Der Richter drang nicht weiter in ihn, aber als er fortging, war seine Stirn sorgenvoll umwölkt; der Fall wurde immer unklarer.

5.

Fanferlot hatte Nina Gypsy wirklich nicht zuviel gesagt, als er behauptete, daß man im »Erzengel« gut aufgehoben sei, besonders wenn man von ihm empfohlen war. Denn Frau Alexandrine war niemand anderes als seine eigene Frau und eine wirklich vorzügliche Wirtin. Sie nahm sich ihrer Logiergäste mütterlich an, wie sie überhaupt eine herzensgute Frau war. Sie hielt ihren Mann für ein Genie und liebte und bewunderte ihn aufrichtig.
Zur selben Stunde, als der Untersuchungsrichter ins Spital fuhr, erwartete sie »ihr liebes Männchen«, wie sie Fanferlot zu nennen pflegte, ungeduldig zum Essen. Sie war immer besorgt, wenn er sich verspätete.
Endlich erschien er.
Sie fiel ihm zärtlich um den Hals und begrüßte ihn, als ob er von einer weiten Reise zurückkehre.
»Ich bin todmüde«, sagte er, sich losmachend, »ich habe

stundenlang mit dem Kammerdiener des Monsieur Fauvel Billard gespielt – er hatte heute einen freien Nachmittag –, natürlich ließ ich ihn gewinnen, obgleich er ein elender Spieler ist, und nun sind wir die besten Freunde; wenn ich an Stelle des erkrankten Bürodieners eintreten will, wird er mich seinem Herrn wärmstens empfehlen.«

»Du denkst doch nicht im Ernst daran?« fragte seine Frau erschrocken.

»Wenn es notwendig sein sollte, gewiß; von dem Kammerdiener war nichts für mich Brauchbares zu erfahren; seiner Schilderung nach ist sein Herr der reinste Tugendbold, ein Millionär, der keine Passionen hat, der einfach bürgerlich lebt, der seine Frau und seine Kinder abgöttisch liebt! Ist das nicht unerhört?!«

»Ist seine Frau noch jung?«

»Nicht mehr so sehr, erwachsene Kinder hat sie.«

»Hast du über diese etwas gehört?«

»Ja, der Jüngere ist eben erst Offizier geworden und liegt irgendwo in der Provinz in Garnison, der Ältere, Lucien, soll ein ebensolcher Ausbund an Tugend wie sein Vater sein; dann ist noch eine Nichte da.«

»Wenn du aus dem Kammerdiener nichts herausgebracht hast, mein liebes Männchen, so ist das nur ein Beweis, daß nichts herauszubringen war. Der Fall ist eben sehr verwikkelt, und es wäre vielleicht doch gut, wenn du dich mit Monsieur Lecoq beraten wolltest.«

Fanferlot, der während des Gesprächs gemütlich seine Suppe gelöffelt hatte, fuhr auf, wie von der Tarantel gestochen.

»Du willst wohl, daß ich um meine Stelle komme? Wenn er wüßte, ja nur eine Ahnung hätte, daß ich auf eigene Faust arbeite, wäre ich verloren!«

»Ei, du brauchst ihm ja dein Geheimnis nicht preiszugeben, du horchst ihn nur so beiläufig nach seiner Meinung aus und handelst ganz nach eigenem Gutdünken.«
Fanferlot überlegte. »Es wäre vielleicht nicht schlecht, nur – Lecoq ist verteufelt schlau, er wäre imstande, mich zu durchschauen.«
»Ei, laß ihn nur schlau sein, mein liebes Männchen ist auch nicht auf den Kopf gefallen – ich meine eben, ihr beide zusammen würdet das Richtige aushecken.«
»Nun – ich will mir die Sache überlegen. Aber nun sage mir, was macht unsere Kleine?«
Damit meinte er Nina.
Das arme Mädchen hatte noch immer keine Ahnung, in wessen Hause sie sich befand, vielmehr war sie recht zufrieden, da die Wirtin sie sehr liebenswürdig aufgenommen hatte. Nur eins überraschte sie: die Vorladung, die sie erhalten hatte. Sie staunte über die Findigkeit der Polizei, da sie doch geglaubt hatte, besonders vorsichtig zu sein, weil sie nicht mit dem Namen Nina Gypsy, sondern mit ihrem wirklichen, Anna Dupont, eingezogen war.
Auf die Frage Fanferlots nach der »Kleinen« antwortete seine Gattin: »Es wird täglich schwieriger, sie zu halten. Sie hat immer tausend neue Pläne; als sie vom Verhör zurückkam, war sie außer sich und wollte durchaus zu Fauvel, um dort Lärm zu schlagen, und heute hat sie einen Brief geschrieben, den sie durch den Kellner zur Post schicken wollte, natürlich habe ich ihm das Schreiben abgenommen, weil es für dich vielleicht von Wichtigkeit ist.«
»Wie, du hast einen Brief und sagst das erst jetzt? Schnell her damit, er birgt vielleicht des Rätsels Lösung.«

Die Adresse des Briefes lautete:

MARQUIS VON CLAMERAN,
Hüttenbesitzer,

für Monsieur Raoul von Lagors.
Hotel Louvre.

Und in der Ecke stand noch das Wörtchen: dringend.
Mit bewundernswerter Geschicklichkeit öffnete Fanferlot das Schreiben, ohne Umschlag und Siegel zu verletzen, und las, während seine zärtliche Gattin hinter seinem Stuhl stand, ihre rundliche Gestalt sanft an seine Schulter lehnte und mitlas:

»Lieber Monsieur Raoul!

Prosper ist im Gefängnis, eines Diebstahls, den er, wie ich fest überzeugt bin, nicht begangen hat, angeklagt. Ich habe Ihnen dies sofort geschrieben ...«
»So«, unterbrach sich Fanferlot, »geschrieben hat sie, und ich habe den Brief nicht zu Gesicht bekommen! Wer hat ihn aufgegeben? Was ist das für eine Wirtschaft!«
»Aber liebes Männchen«, beschwichtigte Madame Alexandrine, »sie wird den Brief selbst zur Post gebracht haben, als sie zum Verhör ging.«
Das »liebe Männchen« beruhigte sich und las weiter:
» ... geschrieben, bin aber noch immer ohne Antwort. Wer soll Prosper retten, wenn seine besten Freunde ihn im Stich lassen? Falls Sie auch diesen Brief unerwidert lassen, werde ich mich meines Ihnen gegebenen Versprechens für ledig betrachten und Prosper das Gespräch zwischen Ihnen und dem Marquis von Clameran, welches ich belauscht habe, mitteilen.

Aber ich hoffe, daß Sie mir beistehen werden, und erwarte Sie morgen bestimmt im Hotel Erzengel.

Nina Gypsy.«

Ehe Fanferlot den Brief wieder in den Umschlag steckte, schrieb er ihn sorgfältig ab. Er hatte diese Arbeit kaum vollendet, als vor der Tür ein eigentümlicher Pfiff erscholl. Fanferlot sprang auf und war im Nu im Nebenzimmer verschwunden, denn der Pfiff war ein Signal, das der Zimmerkellner gab, welches besagte, daß jemand zu Madame Alexandrine kam, den Herrn aber nicht sehen sollte.

Kaum war der Sicherheitsagent verschwunden, als die Tür hastig aufgerissen wurde und Mademoiselle Nina heftig eintrat.

Das arme Mädchen sah schlecht aus, ihre Augen waren vom Weinen gerötet, und ihre frischen Pfirsichwangen waren entschieden bleicher.

»Ich bitte, Madame Alexandrine«, sagte sie, »wenn jemand nach mir fragen sollte, sagen Sie, daß ich gleich wieder zurückkomme ...«

»Wie, Sie wollen ausgehen, liebes Kind, jetzt um diese Zeit und wo Sie doch so unwohl sind?«

»Ja, ich muß, es ist von großer Wichtigkeit. Nun, da Sie so gut zu mir sind, kann ich es Ihnen ja anvertrauen, eben hat mir ein Dienstmann einen Brief gebracht ...«

»Nicht möglich!« rief Madame Alexandrine bestürzt, »ein Dienstmann soll hier gewesen und zu Ihnen hinaufgegangen sein?«

»Freilich, was ist denn da so Erstaunliches dabei?«

»Oh, nichts, nichts, nun, und darf man wissen, was der Brief enthält?«

»Bitte, lesen Sie selbst.«
»Madame Alexandrine nahm das Schreiben und las so laut, daß Fanferlot jedes Wort im Nebenzimmer verstehen konnte.
»Ein Freund Prospers, der weder zu Ihnen kommen noch Ihren Besuch bei sich empfangen kann, hat nichtsdestoweniger dringend mit Ihnen zu sprechen und bittet Sie, sich heute abend in dem Omnibusbüro gegenüber dem Jakobsturm einzufinden. Der Schreiber dieses Briefes wird Ihnen dann wichtige Mitteilungen machen. Er schlägt Ihnen diesen Ort vor, um Ihnen jede Furcht zu nehmen.«
»Und Sie wollen wirklich zu diesem Stelldichein gehen, liebes Kind?« fragte Madame Alexandrine, »das wäre ja eine furchtbare Unvorsichtigkeit. Vielleicht will man Ihnen eine Falle stellen.«
»Was liegt daran?« entgegnete Nina trübe, »ich bin so unglücklich, daß mir alles gleichgültig ist.«
Und ohne weitere Vorstellungen anzuhören, entfernte sie sich.
Kaum war Nina fort, als Fanferlot wie eine Bombe aus seinem Versteck herausflog. Der sonst so sanfte und höfliche Mann war hochrot vor Zorn und schimpfte wie ein Besessener.
»Zum Henker, was ist denn das für eine Wirtschaft! Da soll doch gleich das Donnerwetter dreinschlagen! Ist denn der ›Erzengel‹ ein Taubenschlag, daß man beliebig ein- und ausfliegen kann! Ha, das ist unerhört, ein Dienstmann war da, und niemand hat ihn gesehen noch gehört ...«
Er tobte so, daß seine arme Frau erschrocken dastand und sich nicht ein Wort hervorzubringen getraute.
»Und zu alledem«, fuhr er nach einer Pause fort – denn er war so atemlos, daß er innehalten mußte –, »und zu alle-

dem wollen Sie, Madame Alexandrine, recht klug sein und bemühen sich noch, das kleine Fräulein von dem Stelldichein abzubringen ...«

Wenn Fanferlot böse war, sagte er »Sie« zu seiner Frau, worüber sie stets höchst unglücklich war.

»Aber liebes Männchen ...«

»Schweige! Begreifst du denn nicht, daß, wenn ich ihr folge, dies zu höchst wichtigen Enthüllungen führen kann? Darum rasch, hilf mir, sie darf mich nicht erkennen.«

Im Nu hatte Madame Alexandrine ihrem lieben Männchen eine Perücke aufgesetzt, während er sich selber einen dichten schwarzen Vollbart anheftete. Sie half ihm eine Bluse anziehen und reichte ihm eine alte, fettige Mütze.

»Hast du deine Karte und deine Waffe bei dir?« fragte Madame Alexandrine besorgt.

»Ja, ja«, entgegnete er hastig und eilte zur Tür hinaus.

Nina hatte zwar einen Vorsprung von zehn Minuten, da er aber die Richtung, die sie einschlagen mußte, kannte und obendrein im Laufschritt folgte, gelang es ihm, sie einzuholen, noch ehe sie den bestimmten Platz erreicht hatte. Er sah, wie sie unschlüssig war, wie sie vor Anschlagsäulen stehenblieb, als wollte sie Theaterzettel lesen, und wie sie endlich zögernd doch in den Omnibus-Warteraum ging und sich dort auf einer Bank niederließ.

Einen Augenblick später traf Fanferlot ebenfalls ein — doch da er trotz seines dichten Bartes fürchtete, Gypsy könnte ihn erkennen, so setzte er sich abseits, wo sie ihn nicht bemerken konnte.

Der Warteraum hatte sich gefüllt und wieder geleert, fortwährend kamen und gingen Leute, die Nummern verlangten oder umstiegen, und die Beamten riefen die Bestimmungsorte der ankommenden Omnibusse aus.

Niemand kümmerte sich um Nina, und Fanferlot wurde schon ungeduldig. Endlich erschien ein älterer, ziemlich beleibter Herr mit rotem, freundlichem Gesicht und graublondem Backenbart. Er ging geradewegs auf Mademoiselle Gypsy zu, grüßte sie und nahm neben ihr Platz.
Der verkleidete Polizist verschlang ihn fast mit den Augen und dachte: Dich, mein Lieber, werde ich schon wiedererkennen, wenn ich dich nächstens treffe, und heute noch muß ich erfahren, wer du bist. Fanferlot vermutete, daß der Fremde ein Kaufmann oder dergleichen sei, übrigens hatte er durchaus nichts Bemerkenswertes an sich. Leider konnte der arme neugierige Fanferlot auch nicht ein Wort von dem hören, was die beiden miteinander sprachen, sosehr er sich auch anstrengte; das Geräusch um ihn her war zu stark, und er saß zu weit entfernt; er mußte sich also damit begnügen, ihr Mienenspiel zu beobachten.
Nina hatte, als der Fremde sie grüßte, so erstaunt ausgesehen, daß leicht zu erraten war, daß sie ihn nicht kannte. Der Unbekannte sprach dann sehr eifrig auf sie ein, und Nina schien bestürzt; sie schüttelte wiederholt den Kopf und war dem Weinen nahe, endlich lächelte sie, und zuletzt hob sie die Hand wie zu einem Schwur.
Fanferlot zerbrach sich den Kopf, was dies alles bedeuten könne, und ärgerte sich, daß er so einfältig gewesen, sich so weit wegzusetzen.
Eben versuchte er sich geschickt und unauffällig zu nähern, als die beiden sich erhoben und weggingen. Fanferlot folgte ihnen und sah, wie sie auf eine Droschke zugingen und einstiegen.
So, jetzt habe ich euch, dachte der Polizist vergnügt, und als sich der Wagen in Bewegung setzte, lief er knapp hinter ihm her. Die Pferde gingen im scharfen Trab, aber Fanferlot hieß

nicht umsonst das Eichhörnchen, er blieb immer dicht am Wagen, endlich, als ihm schon der Atem auszugehen drohte, erinnerte er sich eines Kunststückchens, das er, als er noch ein kleiner Gassenjunge war, oft ausgeführt hatte; er schwang sich an den Federn auf, drückte sich an die Radachsen und hielt sich in der Schwebe.

So, lachte er vergnügt in seinen falschen Bart hinein, jetzt fahr zu, Kutscher, so schnell du willst!

Der Kutscher knallte richtig und fuhr ziemlich rasch durch ein ganzes Gewirr von Gassen und Straßen und hielt endlich vor einer Weinschenke. Der Kutscher stieg vom Bock und ließ sich einen Schoppen bringen, Fanferlot war abgesprungen und lauerte auf das Aussteigen der beiden Fahrgäste. Als er aber fünf Minuten vergeblich gewartet hatte, wunderte er sich und schlich heran, um einen Blick in das Innere des Wagens zu werfen. O weh! Niemand saß darin!

Fanferlot war starr. Einen Augenblick lang wollte er seinen eigenen Augen nicht trauen, dann aber machte sich sein Zorn in einigen kräftigen Flüchen Luft. Angeführt! Er, der geriebene schlaue Polizist, war so schmählich angeführt und betrogen worden! Natürlich erriet er sogleich, wie das zugegangen.

Der Kerl, sagte er sich, ist mit Nina zur einen Tür eingestiegen und zur anderen hinaus. Aber daß er sich dieser List bediente, beweist, daß er kein gutes Gewissen hatte — folglich …

Er schloß seinen Gedankengang nicht, denn der Kutscher hatte sich eben wieder auf den Bock geschwungen und zur Abfahrt bereitgemacht. Fanferlot hoffte, durch ihn etwas zu erfahren, aber der Kutscher maß ihn bei den ersten Worten von Kopf bis Fuß und schwang die Peitsche dazu in so beunruhigender Weise, daß der arme Sicherheitsagent gar

nicht daran dachte, sich zu erkennen zu geben, sondern sich aus dem Staube machte.
Wie ein geschlagener Feldherr trat er betrübt den Rückzug an; es war schon spät, todmüde langte er endlich an.
Seine erste Frage lautete: »Ist die Kleine zurück?«
»Nein, aber ein großes Packet ist für sie gebracht worden.«
»Laß sehen«, sagte er, und trotz seiner Müdigkeit machte er sich stehenden Fußes daran, den Inhalt des Paketes in Augenschein zu nehmen. Es enthielt mehrere einfache Kattunkleider und weiße Häubchen, wie sie die Dienstmädchen zu tragen pflegen.
Der Polizist war im höchsten Grade erstaunt, er konnte sich nicht vorstellen, was diese Maskerade zu bedeuten habe, und seine Verstimmung nahm noch zu.
Er hatte sich zwar vorgenommen, seiner Frau nichts von der erlittenen Schlappe zu erzählen, ihren besorgten teilnehmenden Fragen konnte er aber um so weniger widerstehen, als er das Bedürfnis fühlte, sich mitzuteilen. Das Abenteuer gab beiden Ehegatten viel zu denken. Sie beschlossen, Ninas Heimkehr abzuwarten, denn Madame Alexandrine hoffte, ihre hübsche Mieterin, wie so oft, zum Reden zu bringen. Aber diesmal täuschte sie sich. Auch sonst schien Mademoiselle Gypsy, als sie endlich kam, völlig verwandelt. Zwar war sie noch traurig, aber nicht mehr niedergeschlagen und mutlos.
»Ich war in großer Sorge um Sie, liebes Kind«, begann Madame Alexandrine.
»Besten Dank, es war nicht nötig«, entgegnete Nina, »bitte, hat man nichts für mich gebracht?«
»Ja, ein großes Paket. Nun sagen Sie mir, liebes Kind, haben Sie den Freund des Monsieur Bertomy getroffen?«

»Ja, und seine Vorschläge haben meine Pläne so verändert, daß ich Sie morgen zu meinem Bedauern verlassen muß, denn ich verreise.«

»Wie, morgen schon wollen Sie uns verlassen, ja, was ist denn vorgefallen?«

»Oh, nichts, was Sie interessieren könnte«, entgegnete Nina kühl, zündete ihre Kerze an der Gasflamme an, nahm ihr Paket, wünschte »gute Nacht« und ging.

»Wie kommt dir das vor?« fragte Fanferlot, der alles gehört hatte, als seine Frau zu ihm ins Nebenzimmer trat.

»Es ist mit unbegreiflich, sie hat doch Monsieur von Lagors herbestellt, und nun wartet sie seinen Besuch gar nicht ab!«

»Sie wird vielleicht gehört haben, wer ich bin, und hegt nun Mißtrauen gegen uns.«

»Wer sollte ihr das gesagt haben, der Freund des Kassierers?«

»Wahrscheinlich, das muß ein geriebener Gauner sein, vielleicht ist er mit im Komplott, die Spitzbübin hat sicher das Geld und will damit durchgehen.«

»Das glaube ich zwar nicht, aber, liebes Männchen, da sich die Sache immer mehr verwickelt, wäre es vielleicht doch gut, Monsieur Lecoq zu Rate zu ziehen.«

»Schön, ich will es tun, um mein Gewissen zu beruhigen, aber wenn *ich* den Faden nicht finden kann, wie sollte *er* es!«

Am nächsten Morgen war er schon um sechs Uhr zum Ausgehen bereit.

Nicht ohne Herzklopfen begab er sich zum »Meister«, wie die übrigen Polizisten Lecoq nannten, und er erschrak sogar ein wenig, als die Magd ihm beim Öffnen der Tür sagte: »Oh, gut, daß Sie kommen, Monsieur erwartet Sie.«

Bei dieser Ankündigung wäre er am liebsten umgekehrt, aber die Magd hatte schon die Tür zu Lecoqs Arbeitszimmer geöffnet und den Ankömmling gemeldet.
In Lecoqs Arbeitszimmer, das mit den hohen Bücherregalen eher der Studierstube eines Gelehrten als dem Büro eines Polizisten glich, saß der »Meister« an einem mächtigen Eichenschreibtisch und arbeitete.
Beim Eintritt Fanferlots, der sich ehrerbietig bis zur Erde verneigte, hob er den Kopf und sagte: »Kommst du endlich, mein Lieber? Du hast endlich eingesehen, daß es mit dem Fall Bertomy doch allein nicht recht vorwärtsgehen will?«
»Wie, Sie wissen?« stammelte der Polizist.
»Ich weiß, daß du die Sache so verwirrt hast, daß du dich nun selber nicht mehr zurechtfindest.«
»Meister, es ist nicht meine Schuld ...«
Lecoq erhob sich, trat vor Fanferlot, sah ihn mit seinen scharfen Augen an und sagte: »Was würdest du von einem Mann denken, der das Vertrauen seiner Vorgesetzten mißbraucht, von dem, was er entdeckt, nur gerade so viel enthüllt, als nötig ist, um die Anklage auf falsche Fährte zu führen, und aus einfältiger Eitelkeit das Gericht betrügt und der Sache des armen Angeklagten schadet?«
Fanferlot war erschrocken zurückgewichen. »Ich ... ich ...«, stotterte er.
»Du bist wohl auch der Meinung, daß ein solcher Mensch bestraft und fortgejagt zu werden verdient, nicht? Du hast nur das Beste des Angeklagten im Auge gehabt? Nun, mein Lieber, wenn der Spürhund ohne Jäger gehen will, muß er eben schlauer sein, als du es bist.«
»Aber Meister, wie soll man einen Fall anpacken, der so unklar ist?«
»Du bist doch ein rechter Stümper, du hast selbst das Mittel

entdeckt und in den Händen gehabt, um herauszubringen, wessen Schlüssel die Kasse aufgesperrt hat, der des Bankiers oder der des Kassierers.«

»Das wäre ...!« rief Fanferlot erstaunt.

»Erinnerst du dich nicht des Striches, den du am Geldschrank entdecktest? Er ist dir so aufgefallen, daß du einen Ausruf nicht unterdrücken konntest, du hast ihn sorgfältig mit dem Vergrößerungsglas untersucht, aber es ist dir nicht eingefallen, auch die beiden Schlüssel genau in Augenschein zu nehmen, einer von ihnen mußte, da der Strich, wie du richtig festgestellt hast, ganz frisch war, wenigstens einige Atome von der grünen Lackfarbe, mit der der Schrank angestrichen ist, aufweisen.«

Fanferlot hatte mit offenem Mund zugehört, bei den letzten Worten schlug er sich vor die Stirn und rief: »Oh, ich Dummkopf.« Und bittend fügte er hinzu: »Meister, wenn Sie sich des Falles annehmen wollten ...«

Lecoq entgegnete nur: »Wir wollen sehen ... Aber jetzt setz dich und erzähle mir alles genau.«

Fanferlot berichtete alles wahrheitsgetreu, nur den Schluß, wie ihm der dicke Herr so übel mitgespielt hatte, ließ er aus Eitelkeit weg.

»Es will mir scheinen, mein liebes Eichhörnchen, als ob du etwas vergessen hättest. Sage mir doch, wie weit du dem leeren Wagen nachgelaufen bist?«

Fanferlot errötete wie ein ertapptes Schulkind und schlug die Augen nieder. Ist denn dieser verteufelte Lecoq allwissend? dachte er. Da durchzuckte ihn plötzlich ein Gedanke, er sprang vom Sessel auf und rief triumphierend: »Jetzt hab ich's, Meister, der dicke Herr waren Sie! Und ich habe Sie doch so genau angesehen, aber nicht erkannt! — Auch ich war verkleidet ...«

»Und das ziemlich schlecht, mein lieber Freund, um sich unkenntlich zu machen, genügen ein falscher Bart und eine Bluse nicht. *Alles* muß verändert werden, der ganze Gesichtsausdruck, sogar der Blick ...«

Fanferlot staunte noch immer über Lecoqs Kunst. Endlich sammelte er sich und fragte: »Da Sie alles wissen, so wird es Ihnen wohl auch bekannt sein, warum Nina den ›Erzengel‹ verläßt?«

»Sie handelt meinen Ratschlägen gemäß.«

»Und mir bleibt nur übrig, die Sache aufzugeben, da ich vollständig unfähig bin«, sagte Fanferlot, der sich tief gedemütigt fühlte.

»Nein, mein Freund, du bist nicht unfähig«, entgegnete Lecoq begütigend, »du hast zwar einen Fehler begangen, aber der läßt sich gutmachen.«

»Oh, Meister«, rief Fanferlot, erfreut, Lecoq so freundlich zu finden, »ich bin überzeugt, Sie kennen schon den Schuldigen!«

Lecoq lächelte. »Nein, Eichhörnchen, ich kenn ihn so wenig wie du, ja, ich habe mir noch nicht einmal eine feste Meinung gebildet, während du den Kassierer für unschuldig und den Bankier für schuldig hältst. Ich weiß nur, daß man von dem Strich an der Tür des Geldschrankes ausgehen muß, um sichere Anhaltspunkte zu finden.«

Bei diesen Worten hatte Lecoq am Schreibtisch unter Papieren eine große Fotografie hervorgezogen, die er Fanferlot hinhielt. Es war eine vorzügliche Aufnahme des Geldschrankes, alle Einzelheiten am Schloß waren genau wiedergegeben, und deutlich trat der Strich hervor.

»Betrachte den Strich noch einmal genau«, sagte Lecoq, »du wirst bemerken, daß er sich von oben nach unten, von links nach rechts zieht, das heißt, daß er an *der* Seite endet, wo sich die Geheimtreppe befindet. Oben beim Schloß ist er tief, nach unten aber verliert er sich allmählich.«

»Ja, Meister, so ist es.«

»Nun hast du natürlich gedacht, daß diese Ritze durch den Dieb gemacht wurde, wir wollen uns nun überzeugen, ob es sich tatsächlich so verhält. Hier habe ich einen kleinen eisernen grünlackierten Schrank; da, nimm den Schlüssel und versuche damit, ihn zu zerkratzen.«

Fanferlot tat, wie ihm befohlen, und fuhr mit dem Schlüssel kräftig auf dem Schrank herum.

Nach zwei oder drei vergeblichen Versuchen schüttelte er den Kopf und sagte: »Der Lack ist schwer anzugreifen.«

»Am Geldschrank wird er noch dauerhafter sein, glaubst du nicht? Was ergibt sich also daraus? Daß der Strich, den du entdeckt hast, unmöglich von der zitternden Hand des Diebes, dem der Schlüssel ausglitt, gemacht worden ist.«

»Das ist in der Tat sehr richtig, man muß ja mit aller Gewalt aufdrücken, wenn man den Kasten zerkratzen will. Aber warum ...?«

»Ja, warum? Drei Tage habe ich darüber nachgedacht, aber ich glaube, jetzt hab' ich's, komm, wir wollen uns auch davon überzeugen.«

Bei diesen Worten schritt Lecoq an die Tür, die in ein Nebenzimmer führte, zog den Schlüssel heraus und behielt ihn in der Hand.

»Jetzt stelle dich neben mich«, sagte er zu Fanferlot, »so, nun nehmen wir an, daß ich diese Tür gegen deinen Willen aufsperren will und du mich daran zu hindern versuchst. Wenn du siehst, daß ich mit dem Schlüssel mich dem Schlüsselloch nähere, was für eine Bewegung wirst du da machen?«

»Ich werde mit beiden Händen Ihren Arm drücken und ihn

an mich heranziehen, daß Sie den Schlüssel nicht ins Schlüsselloch bringen können.«

»Sehr richtig, nun wollen wir's versuchen.«

Sie machten das Experiment, und der Schlüssel, den Lecoq in der Hand hielt, glitt ab und brachte einen deutlichen Strich hervor, der genau wie jener an der Kasse schräg von oben nach unten lief.

»Oh, oh!« rief Fanferlot staunend.

»Begreifst du nun ...?«

»Wie soll ich nicht; jetzt ist es kinderleicht, und ich sehe die Szene vor mir, als ob ich dabei gewesen wäre: Es standen *zwei* Personen vor der Kasse, die eine wollte den Diebstahl verüben, die andere suchte sie daran zu hindern! Das ist klar.«

»Es ist wenigstens wahrscheinlich, mein lieber Fanferlot, aber – welche Schlüsse ziehst du nun aus unserer Annahme?«

»Vor allem, daß ich mich nicht getäuscht habe und der Kassierer unschuldig ist, denn er konnte diese Kasse öffnen und schließen, wann er wollte. Er würde in Gegenwart von Zeugen sich gewiß nicht zum Stehlen angeschickt haben.«

»Sehr richtig, aber da dasselbe auch vom Bankier gilt, so ist auch seine Unschuld erwiesen.«

»Oh«, sagte Fanferlot niedergeschlagen, »das ist allerdings wahr, aber dann sehe ich keine Möglichkeit ...«

»Doch, wir müssen den Dritten, den wirklichen Räuber suchen, der sich jetzt ruhig seines Raubes freut, während der Verdacht auf zwei Unschuldigen ruht.«

»Ein Dritter! Unmöglich! Da Sie alles wissen, dürfte Ihnen auch der Umstand bekannt sein, daß nur zwei Schlüssel da sind, die der Kassierer und Fauvel stets bei sich trugen.«

»Das ist nicht richtig. An dem Abend, an welchem der Diebstahl ausgeführt wurde, lag der Schlüssel des Bankiers in einer Lade des Schreibtisches, der im Schlafzimmer steht.«

»Der Schlüssel allein genügt nicht, zum Öffnen ist auch noch das Codewort erforderlich.«

»Wie lautete das Stichwort?«

»Gypsy.«

»Der Name von Bertomys Geliebten. Nun – kommst du nicht darauf? Ich will dir auf die Spur helfen, mein liebes Eichhörnchen: sobald du den Mann entdeckt hast, der mit dem Kassierer so befreundet ist, um ihm das Geheimnis des Codeworts zu entlocken, und der gleichzeitig bei Fauvel aus und ein geht, dann hast du das Rätsel gelöst und den wirklichen Täter gefunden.«

»Wenn Sie sich der Sache annehmen, dann muß es gelingen.«

»Ich hoffe es, aber höre, niemand darf wissen, daß ich mich an der Untersuchung beteilige – meine Gründe kümmern dich nicht, es genügt, daß der Erfolg nur dir allein zugeschrieben werden wird. Ich kann auf deine Verschwiegenheit zählen?«

»Oh, Meister, wie können Sie zweifeln, ich bin Ihnen ja zu größtem Dank verpflichtet.«

»Schön, dann reden wir nicht weiter darüber. Jetzt nimm die Fotografie des Geldschranks und begib dich sofort zum Untersuchungsrichter, der, wie ich weiß, völlig ratlos ist. Erkläre ihm alles, zeige ihm den Versuch mit dem Schlüssel, und ich bin sicher, daß er den Kassierer in Freiheit setzen wird. Er muß nämlich frei sein, wenn ich mit meinen Maßnahmen beginnen soll.«

»Ich gehe sofort. Aber bitte, sagen Sie mir noch, soll ich durchblicken lassen, daß ich einen Dritten im Verdacht habe?«

»Natürlich, das Gericht muß wissen, daß du den Fall weiter verfolgen willst. Pertingent wird dir den Auftrag geben, Bertomy zu überwachen, sage, daß du ihn nicht aus den Augen verlieren wirst.«

»Und wenn er nach Nina Gypsy fragt?«

Lecoq zögerte einen Augenblick, ehe er erwiderte: »Dann sage ihm, du habest sie in Bertomys Interesse veranlaßt, eine Stelle in einem Haus anzunehmen, wo sie Gelegenheit hat, eine verdächtige Person zu überwachen.«

Fanferlot war sehr erfreut, er bedankte sich nochmals, nahm die Fotografie und wollte sich empfehlen, aber Lecoq hielt ihn zurück. »Noch eins, liebes Eichhörnchen, verstehst du mit Pferden umzugehen?«

»Das will ich meinen, ich war doch früher Stallmeister im Zirkus Renz.«

»Richtig, ich erinnere mich, das kommt uns sehr zustatten. Also, sobald die Angelegenheit beim Untersuchungsrichter erledigt ist, eilst du nach Hause, dort ziehst du dich wie ein Kammerdiener an, machst dir dazu die passende Frisur zurecht und begibst dich in das Stellenvermittlungsbüro, für welches ich dir einen Brief mitgeben werde.«

»Aber, Meister ...«

»Keinen Widerspruch, mein Lieber; der Stellenvermittler wird dich zu dem Marquis von Clameran, der einen Kammerdiener sucht, schicken.«

»Verzeihen Sie, aber der Marquis ist nicht Bertomys Freund, folglich ...«

»Sei so gut, schweige, tue, was ich dir sage, und kümmere dich nicht um das übrige. Der Marquis ist allerdings nicht Prospers Freund, aber er ist der Freund und Beschützer Raoul von Lagors'. Wir müssen in Erfahrung bringen, woher die Vertrautheit dieser beiden im Alter so verschiedenen

Männer stammt, wir müssen erfahren, was der Hüttenbesitzer, der sich um seine Hochöfen nicht im geringsten kümmert, sondern in Paris lebt, für ein Mensch ist. Und weil er im Louvrehotel, das schwer zu überwachen ist, wohnt, sollst du ihn aus nächster Nähe im Auge behalten. Er hat Wagen und Pferde, da du kutschieren kannst, wirst du ihn fahren und auf diese Weise über all seine Schritte genau Bescheid wissen. Noch eins: Der Marquis ist ein sehr mißtrauischer Charakter, also sei auf deiner Hut. Du stellst dich ihm unter den Namen Josef Dubois vor und weist dich mit diesen drei Zeugnissen aus, die bestätigen, daß du bei hohen Herrn gedient hast und daß sie mit deinen Dienstleistungen zufrieden waren. So, nun kannst du gehen, mach deine Sache gut.«
»Sie sollen mit mir zufrieden sein, Meister.«
Nachdem Fanferlot sich entfernt hatte, eilte Lecoq in sein Schlafzimmer, und im Nu hatte er sein Äußeres, sozusagen den offiziellen Lecoq, der aus Brille, Perücke, weißer Halsbinde und so weiter bestand, abgestreift und stand in seiner wahren Gestalt, die fast noch niemand gesehen hatte, da. Er war ein schöner junger Mann mit dunklem Kraushaar, feurigen Augen und beweglicher Mimik.
Er setzte sich an seinen Toilettentisch, auf dem zahllose Büchschen und Dosen mit allerlei Salben und Essenzen standen und eine Menge Perücken und Bärte in allen Farben lagen, und es dauerte nicht lange, da war der wirkliche Lecoq verschwunden, und der freundliche dicke Herr mit dem rötlichen Gesicht und dem graublonden Backenbart schaute aus dem Spiegel.
Wenn nur Fanferlot keine Zeit verliert, dann kann ich gleich ans Werk gehen, dachte er, als er seine Wohnung verließ.
Nein, Fanferlot verlor keine Zeit, er lief nicht, er flog fast aufs Gericht, er war glücklich, mit seinem Scharfsinn glän-

zen zu können, daß es nicht sein eigener war und er sich mit fremden Federn schmückte, vergaß er – wahrscheinlich in der Eile – ganz und gar.

Der Untersuchungsrichter bewunderte in der Tat die Genialität des Verfahrens, und wenn er auch nicht vollständig überzeugt war, so mußte er doch zugeben, daß es den Kassierer wesentlich entlastete.

»Ich will in der Strafkammer günstig aussagen«, erklärte er, »und man wird ihn wahrscheinlich sofort freilassen.«

Nachdem Fanferlot sich entfernt hatte, sagte er zu seinem Schreiber: »Das ist nun wieder eines jener Verbrechen, das unaufgeklärt bleibt und nur unser Archiv um eine Akte vermehrt.«

Und mit eigener Hand schrieb er auf den Umschlag die Ziffer, die an der Reihe war: 113.

6.

Neun Tage hatte sich Prosper Bertomy in Untersuchungshaft befunden, als ihm der Gefängniswärter endlich seinen Freilassungsbefehl überbrachte.

Das Verfahren gegen ihn, hieß es dann, ist wegen Mangel an Beweisen eingestellt worden, und er konnte gehen, wohin es ihm beliebte. Zuerst händigte man ihm in der Kanzlei alle ihm gehörenden Gegenstände, die man ihm abgenommen hatte, wieder aus, dann öffneten sich die Tore, und er war frei.

Wohl war er frei, aber die Ehre hatte ihm das Gericht nicht wiedergegeben, der Verdacht ruhte noch auf ihm wie ein Schandmal. Seine Lage kam ihm erst voll zum Bewußtsein, als er draußen stand, von milden Frühlingslüften umweht,

mitten im Getriebe der Stadt, in der er nun wie ein Ausgestoßener herumirren sollte! Würde er auch nur eine Tür offen finden, eine einzige entgegengestreckte Freundeshand? Nein, alle würden sich von ihm abwenden, denn seine Ehre trug den Makel eines schweren Verdachts.
Er stand am Kai, zu seinen Füßen floß die Seine, der Gedanke an den Tod lockte ihn.
»Ach«, sagte er seufzend, »ich habe nicht einmal das Recht zu sterben, ich muß leben, um meine Ehre wiederzuerlangen!«
Aber was nun beginnen? Solange er noch im Gefängnis schmachtete, war sein einziger Gedanke gewesen: Oh, wenn ich nur frei wäre, dann würde ich den Schändlichen entlarven, vernichten! – Nun war er frei, aber was konnte, sollte er beginnen?
Er war ratlos!
Langsam schlug er den Weg zu seiner Wohnung ein. Neue Sorgen bestürmten ihn: was mochte in diesen neun Tagen, in denen er aus der Zahl der Lebenden gestrichen war, vorgefallen sein? Und was sollte er nun beginnen, einsam und ohne Freund. Sein eigener Vater glaubt ihm nicht –, wer würde ihm glauben?
Nina! Unwillkürlich kam ihm dieser Name in den Sinn, und der Gedanke an sie hatte etwas ungemein Beruhigendes für ihn. Zwar hatte er das arme Mädchen nie geliebt, ja, es hatte sogar Augenblicke gegeben, wo er sich widerwillig von ihr abgewandt hatte, aber in diesem Augenblick empfand er es als Wohltat, daß er nicht einsam sein würde. Ein Weib ist im Unglück immer treu, selbst wenn sie es im Glück nicht immer ist. Nina würde an ihn glauben, ihm ein Trost sein!
Vor seinem Haus angelangt, zögerte er einzutreten. Er hatte die natürliche Scheu eines – wenn auch fälschlich – Be-

schuldigten und fürchtete, einem bekannten Gesicht zu begegnen. Da kam eben der Hausmeister heraus, und als er Bertomy erblickte, rief er: »Ah, ich freue mich, daß Sie wieder da sind! Na, ich habe es ja gleich gesagt, als ich in der Zeitung las, daß Sie gestohlen haben sollen, nein, sagte ich, das glaube ich nicht, unser Mieter vom dritten Stock ist ein Ehrenmann, ein Kavalier …«
Bertomy fühlte sich von dem Wortschwall peinlich berührt, er unterbrach ihn daher und fragte: »Mademoiselle ist wohl nicht mehr hier, hat sie nicht ihre neue Adresse zurückgelassen?«
»Nein, am Tage, als Sie verhaftet wurden, ist sie mit ihrem ganzen Gepäck weggefahren, und seitdem wissen wir nichts mehr von ihr.«
Bertomy war von dieser Mitteilung schmerzlich berührt. »Und die Diener?« fragte er.
»Ihr Herr Vater hat sie ausbezahlt und weggeschickt.«
»Ist mein Vater hier?«
»Nein, er ist heute morgen abgereist, aber er sagte, daß sein bester Freund Ihre Rückkehr in der Wohnung abwarten würde, Sie werden ihn gewiß kennen, es ist ein freundlicher, dicker, älterer Herr, mit rotem Gesicht und graublondem Backenbart.«
Prosper war erstaunt: ein Freund seines Vaters, den er obendrein nach der Beschreibung gar nicht erkannte, erwartete ihn – was sollte das bedeuten? Aber er wollte sich seine Verwunderung nicht anmerken lassen.
»Ja, ich weiß«, sagte er, eilte rasch die Treppe hinauf und läutete an seiner Tür.
Ein Herr, auf den die Beschreibung des Hausmeisters vollkommen paßte, öffnete ihm. Prosper hatte ihn noch nie gesehen.

»Ich freue mich sehr, Ihre werte Bekanntschaft zu machen«, sagte er und tat, als ob *er* hier zu Hause wäre.
»Ich muß gestehen ...«, antwortete Bertomy.
»Sie wundern sich über meine Anwesenheit, nicht wahr? Ja, das finde ich begreiflich, Ihr Vater wollte eigentlich unsere Bekanntschaft vermitteln, aber er mußte nach Hause zurückkehren, und so will ich mich selber vorstellen. Vorerst aber lassen Sie mich Ihnen sagen, daß Ihr Vater die Überzeugung von Ihrer Unschuld, an die auch ich fest glaube, mitgenommen hat. Übrigens«, fuhr er fort, noch ehe Prosper ein Wort der Erwiderung finden konnte, »hat Ihr Vater einen Brief für Sie zurückgelassen, hier ist er.«
Prosper nahm den Brief, und während er las, erhellte sich sein Gesicht, und seine blassen Wangen röteten sich wieder. Dann reichte er dem Fremden die Hand und sagte: »Mein Vater nennt Sie seinen besten Freund und mahnt mich, Ihnen zu vertrauen und Ihre Ratschläge zu befolgen.«
»Und ich will Ihnen gern beistehen, übrigens wissen Sie meinen Namen noch nicht, ich heiße Verduret und war bisher Notar, habe mich aber zur Ruhe gesetzt und verfüge frei über meine ganze Zeit, die ich jetzt ausschließlich Ihnen widmen will. Aber zunächst die Frage: Was gedenken Sie zu tun?«
»Was ich zu tun gedenke?« rief Prosper mit bebender Stimme und blitzenden Augen. »Den Elenden, der mir meine Ehre geraubt hat, will ich ausfindig machen, mich an ihm rächen, und gelte es mein Leben!«
»Und auf welche Weise denken Sie an dies Ziel zu gelangen? Haben Sie einen Plan?«
»Nein, aber es wird die Aufgabe meines Lebens sein, dies Ziel zu erreichen, und ich glaube, was man so mit ganzer Seele will, das gelingt!«

»Ich stimme Ihnen vollkommen zu, Monsieur Bertomy, und da ich von vornherein von Ihrer Absicht überzeugt war, habe ich über die Sache bereits nachgedacht und einen Plan entworfen. Fürs erste verkaufen Sie Ihr Mobiliar, verlassen dies Haus und verschwinden vom Schauplatz.«
»Verschwinden«, rief Prosper empört, »das kann Ihr Ernst nicht sein, verschwinden würde heißen, mich schuldig zu bekennen. Alle würden sagen, daß ich mich mit meiner Beute in Sicherheit gebracht habe.«
»Nun, was liegt daran, was die Leute meinen?« entgegnete Verduret. »Waren Sie nicht eben bereit, Ihr Leben in die Schanze zu schlagen, um Ihre Ehre wiederzugewinnen? Ans Ziel gelangen, das können Sie nur durch Klugheit. Wenn Ihr Feind Sie ins Wasser stößt, werden Sie als gewandter Schwimmer sofort wieder an der Oberfläche auftauchen? Nein, Sie werden ihn täuschen, ihn in dem Glauben lassen, daß Sie ertrunken seien, indes Sie unter Wasser so lange als möglich fortschwimmen und erst an einer Stelle auftauchen, wo Sie außer Sicht sind. Sie haben unzweifelhaft einen Feind; nur wenn Sie verschwunden sind, wird er die Vorsicht außer acht lassen, wird sich verraten, dann erst, wenn er entlarvt ist, erscheinen Sie und nehmen Ihre Rache.«
Prosper hörte mit wachsender Bewunderung den Auseinandersetzungen des Fremden zu, und ohne Besinnen antwortete er: »Ich werde Ihren Rat befolgen, Monsieur Verduret.«
»Das freut mich um so mehr, als ich schon damit rechnete und mit einem Möbelhändler in Verhandlung getreten bin. Er wird heute noch kommen und alles, was da ist, übernehmen. Da Sie ohne Geld sind, wird Ihnen der Erlös sehr zustatten kommen.«
»Ich füge mich.«

»Schön, mein lieber Freund, und nun sagen Sie mir, sind Sie mit Monsieur von Lagors befreundet?«
»Er ist mein bester Freund.«
»So? Da können Sie mir wohl sagen, was er für ein Patron ist?«
Dies Wort schien Prosper zu verletzen. Sein Ton klang etwas gereizt, als er antwortete: »Raoul von Lagors ist der Neffe von Madame Fauvel, der liebenswürdigste, geistreichste Kavalier, der beste, treueste Mensch, den ich kenne, und dazu schön wie ein griechischer Gott.«
»Das ist viel auf einmal, ich freue mich schon, seine Bekanntschaft zu machen. Um es kurz zu sagen, ich habe ihm in Ihrem Namen geschrieben, und er hat seinen Besuch angesagt, ich habe nämlich einen Plan und möchte Sie für die Unterredung mit ihm vorbereiten.«
Ein Klingeln unterbrach Verduret. »O weh«, sagte er, »zu spät, da ist er schon. Wo kann ich mich nur verstecken, um Zeuge Ihres Gesprächs zu sein?«
»Hier rechts ist mein Schlafzimmer, lassen Sie die Tür offen und die Portiere herunter.«
Ein zweites Klingeln ertönte. Prosper wandte sich zum Gehen.
»Noch eins«, ermahnte Verduret mit eindringlichem Ton, »verraten Sie Ihre Pläne mit keinem Wort, und erwähnen Sie auch mich nicht. Zeigen Sie sich völlig entmutigt und niedergeschlagen.«
Verduret verschwand ins Nebenzimmer, und Prosper beeilte sich, seinem Freund die Tür zu öffnen.
Das Bild, das Prosper von Raoul entworfen hatte, war durchaus nicht geschmeichelt. Der Gesichtsausdruck des schönen Jünglings war so edel, daß man an seinen Herzenseigenschaften sowie Geistesgaben nicht zweifeln konnte.

Das erste, was er tat, als er eingetreten war, daß er Prosper um den Hals fiel. »Armer, lieber Freund«, sagte er, »armer, armer Prosper.«
Verduret fand den Ton dieser Beileidskundgebung etwas gezwungen, aber Prosper merkte nichts davon.
»Dein Brief hat mich schmerzlich berührt«, fuhr Raoul fort, indem er sich auf einem Fauteuil niederließ, »ich war ganz außer mir und fragte mich, ob du denn bei Verstande seist? In der Angst habe ich alles stehen- und liegengelassen und bin zu dir geeilt.«
Prosper hörte mit Verwunderung zu, was mochte in dem Brief, den er nicht geschrieben, gestanden haben? Und wer war der geheimnisvolle Fremde, der ihm seine Hilfe angeboten hatte?
Unterdessen sprach Raoul weiter: »Warum willst du verzweifeln? Du bist noch jung, du kannst ein neues Leben beginnen. Und ich werde dich nicht verlassen, ich bin dein Freund, mein halbes Vermögen steht zu deiner Verfügung, und du weißt, daß ich reich bin.«
Prosper war von dem edlen Anerbieten tief gerührt. »Ich danke dir, mein lieber Raoul«, antwortete er mit bewegter Stimme, »mir kann leider alles Geld der Erde nichts nützen.«
»Warum? Hast du denn keine Pläne? Denkst du in Paris zu bleiben?«
»Ich weiß es nicht, ich habe keine Pläne, ich weiß nicht, was ich beginnen soll, ich habe den Kopf verloren.«
»Oh, das darfst du nicht, du mußt handeln. Laß mich ganz aufrichtig mit dir sprechen, mein lieber Prosper. Solange der rätselhafte Diebstahl nicht aufgeklärt ist, kannst du nicht in Paris bleiben.«
»Und wenn er nie aufgeklärt wird?«

»Um so mehr Grund hast du zu verschwinden. Eben erst sprach ich von dir mit Clameran – du bist ungerecht gegen ihn, denn er ist dir wirklich zugetan. Er sagte: ›Wenn ich an Prospers Stelle wäre, würde ich alles zu Geld machen und nach Amerika gehen, drüben würde ich mir ein Vermögen erwerben, dann als Millionär zurückkehren und meine Feinde vernichten.‹ «
Prospers Stolz empörte sich gegen diesen Rat, er wollte auffahren, aber rechtzeitig erinnerte er sich Verdurets Mahnung, und er schwieg.
»Nun?« drängte Raoul, »was meinst du dazu?«
»Ich will es mir überlegen, ich weiß selbst nicht, was ich will und soll. Übrigens – was sagt denn Monsieur Fauvel?«
»Ach, du weißt, daß der Onkel nicht gut auf mich zu sprechen ist, seit ich es abgelehnt habe, in sein Geschäft einzutreten; seit einem Monat war ich nicht mehr dort. Aber deinen Schützling, den jungen Cavaillon, habe ich getroffen, und durch ihn habe ich Nachrichten. Der arme Onkel soll entsetzlich aussehen, die Geschichte scheint ihn mehr angegriffen zu haben als dich ...«
»Und Madame Fauvel ... und Mademoiselle Madeleine?« fragte Bertomy zögernd.
»Ach, die Tante«, versetzte Raoul leichthin, »die Tante ist natürlich noch immer fromm, sie läßt sogar für den Täter Messen lesen, meine schöne kalte Cousine aber denkt nicht mehr an den Vorfall, sie hat zuviel mit Vorbereitungen für den Kostümball, der übermorgen bei Bankier Jandidier stattfindet, zu tun. Sie wird ein wunderbares Kostüm als Edeldame aus der Zeit Katharinas von Medici haben.«
Diese Mitteilung traf Prosper wie ein neuer Schlag. »Ist's möglich, Madeleine ...«, flüsterte er vor sich hin.
Raoul tat, als hörte er nichts, er erhob sich und sagte: »Nun

muß ich gehen, lebe wohl, mein lieber Prosper, und verliere den Mut nicht, nach dem Ball komme ich wieder und erzähl dir, wie es gewesen ist. Unterdessen überlege dir meinen Rat, und wenn du Geld brauchst, du weißt, ich steh dir gern zu Diensten.«

Er drückte Prosper die Hand und ging.

Dieser stand ganz schmerzversunken da, und erst die Stimme Verdurets riß ihn aus seiner Betäubung.

»So sind die Freunde«, sagte er.

»Ja«, entgegnete Prosper bitter, »und doch hat er mir die Hälfte seines Vermögens angeboten.«

»Als ob solch ein Anerbieten zu irgend etwas verpflichten würde, er hätte Ihnen ebensogut sein ganzes Vermögen zur Verfügung stellen können, das hätte noch großmütiger ausgesehen. Übrigens zweifle ich gar nicht, daß der junge Herr gern ein beträchtliches Geldopfer brächte, nur um den Ozean zwischen sich und Ihnen zu wissen.«

»Oh, warum sollte er ...?«

»Warum? Vielleicht aus demselben Grund, warum er Ihnen so recht bemerklich erzählte, daß er schon vier Wochen keinen Fuß in seines Onkels Wohnung gesetzt hat.«

»Ich glaube, daß es sich wirklich so verhält.«

»Aber gewiß, mein Lieber«, sagte Verduret lächelnd. »Und nun genug von ihm«, fügte er ernst hinzu, »ich weiß jetzt Bescheid, mehr wollte ich nicht. Jetzt haben wir Wichtigeres zu tun. Vor allem anderen müssen Sie sich umkleiden, weil wir zusammen einen Besuch zu machen haben.«

»Einen Besuch? Bei wem?«

»Bei Monsieur Fauvel.«

»Niemals«, rief Prosper heftig aus. »Ich will diesen Elenden nie mehr sehen!«

»Ich verstehe und entschuldige Ihre Heftigkeit«, erwiderte

Verduret gelassen, »aber Sie werden sich überwinden und mit mir kommen. Ebenso wie es nötig war, daß ich Lagors sah und beobachtete, ebenso wichtig ist es für mich, Fauvel kennenzulernen. Da ich nicht allein hingehen kann, müssen Sie sich eben ein wenig zusammennehmen. Ich werde mich als Ihren Verwandten vorstellen, und Sie brauchen kein Wort zu reden.«

»Wenn es durchaus sein muß ...«

»Ja, es *muß* sein. Beeilen Sie sich, es ist spät.«

Während Bertomy in sein Zimmer ging, um sich umzukleiden, klingelte es wieder. Verduret öffnete, es war der Hausmeister, der einen umfangreichen Brief in der Hand hielt.

»Man hat soeben diesen Brief für Monsieur Bertomy bei mir abgegeben – er sieht recht seltsam aus, nicht?«

Der Brief sah in der Tat ungewöhnlich aus, denn die Adresse war nicht mit der Hand geschrieben, sondern die Worte waren aus ausgeschnittenen gedruckten Buchstaben zusammengesetzt.

Verduret nahm das Päckchen, hieß den Hausmeister einen Augenblick im Vorzimmer warten und trat wieder ins Zimmer.

»Man hat dies für Sie gebracht«, sagte er zu Prosper, während er den Brief ohne Umstände öffnete.

Er enthielt zehn Tausendfrancscheine und einen kleinen Zettel, auf dem ebenfalls, wie auf der Adresse, gedruckte Buchstaben aufgeklebt waren.

»Was bedeutet das?« fragte Prosper bestürzt.

»Das werden wir sogleich erfahren, wenn wir dies merkwürdige Briefchen lesen. Also hören Sie: Lieber Prosper, ein Freund, der Deine entsetzliche Lage kennt, beeilt sich, Dir zu Hilfe zu kommen. Aber es gibt nur einen Ausweg, Du mußt Frankreich verlassen. Du bist jung, die Zukunft gehört

Dir. Gehe mit Gott, und möge dies Geld Dir Glück bringen.«

»Haben sich denn alle Leute verschworen, mich fortzuschikken?« rief Prosper wild.

Verduret lächelte befriedigt. »Gehen Ihnen endlich die Augen auf? Merken Sie endlich, daß es Leute gibt, denen Ihre Anwesenheit unbequem ist und die Sie um jeden Preis entfernen wollen?«

»Aber wer sind diese Leute, und wer darf sich unterstehen, mir Geld zu schicken?«

Verduret schüttelte traurig das Haupt. »Wenn ich das wüßte, mein lieber Prosper, dann wäre meine Aufgabe erfüllt, und wir hätten den Dieb. Aber lassen Sie mich nur machen, jetzt haben wir einen schlagenden Beweis in Händen, das übrige wollen wir schon herausbringen. Zunächst will ich den Hausmeister ins Verhör nehmen.«

Er öffnete die Tür und rief hinaus: »Sie, guter Mann, kommen Sie herein.«

Der Hausmeister näherte sich, er war ein wenig verwundert, weil der Fremde hier den Herrn spielte.

»Wer hat diesen Brief gebracht?« fragte Verduret.

»Ein Dienstmann, er sagte, der Gang sei schon bezahlt.«

»Kennen Sie ihn?«

»Ja, er steht an der Straßenecke.«

»Holen Sie ihn.«

Der Hausmeister ging, und Verduret setzte sich an den Tisch, auf welchem das Geld lag, zog ein Notizbuch aus der Tasche und betrachtete bald die Banknoten, bald die Zahlen, die in seinem Buch eingetragen waren. Endlich sagte er entschiedenen Tones: »Diese Banknoten hat Ihnen *nicht* der Dieb geschickt.«

»Sie meinen?«

»Ich bin überzeugt davon, es wäre denn, daß er mit außerordentlichem Scharfsinn begabt ist. Aber so viel steht fest, daß diese Tausendfrancscheine nicht zu den aus Ihrer Kasse entwendeten gehören – denn hier habe ich die Nummern der gestohlenen Banknoten.«

»Ist es möglich!« rief Prosper verblüfft, »die hatte ich nicht einmal selbst!«

»Aber die Bank hatte sie, und das ist ein Glück.«

»Und *Sie* denken an alles!«

Verduret lächelte schwach, aber er wurde sofort ernst, erhob sich und ging nachdenklich auf und ab. Dabei sprach er halblaut vor sich hin und schien die Anwesenheit des anderen vollkommen vergessen zu haben.

»Da das Geld nicht vom Dieb herrührt, so kann es nur von jener Person stammen, die zwar anwesend war, den Diebstahl aber nicht abzuwenden vermochte und nun von Gewissensbissen gemartert wird – meine Annahme, auf die mich der Strich an der Kasse brachte, wird nun zur völligen Gewißheit.«

Prosper hörte staunend zu, begriff aber nichts, doch wagte er nicht, den Freund seines Vaters mit Fragen zu unterbrechen.

»Wir müssen nun herausbringen«, fuhr Verduret fort, »wer diese zweite Person ist.«

Er nahm den Brief nochmals auf und las ihn aufmerksam durch.

»Der Brief ist unzweifelhaft von einer Frau verfaßt«, sagte er dann, »ein Mann hätte seine Ausdrücke sorgfältiger gewählt und nicht ›Hilfe‹ geschrieben, ein Wort, das ja im höchsten Grade verletzend wirkt, aber die Frauen ahnen nicht, wie töricht empfindlich die Männer in gewisser Beziehung sind. Die Schreiberin hat wirklich helfen wollen und darum naturgemäß das Wort Hilfe geschrieben, während ein Mann etwas von Darlehen oder dergleichen gesprochen hätte ...«

»Wie sollte denn eine Frau in die Sache verwickelt sein?« bemerkte Prosper.

Aber Verduret beachtete den Einwurf nicht. Er ging mit dem Brief ans Fenster und betrachtete die Buchstaben sorgfältig, denn er wollte herausfinden, wo sie ausgeschnitten sein mochten.

Es war ihm sofort klar, da die Schrift klein, der Druck sehr sauber und das Papier sehr glatt war, daß der Ausschnitt weder aus der Zeitung noch aus einem gewöhnlichen Buch stammen konnte. Es waren besondere Buchstaben, die nicht allen Druckereien eigen sind.

»Ich hab's«, rief er plötzlich, »die Worte sind aus einem Gebetbuch ausgeschnitten! Übrigens können wir uns gleich überzeugen ...«

Und rasch befeuchtete er die aufgeklebten Worte und löste sie dann mit einer Stecknadel ab; auf der Rückseite eines der Worte stand lateinisch »Deus«.

»Hab ich's nicht gesagt?« rief er befriedigt lächelnd. »Nun gilt es, auch das Gebetbuch ausfindig zu machen ...«

Er wurde durch den Hausmeister unterbrochen, der den Dienstmann hereinführte.

Verduret zeigte dem Mann den Briefumschlag. »Erinnern Sie sich, diesen Brief gebracht zu haben?«

»Gewiß, er ist ja sehr auffällig.«

»Und wer hat Ihnen den Brief übergeben, ein Herr oder eine Frau?«

»Ein Dienstmann.«

»So kennen Sie ihn?«

»Nein, ich habe ihn noch nie gesehen.«

»Hat er Ihnen vielleicht gesagt, wer ihm den Auftrag erteilt hat?«
»Ja, er sagte, ein Kutscher habe ihm auf dem Boulevard den Brief übergeben.«
Soviel Vorsichtsmaßregeln, dachte Verduret, die Person will im dunkeln bleiben, und laut sagte er zum Dienstmann: »Würden Sie Ihren Kollegen wiedererkennen?«
»Gewiß, wenn ich ihn treffe.«
»Schön, jetzt sagen Sie mir, wieviel Sie pro Tag verdienen.«
»Das ist nicht immer gleich, aber acht bis zehn Franc sicher.«
»Also, dann gebe ich Ihnen zehn Franc, Sie haben weiter nichts zu tun, als spazierenzugehen und nach dem Kollegen Umschau zu halten, allabendlich um acht kommen Sie ins Hotel Erzengel, fragen nach Monsieur Verduret, erstatten mir Bericht und holen sich Ihr Geld. Sobald Sie den Mann ausfindig gemacht haben, erhalten Sie noch obendrein fünfundzwanzig Franc. Paßt Ihnen dies Geschäft?«
»Das will ich meinen!«
»Dann machen Sie sich sogleich auf den Weg!«
»Glauben Sie wirklich, daß eine Dame hinter diesem Geheimnis steckt?« fragte Prosper, nachdem der Dienstmann sich entfernt hatte.
»Natürlich, ich bin überzeugt davon, und zwar ist es eine fromme Dame, die mehrere Gebetbücher besitzt, da sie aus einem die Buchstaben herausgeschnitten hat.«
»Und Sie hoffen, das zerschnittene Gebetbuch zu finden?«
»Ja, mein Lieber, denn mir steht ein Mittel zu Gebote – und dies werde ich sofort anwenden.«
Bei diesen Worten schrieb er einige Zeilen in sein Notiz-

buch, riß das Blatt heraus, rollte es zusammen und ließ es in die Westentasche gleiten. Dann sagte er: »Kommen Sie, Prosper, nun wollen wir Monsieur Fauvel unseren Besuch abstatten und dann essen gehen.«

7.

Raoul von Lagors hatte nicht übertrieben, als er von Fauvels schlechtem Aussehen und seiner Niedergeschlagenheit sprach. In der Tat war der Bankier seit dem Tage, an welchem sein Kassierer auf seine Anzeige hin verhaftet worden war, von tiefer Schwermut ergriffen, und der sonst so tätige Mann kümmerte sich kaum um sein Geschäft. Den ganzen Tag saß er in seinem Arbeitskabinett eingeschlossen und war für niemand, nicht einmal für seine Familie, zu sprechen.

Am Tage von Prospers Freilassung saß Fauvel wie gewöhnlich an seinem Schreibtisch, hatte die Ellbogen aufgestützt, den Kopf in die Hände gelegt und starrte trübsinnig ins Weite. Plötzlich trat der Kammerdiener mit bestürzter Miene ins Zimmer und meldete: »Monsieur Bertomy ist mit einem zweiten Herrn, einem Verwandten, wie er sagt, hier und will sich durchaus nicht abweisen lassen. Er wünscht Sie zu sprechen.«

Der Bankier war bei der Meldung aufgesprungen. »Wie, er wagt es!« rief er zornbebend, aber er faßte sich sogleich; und in ruhigerem Ton fügte er hinzu: »Ich lasse die Herren bitten.«

Einen Augenblick später standen sich die beiden Gegner gegenüber und maßen sich mit haßerfüllten Blicken; Fauvel war hochrot, mit zorngeschwollenen Adern auf der Stirn, Prosper dagegen war bleich, seine Lippen zitterten.

Verduret brach das peinliche Stillschweigen. Er stellte sich als nahen Verwandten Prospers vor und fügte hinzu: »Es wird Ihnen bekannt sein, Monsieur Fauvel, daß mein Neffe freigelassen worden ist.«
»Ja«, entgegnete Fauvel, der sich nur mit Mühe beherrschte, »ja, aus Mangel an Beweisen.«
»So ist es, und da dieser Umstand der Zukunft meines Neffen schadet, so hat er sich entschlossen, nach Amerika auszuwandern.«
Fauvels Gesicht hellte sich bei dieser Mitteilung auf. »Soso, er wandert aus, soso«, wiederholte er mehrmals und mit einer Betonung, die einer Beleidigung gleichkam.
Prosper hatte Mühe, sich zu beherrschen, Verduret aber blieb vollkommen ruhig, als ob er den Schimpf nicht verstanden hätte.
»Ich meine, mein Neffe tut gut daran, nur habe ich gewünscht, daß er sich vor seiner Abreise von seinem ehemaligen Chef verabschiedet.«
»Monsieur Bertomy hätte sich den Schritt, der für uns beide peinlich ist, ersparen können«, entgegnete Fauvel finster. »Ich glaube, wir haben einander nichts zu sagen.«
Das war eine deutliche Verabschiedung. Verduret verbeugte sich stumm und zog Prosper, der keine Silbe gesprochen hatte, mit sich fort.
Erst auf der Straße fand Bertomy die Sprache wieder. »Sie haben es gewollt, sind Sie nun zufrieden, daß ich diese Demütigung, die gar keinen Zweck hat, auch noch erdulden mußte?«
»Lieber Freund, es *mußte* sein, ich konnte nicht allein zu dem Bankier gehen, und doch *mußte* ich ihn sehen, um mir Gewißheit zu verschaffen. Jetzt weiß ich, daß er mit dem Diebstahl nichts zu schaffen hat. Übrigens hatte ich noch

einen anderen Grund, ich wollte auch wissen, ob er argwöhnischer Natur ist — und auch dies weiß ich nun.«
Während sie sprachen, waren sie langsamer gegangen und zuletzt stehengeblieben. Verduret hatte den Kopf gewendet, als suche er jemand mit den Blicken, und in der Tat kam Cavaillon plötzlich auf sie zugelaufen. Er mußte es sehr eilig gehabt haben, denn er hatte nicht einmal einen Hut aufgesetzt und war so aufgeregt, daß er seinen Freund Prosper gar nicht begrüßte und sich nur an Verduret wandte, dem er die seinem Freunde unverständlichen Worte zuflüsterte: »Sie sind seit einer Viertelstunde fort.«
»Schon so lange? Da ist Eile nötig. Vorher aber nehmen Sie dies und übergeben Sie es ihr. Und nun machen Sie, saß Sie in Ihr Büro kommen. Es war unvorsichtig von Ihnen, ohne Hut davonzustürzen.«
Verduret hatte das Zettelchen, das er vorher bei Prosper geschrieben, hervorgezogen und Cavaillon ausgehändigt, und dieser eilte, was er konnte, zurück.
Prosper war von der ihm unverständlichen Szene befremdet.
»Sie kennen Cavaillon?«
»Wie Sie sehen, aber wir haben keine Zeit zu verlieren, kommen Sie rasch.«
Und fast im Laufschritt eilte er vorwärts.
Endlich machte er halt, wandte sich zu Prosper um, der atemlos folgte, und sagte: »Wir sind da.« Dann trat er in ein Haus, führte Prosper zwei Stockwerke hinauf und hielt vor einer mit einem Porzellanschild versehenen Tür, auf dem zu lesen stand »Modesalon«.
Ohne zu läuten, klopfte Verduret leicht zweimal an, und als ob jemand auf dieses Zeichen gewartet hätte, öffnete sich die Tür sofort.

Eine ältere, anständig gekleidete Frau empfing die Ankömmlinge mit stummem Gruß und führte sie in einen kleinen Warteraum.

Verduret zeigte auf eine Tapetentür und fragte: »Ist sie da drinnen?«

»Ja«, entgegnete die Frau, »im kleinen Salon.«

Ohne weiteres öffnete Verduret die Tür und schob Prosper sanft hinein. »Kaltes Blut«, flüsterte er ihm zu.

Was soll die Mahnung? dachte Prosper und ließ den Blick über das Gemach gleiten – aber schon stieß er einen Schrei der Überraschung aus: »Madeleine!«

In der Tat stand das junge Mädchen in einer Ecke des Salons vor einer Gliederpuppe und glättete an den Falten eines prächtigen goldgestickten roten Samtkleides, das ohne Zweifel ihr Ballkostüm war.

Bei Prospers Ausruf wandte sie sich jäh um. Sie klammerte sich an eine Sessellehne, um nicht umzusinken.

»Madeleine«, wiederholte Prosper, noch immer fassungslos.

Sie aber hatte inzwischen ihren Schwächeanfall überwunden. Stolz richtete sie sich auf und sagte: »Was gibt Ihnen die Kühnheit, meinen Schritten nachzuspüren? Wie können Sie sich erlauben, mir zu folgen und hier einzudringen?«

Prosper hätte ihr gern gesagt, daß er daran unschuldig war, allein er fühlte sich außerstande, ihr alles zu erklären, und deshalb schwieg er.

»Hatten Sie mir nicht Ihr Ehrenwort gegeben, niemals den Versuch zu machen, mich wiederzusehen? Sind Sie so wortbrüchig?«

»Wohl habe ich Ihnen mein Wort gegeben, allein ...«, er hielt inne.

»Fahren Sie fort.«

»Es hat sich seit jenem Tage, an dem ich so schwach war, jenen Schwur zu leisten, so viel ereignet, daß ich wohl berechtigt wäre, ihn auf einen Augenblick zu vergessen. Aber ein Zufall, oder vielmehr ein Wille, der nicht der meinige ist, führte mich hierher, ich hatte keine Ahnung von dem Glück, das mir bevorstand. Ach, daß ich Sie endlich wiedersehe! Mein Herz bebte, als ich Sie erblickte, und Sie sind so unbarmherzig und stoßen mich zurück! Als ob ich nicht ohnedies unglücklich genug wäre!«

»Oh, Sie wissen, Prosper, daß ich den innigsten Anteil an Ihrem Schicksal nehme, daß ich wie eine Schwester für Sie fühle.«

»Wie eine Schwester?« wiederholte Prosper bitter, »ja, das ist das Wort, das Sie an jenem Tage aussprachen, als Sie mich aus Ihrer Nähe verbannten. Wie eine Schwester! Warum haben Sie mich dann drei Jahre lang hoffen lassen, daß ich Ihnen mehr bin als ein Bruder? Ja, als wir die Tante auf ihrer Wallfahrt nach Notre-Dame de Fourrières begleiteten, haben wir uns da nicht ewige Liebe geschworen, Andenken getauscht? Ich habe das Madonnenbildchen noch, das Sie mir gaben, aber Glück – wie Sie mir damals wünschten – hat es mir nicht gebracht!«

Madeleine machte eine Bewegung, als wollte sie ihn bitten, sie zu schonen, aber er merkte es nicht und fuhr erregt fort: »Wenige Wochen nach jener glücklichen Wallfahrt gaben Sie mir mein Wort zurück und entrissen mir das Versprechen, Sie zu meiden. Wenn ich wenigstens wüßte, was Sie dazu veranlaßt hat, was ich begangen habe, um Ihre Neigung zu verscherzen. Aber Sie würdigten mich keiner Erklärung, Sie sprachen nur von einem unüberwindlichen Hindernis, forderten meine Entfernung, und ich mußte der Welt den Glauben lassen, daß es meinerseits freiwillig geschehe. Ach,

warum haben Sie Ihr Herz von mir gewendet, Madeleine, warum?«
Große Tränen waren in Madeleines Augen getreten und rollten langsam ihre Wangen herab. »Oh, Prosper, wozu dies alles, Sie sollten mich vergessen …«
»Vergessen!« rief er, »vergessen, als ob man das könnte! Ach, ich sehe wohl, daß Sie mich nicht mehr lieben, und so bleibt mir nur – der Tod.«
»Unseliger!« stieß Madeleine hervor.
»Jawohl, unselig«, antwortete er traurig, »unselig und unglücklich, mehr als Sie ahnen können. Seit einem Jahr, seit ich Sie verloren habe, gab es für mich kein Glück. Ich sollte Sie vergessen, sagten Sie – ich habe es versucht, ich wollte mich betäuben, ich habe mich in den Strudel wilder Vergnügungen gestürzt. Vergebliches Mühen, ich habe nicht vergessen gelernt, nur wurde mir mein Dasein noch unerträglicher. Wundert es Sie nun, wenn ich mich nach dem ewigen Frieden sehne?«
»Sprechen Sie nicht so«, rief Madeleine, »das ist zuviel!«
Prosper mißverstand sie und antwortete: »Sie bemitleiden mich, Madeleine? Ach, was soll ich noch auf der Welt? Ich habe Ihre Liebe verloren, ich komme aus dem Gefängnis, entehrt, für mich gibt es keine Hoffnung, keine Zukunft mehr, mir bleibt nur die Verzweiflung!«
»Ach, Prosper, wenn Sie wüßten …«
»Ich weiß nur eins, daß Sie mich nicht mehr lieben und daß ich Sie unwandelbar liebe und ewig lieben werde!«
Er schwieg, aber Madeleine antwortete nicht.
Da ertönte plötzlich durch die Stille unterdrücktes Schluchzen, erstaunt wandten sich die beiden um: es war Madeleines Kammerjungfer, die im Hintergrund saß und heftig weinte. Madeleine hatte ihre Anwesenheit völlig vergessen,

Prosper sie nicht bemerkt, aber jetzt erkannte er sie zu seinem nicht geringen Schrecken: das einfach und bescheiden gekleidete junge Mädchen war Nina Gypsy!
Und Nina hatte alles gehört! Mitleid beschlich Prospers Herz, sie liebte ihn und mußte Zeugin seines Geständnisses, das er einer anderen machte, sein! Und an seinem eigenen Schmerz, da er sich verschmäht wähnte, konnte er die Qualen, die Nina erduldete, ermessen. Aber zu seinem Mitgefühl schlich sich eine zweite Empfindung: die des Erstaunens. Wer und was hatte die wilde, leidenschaftliche Nina Gypsy so verwandelt, daß sie – die wohl nur ihm zuliebe die Stelle einer Dienerin angenommen – jetzt so ruhig sitzenblieb und nur still weinte, statt aufzufahren und ihre Rechte als seine Geliebte geltend zu machen?
Madeleine hatte sich inzwischen etwas gefaßt, sie trat an Prosper heran und sagte weich: »Warum sind Sie gekommen? Wir bedürfen *beide* unseres ganzen Mutes, denn auch ich bin unglücklich, Prosper – noch viel unglücklicher als Sie! *Sie* dürfen wenigstens Ihrem Herzen durch Klagen Luft machen, mir ist es sogar verwehrt, auch nur eine Träne zu vergießen. Wir müssen jetzt scheiden und das für immer, aber wenn es Ihnen einen Trost gewähren kann, so will ich Ihnen zum Abschied sagen, daß ich nichts vergessen, ich mich nicht gewandelt habe. Aber aus diesen Worten dürfen Sie keine Hoffnung für die Zukunft schöpfen – für uns kann es kein gemeinsames Glück geben, wir müssen für ewig getrennt bleiben. Leben Sie wohl und geben Sie mir zum Abschied das Versprechen, daß Sie Ihr gräßliches Vorhaben nicht ausführen werden. Sie wollen mich doch nicht noch unglücklicher machen, als ich schon bin … Vielleicht wird der Tag kommen, an dem ich mich rechtfertigen kann. Und nun zum letztenmal lebe wohl, Prosper!«

Sie ging, Nina folgte ihr, und Prosper blieb allein. Er war von dem eben Erlebten erschüttert, aber nach und nach wurden seine Gedanken klarer, und mit Staunen erkannte er die Macht des fremden Mannes, der sich für den Freund seines Vaters ausgab und den er im Leben vorher nie gesehen! Und dieser Fremde griff nun in sein Leben ein!
Heftig erregt trat er Verduret, der eben an der Schwelle erschien, entgegen und herrschte ihn an: »Wer sind Sie, mit welchem Recht mischen Sie sich in mein Leben?«
»Wer ich bin? Sie wissen es ja schon, der Freund Ihres Vaters, der mich gebeten hat, Ihnen beizustehen. Soll ich Ihnen etwa meine Lebensbeschreibung geben? Es muß Ihnen genügen, daß ich Ihnen helfen werde.«
»Wie? Ich muß wissen, ob ich Ihre Hilfe annehmen kann oder nicht. Auch bin ich nicht geneigt, mich nochmals ähnlichen Auftritten auszusetzen wie dem heutigen. Ich glaube, ich bin alt genug, um zu erfahren, was mit mir geschieht.«
»Wenn einer blind ist, mein lieber Prosper, dann läßt er sich eben führen, das Alter spielt dabei gar keine Rolle.«
Diese Antwort Verdurets, die Prosper als Hohn empfand, reizte ihn aufs äußerste. »Ah«, rief er, »zum Schaden fügen Sie noch den Spott! Übrigens, ich danke Ihnen, Monsieur Verduret, ich brauche Ihre Hilfe nicht, ich verzichte auf jede weitere Nachforschung. Was gilt mir jetzt noch Ehre? Madeleine ist unwiderbringlich für mich verloren – ich gebe den Kampf auf!«
»Ich glaube, Sie haben den Verstand verloren.«
»Nein, aber was soll mir alles andere, da Madeleine mich nicht mehr liebt?«
»Haben Sie sie denn nicht verstanden?«
»Wie, Sie haben gehorcht?« rief Prosper empört.
»Ja, ich bekenne es, es war vielleicht nicht gerade sehr zart-

fühlend, aber der Zweck heiligt die Mittel. Sie können nur froh darüber sein, weil ich jetzt in der Lage bin, Ihnen zu sagen, daß Mademoiselle Madeleine Sie noch immer liebt.«

»Wenn ich das glauben könnte! Aber ich fürchte, nur aus Mitleid hat sie ...«

»Nein, nein, sie liebt Sie, und sie leidet. Haben Sie denn nicht erraten, gesehen, daß dieses Mädchen ihre Liebe einer schweren Pflicht zum Opfer bringt? Wofür sie sich opfert, für wen, das ist eben das Geheimnis, das wir enthüllen müssen, und dann werden wir auch die Intrige kennen, der Sie selbst zum Opfer gefallen sind.«

»Wenn Sie recht hätten!«

»Ja, ich habe recht. Öffnen Sie doch die Augen, und Sie werden die Wahrheit erkennen: Madeleine weiß, wer der Dieb ist ...«

»Nicht möglich!«

»Ja, es ist so, aber irgend etwas bindet ihr die Zunge. Sie muß Sie aufgeben. Wir dürfen aber ihr daraus keinen Vorwurf machen, denn sie hat sich selber geopfert.«

Prosper streckte dem Freund seines Vaters die Hand entgegen und sagte: »Können Sie mir verzeihen, Monsieur Verduret? Ich muß in Ihren Augen sehr töricht erscheinen, aber Sie wissen nicht, wie ich leide ...«

Traurig erwiderte Verduret: »Ich habe keine Ursache, Sie zu verspotten, denn Ihre Gefühle habe auch ich einst empfunden. Auch ich habe ein junges Mädchen geliebt – wenn auch kein so edles Fräulein wie Madeleine. Und eines Tages hat sie mich um eines anderen willen verlassen.«

»Sie kannten den anderen und haben sich nicht gerächt?«

»Nein«, entgegnete Verduret und fügte mit besonderer Betonung hinzu: »Aber der Zufall hat meine Rache übernommen.«

Beide schwiegen. Prospers Gedanken wandten sich wieder seinen eigenen Angelegenheiten zu. Nach einer Pause sagte er: »Ich sehe ein, ich habe kein Recht, mich aufzugeben. Ich bin es meinen Angehörigen schuldig, meinen Namen wieder reinzuwaschen. Ich bin bereit, Ihnen zu folgen, Monsieur Verduret, bitte, verfügen Sie über mich.«

Am selben Tage noch verkaufte Prosper sein Mobiliar und schrieb seinen Freunden, daß er Europa verlasse und sich nach San Francisco begeben werde.

Am Abend bezog er mit Verduret das Haus zum Erzengel, wo ihm Madame Alexandrine ihr schönstes Zimmer zur Verfügung stellte – es war jenes, das Nina Gypsy bewohnt hatte.

Prosper hatte sich, von all den Aufregungen und Anstrengungen des Tages erschöpft, auf das Sofa geworfen, und die Ereignisse zogen noch einmal an ihm vorüber. Er grübelte, daß ihm der Kopf schmerzte. Er erhob sich, um das Fenster zu öffnen, denn er hatte das Bedürfnis nach frischer Luft. Aber ein heftiger Wind, der ihm entgegenschlug, zwang ihn, das Fenster gleich wieder zu schließen. Durch den entstandenen Zugwind waren die Vorhänge aufgeflogen, und ein Papierschnipsel wirbelte mitten im Zimmer herum.

Prosper hob es auf und betrachtete es zerstreut, aber wie staunte er, als er Ninas Handschrift erkannte – es war das Bruchstück eines Briefes. Die unzusammenhängenden Sätze ergaben keinen Sinn, und doch gaben sie Prosper zu denken. Immer wieder las er: »... von Monsieur Raoul, ich war sehr im ... gegen ihn geschmiedet ... Prosper benachrichtigen und dann ... beste Freund, er ... Mademoiselle Madeleines Hand ...«

Prosper konnte die ganze Nacht keine Ruhe finden.

8.

Für den nächsten Nachmittag hatte Verduret Prosper in eine abgelegene Weinkneipe bestellt, die zu dieser Stunde wenig besucht war. Zur festgesetzten Zeit erschien der dicke Herr und freute sich, Prosper schon anzutreffen, er sah überhaupt recht vergnügt aus.

»Haben Sie meine Bestellung ausgeführt?« fragte er, nachdem er an Prospers Tisch Platz genommen und der Kellner Wein gebracht hatte.

»Ja, ich war beim Kostümhändler, alles wird morgen im ›Erzengel‹ abgeliefert werden.«

»Schön, und auch ich habe meine Zeit nicht verloren. Ich erwarte einige Boten, die wichtige Nachrichten bringen werden. Unterdessen wollen wir uns zum Zeitvertreib ein wenig mit Ihrem hübschen Freund Raoul beschäftigen.«

Verduret zog sein Notizbuch hervor und blätterte darin, Prosper sah ihn gespannt an, denn das Bruchstück von Ninas Brief hatte seinen Argwohn erregt.

»Können Sie mir vielleicht sagen, aus welcher Gegend Monsieur von Lagors stammt?«

»Gewiß, er ist aus demselben Ort wie seine Tante, Madame Fauvel, aus Saint-Remy.«

»Ei, ei«, sagte Monsieur Verduret, indem er in sein Buch blickte, »das ist höchst merkwürdig.« Und indem er den Ton eines Fremdenführers nachahmte, begann er: »Saint-Remy ist ein hübsches, freundliches Städtchen mit sechstausend Einwohnern, es besitzt reizende Parkanlagen, interessante Festungsüberreste, ein schönes altertümliches Rathaus, berühmte Seidenwebereien, ein Irrenhaus.«

»Aber ich bitte Sie«, unterbrach Prosper.

Unerschütterlich fuhr Verduret fort: »Saint-Remy besitzt ferner einen sehenswerten römischen Triumphbogen, ein griechisches Mausoleum; es ist die Heimat des Nofradamus, aber – nicht *die* Ihres Freundes Lagors ...«

»Nicht möglich, er sagte mir doch ...«

»Ich habe Beweise. Ich habe mich mit der dortigen Obrigkeit ins Einvernehmen gesetzt und folgende Daten erhalten: Die Lagors, heißt es in diesem Schreiben, sind eine uralte Familie, die sich vor etwa einem Jahrhundert in Saint-Remy angesiedelt haben.«

»Nun sehen Sie ...«, fiel Prosper ein.

»Wie wär's, wenn Sie mich zu Ende lesen ließen? – Der letzte Lagors – er hieß René-Henri – verehelichte sich mit der Jungfrau Klarisse Fentanet und starb im Jahre 1848, ohne männliche Erben. Im Register des Standesamtes kommt der Name Lagors nicht mehr vor. – Nun, lieber Prosper, was sagen Sie dazu?«

Prosper war verblüfft. »Wie kommt aber Fauvel dazu, Raoul als Neffen zu behandeln?«

»Sie wollen sagen, als Neffen seiner Frau. Darauf wollen wir später eine Antwort finden. Hören Sie jetzt, was ich weiter erfahren habe. Sie werden daraus ersehen, wie es um die Rente von zwanzigtausend Franc, über die Raoul angeblich verfügt, in Wahrheit steht: Der letzte Lagors ist völlig verarmt gestorben, nachdem er sein Vermögen in unglücklichen Unternehmungen verloren. Seine zwei Töchter haben sich verheiratet und sind nach anderen Orten ausgewandert. Die Witwe lebt von den Unterstützungen, die ihr eine reiche Verwandte, die Frau eines Bankiers in Paris, zukommen läßt ...«

»Aber«, fragte Prosper in immer wachsendem Staunen, »wenn Raoul kein Lagors und nicht der Neffe der Madame Fauvel ist, wer ist er dann?«

»Das weiß ich nicht, mein lieber Prosper, und ich will Ihnen gestehen, daß es leichter war herauszubringen, wer er *nicht* ist, als wer er ist. Der einzige Mensch, der uns darüber Auskunft geben kann, wird sich wohl hüten, es zu tun.«

»Sie meinen den Marquis von Clameran?«

»Natürlich.«

»Wissen Sie etwas Näheres über ihn?«

»Vorläufig noch nicht viel und – nichts Günstiges. Louis von Clameran stammt aus Tarascou, er hatte einen älteren Bruder namens Gaston, der vor etwa vierundzwanzig Jahren das Unglück hatte, bei einer Schlägerei einen Mann zu töten, und deshalb ins Ausland fliehen mußte. Er war ein braver, rechtschaffener Mensch gewesen, während sein Bruder Louis immer das Gegenteil war. Nach dem Tod seines Vaters kam er nach Paris, verpraßte in kürzester Zeit nicht nur sein eigenes väterliches Erbe, sondern auch noch das seines flüchtigen Bruders und machte ansehnliche Schulden. Hierauf wurde er Soldat, mußte aber wegen schlechter Führung den Dienst quittieren. Er begab sich nach England, wo er ein Abenteurerleben führte und in eine schmutzige Spielergeschichte verwickelt war. Plötzlich erschien er wieder in Paris, wo er sich in der schlechtesten Gesellschaft herumtrieb. Da erfuhr er eines Tages, daß sein Bruder Gaston nach Frankreich zurückgekehrt sei und ein großes Vermögen mitgebracht habe. Es verhielt sich in der Tat so. Gaston kam aus Mexiko als reicher Mann wieder. Da er von drüben her an Arbeit gewöhnt war, wollte er auch hier nicht müßig bleiben und kaufte bei Oleron ein Eisenwerk. Offenbar aber ist ihm der Klimawechsel nicht bekommen, er ist vor einem halben Jahr gestorben. Sein Bruder Louis weilte an seinem Totenbett und erbte nicht nur ein großes Vermögen, sondern auch den Marquistitel.«

Prosper hatte mit größter Aufmerksamkeit zugehört. Als Verduret eine Pause machte, sagte er: »Aus Ihren Mitteilungen geht klar hervor, daß der Marquis von Clameran – den unseren meine ich natürlich –, als ich ihn bei Fauvel kennenlernte, noch tief im Elend steckte und ihm der Marquistitel noch nicht zukam.«

»So ist es.«

»Kurz darauf erschien Raoul auf der Bildfläche.«

»Allerdings.«

»Und ungefähr einen Monat später hat mich Madeleine plötzlich aufgegeben.«

»Potzblitz, mein lieber Prosper, Sie werden ja auf einmal scharfsinnig und ...«

Er unterbrach sich, denn ein neuer Ankömmling war in die Gaststube getreten. Es war ein Bedienter in vornehmer herrschaftlicher Livree, der rasch auf Verduret zutrat.

»Nun, Josef Dubois, wie steht's?« fragte dieser.

»O Monsieur, jetzt geht es los, es wird höllisch heiß.«

Prosper betrachtete erstaunt den Herrschaftsdiener und zerbrach sich vergeblich den Kopf, wo er dieses Gesicht mit den lebhaften Äuglein schon gesehen habe.

Inzwischen setzte sich Dubois an einen Nebentisch, ließ sich Absinth geben, in den er Wasser goß, und sagte: »Ich muß Ihnen aufrichtig gestehen, Meister, daß man bei dem Marquis als Kammerdiener und Kutscher nicht gerade auf Rosen gebettet ist.«

»Zur Sache, zur Sache.«

»Ich bin schon dabei. Also, gestern nachmittag ging der Herr zu Fuß aus, ich ihm natürlich nach. Wissen Sie, wohin er ging? Es war zum Lachen, zum ›Erzengel‹, wo er nach einer gewissen kleinen Dame fragte. Als er erfuhr, daß sie nicht mehr dort sei, war er wütend und rannte ins Hotel zurück, wo ihn Monsieur von Lagors erwartete. Nun begann er zu fluchen – ich habe Derartiges mein Lebtag nicht gehört –, und als ihn der andere fragte, was ihn denn so sehr aufbrächte, antwortete er: ›Gar nichts, nur daß die Spitzbübin uns durchgebrannt ist und niemand weiß, wo sie steckt.‹ Diese Mitteilung schien Monsieur Raoul auch zu beunruhigen, und er fragte: ›Weiß sie denn etwas Bestimmtes?‹ – ›Nein‹, entgegnete der Marquis, ›nicht mehr, als ich dir schon sagte, aber das genügt, um einen Menschen, der etwas Spürsinn besitzt, auf die richtige Fährte zu bringen.‹ «

Verduret lächelte. »Dein Herr ist ja recht scharfsinnig«, sagte er, »aber fahre fort.«

»Lagors wurde ganz grün im Gesicht und rief: ›Die Dirne muß unschädlich gemacht werden, ehe sie plaudern kann!‹ Aber mein Marquis zuckte die Achseln und sagte, dazu müßte man sie haben. Darüber haben sie gelacht und dann beraten, wie sie ihrer wieder habhaft werden könnten.«

Prosper lauschte den Worten des fremden Bedienten mit atemloser Spannung. Jetzt glaubte er das Bruchstück von Nina Gypsys Brief zu verstehen. So viel stand fest, daß Raoul, dem er sein ganzes Vertrauen geschenkt hatte, ein Schurke war.

Indessen fuhr Josef Dubois in seinem Bericht fort: »Gestern, nach dem Mittagessen, hat sich mein Marquis wie ein Bräutigam herausgeputzt. Ich mußte ihn frisieren, rasieren, parfümieren, kurz, wie einen Stutzer zurichten, dann mußte ich einspannen, und wir fuhren zu Monsieur Fauvel.«

»Nicht möglich«, fiel Prosper erstaunt ein, »nach den beleidigenden Äußerungen am Tage des Diebstahls hat er die Keckheit, wieder hinzugehen?«

»Jawohl, er war so keck und blieb noch obendrein den ganzen Abend bis nach Mitternacht, was mir keineswegs angenehm war, denn es regnete in Strömen, und ich saß auf meinem Bock und fror.«

»Wie sah er aus, als er wiederkam?«

»Nicht gerade sehr vergnügt, und als wir zu Hause angekommen waren und ich das Pferd versorgt hatte, ging ich zu ihm hinauf, um nach seinen Befehlen zu fragen. Er aber hatte sich im Schlafzimmer eingeschlossen und rief mir durch die Tür zu, daß ich mich zum Teufel scheren möge.«

Josef stärkte sich durch einen Schluck Absinth, ehe er fortfuhr: »Heute ist er spät aufgestanden, aber seine Laune war noch immer nicht besser. Als dann Raoul kam, haben sie sich gezankt. Der Marquis fuhr seinem jungen Freund an die Gurgel, als ob er ihn erwürgen wollte, der aber, behende wie eine Katze, zog aus der Tasche ein hübsches Dolchmesser. Wenn ihn der Marquis nicht rasch losgelassen hätte, wahrhaftig, ich glaube, der junge Herr hätte Ernst gemacht.«

»Worüber stritten sie denn?«

»Ja, darüber kann ich leider nichts Genaues sagen, weil die Schufte englisch sprachen, nur so viel ist gewiß, daß es sich um Geld handelte.«

»Woher weißt du das?«

»Weil von den wenigen englischen Brocken, die ich einmal gelernt habe, ich mir das Wort *money* merkte, nun, und dies Wort kam wiederholt in ihrem Gespräch vor. Zum Schluß beruhigten sich die sauberen Kumpane wieder und hörten auch auf, englisch zu sprechen, aber sie sagten nichts von Bedeutung. Sie sprachen von dem morgigen Kostümball, und erst als sich Raoul zum Weggehen anschickte und mein Marquis ihn hinausbegleitete, sagte er: ›Wenn der Auftritt also durchaus unvermeidlich ist, so mag er heute stattfinden. Bleibe also heute abend in Vesinet zu Hause.‹ Raoul antwortete: ›Es ist gut.‹ «

Unterdessen hatte sich der Saal mit Gästen, die nach Wein und Absinth riefen, gefüllt.
Verduret sagte zu Josef: »Geh jetzt, damit dein Herr dich nicht vermißt. Übrigens ist hier jemand, der mich zu sprechen wünscht. Auf morgen also!«
Dieser Jemand war niemand anderes als Cavaillon. Er blickte ängstlich um sich und sah so verstört aus, als wäre er ein Spitzbube, dem die Polizei auf der Fährte ist.
Als er Verduret erblickt hatte, näherte er sich, drückte Prospers Hand heimlich, aber er setzte sich nicht, sondern blieb stehen, blickte nochmals um sich, ob ihn niemand beobachtete, und reichte dann Verduret ein Päckchen. »Das hat sie in einem Schrank gefunden«, sagte er.
Verduret öffnete das Paket, es enthielt ein schön gebundenes Gebetbuch. Er blätterte darin, und bald hatte er die Seiten entdeckt, aus denen Worte ausgeschnitten waren.
»Ich war zwar im vorhinein davon überzeugt«, sagte er zu Prosper, indem er ihm das Buch hinreichte, »aber nun haben wir einen handgreiflichen Beweis, der allein schon hinreicht, um Ihre Unschuld darzutun.«
Beim Anblick des Gebetbuches erschrak Prosper, er kannte es gar wohl, hatte er es doch selbst, damals bei jener Wallfahrt, Madeleine zum Geschenk gemacht. Auf der ersten Seite stand von seiner Hand die Inschrift »Andenken an Notre-Dame de Fourrières«.
»Madeleines Gebetbuch!« rief er aus.
Verduret antwortete nicht, er war aufgestanden und einem jungen Burschen entgegengegangen, der ihm einen Brief überreichte. Kaum hatte er einen Blick darauf geworfen, als er aufgeregt zu Prosper zurückkehrte und sagte: »Wir haben sie vielleicht, rasch, rasch!«
Und ohne dem armen Cavaillon ein Wort zu sagen, zog er

Prosper mit sich fort, nachdem er ein Fünffrancstück auf den Tisch geworfen hatte.
»Um Himmels willen, was geht denn vor?« fragte Prosper.
»Kommen Sie nur, wir haben keine Zeit zu verlieren«, antwortete Verduret und schritt eiligst auf einen Droschkenstandplatz zu.
»Was verlangen Sie für eine Fahrt nach Vesinet?« fragte er den Kutscher, dessen Pferde ihm die besten schienen.
»Ja, bei dem Hundewetter – und spät ist es auch schon«, versetzte der Kutscher, »kann ich unter fünfundzwanzig Franc nicht fahren.«
»Sie sollen fünfzig haben, wenn es Ihnen gelingt, einen Wagen, der eine halbe Stunde Vorsprung hat, einzuholen.«
»Steigen Sie nur ein«, sagte der Kutscher, »meine Pferde verstehen ihr Handwerk.«

9.

Vesinet ist ein hübsches, freundliches Dörfchen mit netten Villen, die die Pariser gern zum Sommeraufenthalt benutzen.
An einem Kreuzweg, der in eine Allee einmündete, ließ Verduret halten, der Kutscher hatte seine fünfzig Franc verdient, denn nur etwa dreißig Meter von ihnen fuhr der Wagen, den sie verfolgt hatten.
Verduret stieg zuerst aus und hielt dem Kutscher eine Banknote hin. »Da haben Sie Ihre versprochene Belohnung. Halten Sie nun beim ersten Gasthaus, das Sie im Dorf finden, und warten Sie eine Stunde auf uns. Wenn wir bis dahin nicht dort sind, können Sie nach Paris zurückkehren.«

Der Kutscher dankte wortreich, aber die beiden Herren enteilten. Das Wetter war noch schlechter geworden, es regnete in Strömen, und der Sturm heulte, daß es unheimlich klang.
Bald hatten sie ihr Ziel erreicht. Vor der eisernen Gittertür einer abgelegenen Villa stand ein Wagen, derselbe, dem Verduret und sein Begleiter gefolgt waren. Der Kutscher saß, in seinen Mantel gehüllt, auf dem Bock und schlief, trotz Sturm und Regen. Verduret trat an den Wagen heran, rüttelte den Kutscher und sagte: »He, aufgewacht.«
Der Kutscher fuhr empor und griff mechanisch in die Zügel, denn er glaubte, sein Fahrgast sei zurückgekommen. Als er aber beim flackernden Schein seiner Laternen in dieser abgelegenen Gegend plötzlich zwei fremde Männer erblickte, erschrak er und sagte, indem er die Peitsche ergriff: »Ich bin nicht frei, ich bin bestellt.«
»Das weiß ich«, entgegnete Verduret, »ich will weiter nichts als eine Auskunft, für die ich Ihnen fünf Franç gebe. Ist Ihr Fahrgast nicht eine ältere Dame?«
Den furchtsamen Kutscher erschreckten Anliegen und Frage noch mehr. »Machen Sie, daß Sie fortkommen, sonst rufe ich um Hilfe«, sagte er.
Verduret trat zurück. »Kommen Sie«, flüsterte er Prosper zu, »der Dummkopf ist imstande, wirklich Lärm zu schlagen, und dann ist es mit unserem Plan aus. Nun handelt sich's darum, auf einem anderen Weg als durch das Gittertor hineinzukommen.«
Sie schlichen um die Gartenmauer herum und suchten eine leicht übersteigbare Stelle; aber in der Dunkelheit war sie schwer zu finden, zumal die Mauer etwa zehn bis zwölf Fuß hoch und ziemlich gleichmäßig war. Aber Verduret ließ sich nicht abschrecken. Er war ein gewandter Turner und suchte

nur Raum, um Anlauf nehmen zu können. Mit einem Sprung saß er rittlings auf der Mauer. Prosper staunte, er hätte dem dicken Mann diese Gelenkigkeit gar nicht zugetraut. Er selbst war weniger geschickt, und Verduret mußte ihm beim Überklettern behilflich sein.

Als sie in dem Garten waren, der die Villa umgab, sagte Verduret: »Beschreiben Sie mir das Innere des Hauses. Was ist das für ein Zimmer, aus dem wir den Lichtschimmer sehen?«

»Das ist Raouls Arbeitszimmer, daneben sind zwei Salons ...«

»Wo hält sich die Dienerschaft auf?«

»Raoul hat jetzt keine, ein Ehepaar aus dem Dorf besorgt tagsüber den Dienst und geht abends wieder heim.«

»Um so besser, so sind wir ungestört und werden wohl erfahren, was Raoul mit der Person, die zu dieser Stunde und bei diesem Wetter hergekommen ist, zu verhandeln hat.«

»Was haben Sie vor?«

»Wir wollen uns ins Haus schleichen und horchen. Sollte ein Geräusch unsere Anwesenheit verraten – wozu sind Sie sein Freund? Sie treten einfach ein, als ob Sie zu Besuch kämen.«

Leider ließ sich der Plan nicht ausführen, denn das Haustor war versperrt. Verduret rüttelte vergeblich daran. Auch die Fenster des Erdgeschosses waren geschlossen, die Rolläden herabgelassen, so daß an ein Eindringen nicht zu denken war.

Verduret war außer sich, er lief um das Haus herum und brummte: »Die Einbrecher sind wirklich vernünftige Leute, die haben immer Dietriche bei sich. In solch dumme Lage wie wir können sie nicht geraten! Wenn wir nur *sehen* könnten, was da oben vorgeht«, rief er plötzlich, auf das beleuchtete Fenster hinaufweisend, »die Lösung des Rätsels ist vielleicht dort, und wir stehen hier ohnmächtig, zur Untätigkeit verdammt!«

Er knirschte vor Wut mit den Zähnen und stampfte mit den Füßen. »Ich muß hineinsehen, und sollte ich an der glatten Wand hinaufklettern!« rief er.

Plötzlich sagte Prosper: »Wenn ich nicht irre, muß hier irgendwo im Garten eine Leiter sein.«

»Und das fällt Ihnen erst jetzt ein? Kommen Sie rasch – wo haben Sie sie denn gesehen?«

»Ich glaube ganz hinten im Garten, bei einer Laube.«

Sie fanden die Leiter, und triumphierend trug sie Verduret zum Haus. Als er sie aber an die Mauer lehnte, erwies sie sich als um mindestens eineinhalb Meter zu kurz.

Verduret hob rasch entschlossen die schwere Leiter empor, legte die unterste Sprosse auf seine Schultern, hielt die Seitenstangen mit den Händen fest und legte sie oben an das Fenster an. »So, nun steigen Sie hinauf«, sagte er zu Prosper.

Prosper war äußerst gespannt und aufgeregt. Obgleich sonst kein besonders geschickter Turner, verlieh ihm die Aufregung eine ihn selber überraschende Gewandtheit. Leicht schwang er sich hinauf und bestieg die Leiter, die unter seinem Gewicht zitterte und schwankte. Aber kaum hatte er das Fenster erreicht und einen Blick hineingeworfen, als er einen Schrei ausstieß, der zum Glück im Tosen der Sturmes verhallte. Er verlor den Halt und stürzte hinab.

Der Boden war vom Regen ganz aufgeweicht, so daß Prosper sich bei dem Sturz nicht erheblich verletzte. Doch Verduret erschrak heftig. Rasch entledigte er sich der Leiter und eilte zu dem Gestürzten. »Haben Sie sich weh getan? Was ist geschehen? Was haben Sie?« rief er.

Prosper sprang auf. Er befand sich in einer geistigen Verfassung, die ihn gegen körperliche Schmerzen unempfindlich machte: er wußte nicht einmal, ob er verletzt war.
»Der Elende, der Elende!« stieß er hervor. Erst auf wiederholtes Fragen und Drängen Verdurets antwortete er: »Madeleine ist oben, allein mit Raoul.«
Verduret war sprachlos, er hatte einen anderen Namen erwartet. Aus den wenigen Zeilen, die ihm Nina hatte zukommen lassen, vermutete er, daß Madame Fauvel die Fahrt nach Vesinet unternommen hätte.
»Ist es wirklich Madeleine?« fragte er, »täuschen Sie sich nicht?«
»Nein, es ist keine Täuschung möglich, ich habe Madeleine genau erkannt, und nun weiß ich auch, was Nina in jenem Brief, von dem ich ein Bruchstück fand, angedeutet hat. Dieses schändliche Geheimnis also war es, das sie entdeckte. – Und ich habe *Madeleine* wie eine Heilige verehrt und *ihn* für einen treuen ehrlichen Freund gehalten, dem ich mein ganzes Vertrauen schenkte und nun ... es ist gräßlich, schändlich ... er ist ihr Geliebter ... ich diente ihnen nur zum Gespött ...!«
Verduret hörte nicht auf Prospers Klagen, er war über seinen Irrtum ganz verblüfft und dachte nach, was ihn eigentlich auf die falsche Fährte gebracht hatte.
Obwohl er von seinen eigenen Gedanken ganz gefangen und es dunkel war, bemerkte er, daß Prosper zum Haustor stürzte. Mit eisernem Griff hielt ihn Verduret fest. »Was wollen Sie?«
»Hinein will ich! Nicht wie ein Dieb mich heimlich einschleichen, sondern als Richter, als Rächer, ich will Lärm schlagen, sie müssen mir öffnen ... ich will sie töten ... Lassen Sie mich ...!«

Aber Verduret hielt ihn wie in einem Schraubstock fest. Es entstand ein Handgemenge, bei dem Verduret Sieger blieb.
»Haben Sie den Verstand verloren? Sie würden nur alles verderben, und um Ihre Hoffnung, Ihren ehrlichen Namen wiederzuerlangen, wäre es geschehen.«
»Was liegt daran? Ich will mich rächen.«
»Ei, so rächen Sie sich doch!« rief Verduret ärgerlich. »Sie reden wie ein kleines Kind. Womit wollen Sie sich denn rächen? Wie wollen Sie sie denn töten? Haben Sie Waffen? Nein, Sie wollen sich wahrscheinlich auf Raoul stürzen, mit ihm ringen – sind Sie aber gewiß, daß *Sie* der Stärkere sind? Indessen flieht Madeleine, erreicht ihren Wagen und fährt davon.«
»Ich werde ihn fordern.«
»Man schlägt sich nicht mit einem Mann, der fürs Zuchthaus reif ist.«
Prosper war so betroffen, daß er nicht sofort antworten konnte. Er sah ein, daß Verduret recht hatte. »Was soll ich tun?« fragte er endlich kleinlaut.
»Warten, die Rache ist eine Frucht, die man ausreifen lassen muß. Ihre Stunde wird kommen. Vor allem anderen haben Sie die Pflicht, Ihre Unschuld zu beweisen, Ihre Ehre wiederherzustellen. Und was Madeleine bertrifft – wer sagt Ihnen, daß sie aus eigenem Antrieb hier ist? Wissen wir nicht aus ihrem Munde, daß sie sich opfert? Jemand zwang sie, Sie aufzugeben. Kann es nicht wieder »jemand« sein, der sie zu diesem Schritt drängte?«
Prosper lauschte gierig diesen Worten, die ihm einen Schimmer von Hoffnung wiedergaben, und seufzte: »Wenn Sie recht hätten, wenn ich glauben dürfte.«
»Ich würde die Wahrheit sofort wissen, wenn ich nur ins Fenster sehen könnte ...«

»Ich will die Leiter halten, wenn Sie mir versprechen, mir genau zu sagen, was Sie gesehen haben und wie Sie darüber denken.«

»Ich gebe Ihnen mein Ehrenwort, Sie sollen die Wahrheit erfahren.«

Sofort nahm Prosper die Leiter, hob sie mit einer Kraft in die Höhe, die er sich selber nicht zugetraut hatte, und legte sie mit der untersten Sprosse auf seine Schultern, wie es vorher Verduret gemacht hatte. »Steigen Sie hinauf«, sagte er.

Im Nu war Verduret oben, und er kletterte so geschickt und leicht empor, daß die Leiter nicht einmal schwankte.

Prosper hatte sich nicht getäuscht: es war wirklich Madeleine, die sich zu dieser Stunde allein bei Raoul von Lagors befand. Aber Verduret merkte sofort, daß er keiner Liebesszene beiwohnte. Madeleine stand, in Hut und Mantel, mitten im Zimmer und sprach mit großer Lebhaftigkeit. Ihre Miene, ihre Bewegungen drückten Entrüstung und Verachtung aus.

Raoul saß auf einem niedrigen Sessel am Kamin und stöberte mit einem Schürhaken im Feuer herum. Von Zeit zu Zeit zuckte er die Achseln, und seine Miene zeigte deutlich, daß ihm Madeleines Worte kein Vergnügen bereiteten.

Verduret würde viel darum gegeben haben, wenn er das Gespräch hätte belauschen können, aber der Sturm blies zu heftig, und es drang auch nicht das leiseste Geräusch durch das geschlossene Fenster.

Verduret beobachtete Raouls Gesicht, das von der am Kamin stehenden Lampe voll beleuchtet wurde. Er hoffte, aus seinem Mienenspiel den Sinn der Szene zu erraten.

Raouls Gleichgültigkeit war offenbar gespielt, denn ab und zu zuckte er zusammen, oder er stieß den Feuerhaken hefti-

ger in die Glut – Madeleines Vorwürfe mochten ihn allzu schwer treffen.
Madeleine indes schien, da die Vorwürfe nicht halfen, sich aufs Bitten zu verlegen. Sie faltete die Hände, ihr Gesicht drückte Verzweiflung aus, und nicht viel hätte gefehlt, so wäre sie niedergekniet.
Raoul aber wandte den Kopf ab, seine Antwort mochte nur ein kurzes »Nein« sein.
Zwei- oder dreimal wandte sie sich zum Gehen, aber immer wieder kehrte sie zurück, und ihre Bitten, ihre Vorstellungen schienen immer dringender zu werden.
Endlich hatte sie wohl die richtige Seite angeschlagen, denn Raoul erhob sich, öffnete die oberste Schublade eines zierlichen Schränkchens, das neben dem Kamin stand, zog ein Bündel Papiere heraus und hielt es ihr hin.
Was bedeutet das? dachte Verduret, sollte die Demoiselle Liebesbriefe zurückverlangt haben?
Aber Madeleine war offenbar mit dem Bündel allein nicht zufrieden. Aufs neue sprach sie eindringlich auf ihn ein und schien noch anderes zu bergehren. Raoul aber weigerte sich entschieden, ihren Wünschen zu entsprechen. Da warf sie das Bündel auf den Tisch, es löste sich, und einzelne Blätter fielen heraus. Verduret stutzte, er konnte sie ziemlich genau sehen, es waren farbige Zettel von besonderer Form.
Potztausend, dachte Verduret, das sind keine Liebesbriefe, das sind, wenn mich nicht alles täuscht – Pfandscheine aus dem Leihhaus!
Madeleine suchte hastig unter den Zetteln, sie wählte einige aus und steckte sie in die Tasche, die anderen ließ sie liegen. Nun wandte sie sich wieder zum Gehen. Raoul ergriff die Lampe und leuchtete ihr hinaus.
Da es nichts mehr zu sehen gab, stieg Verduret wieder

herab. Er war sehr nachdenklich gestimmt. Aber Prosper wollte er nicht sofort Rede stehen, die Leiter mußte vorerst versteckt werden. Wie leicht konnte Raoul, nachdem er Madeleine an den Wagen begleitet hatte, einige Schritte – trotz des schlechten Wetters – im Garten auf und ab gehen, um sich nach der Aufregung zu beruhigen, und bei dieser Gelegenheit die am Hause lehnende Leiter bemerken.

Eilig legte sie Verduret auf den Boden und zog Prosper mit sich unter die Bäume, wo sie völlig im Dunkeln standen, das Haustor und die Gittertür aber vor Augen hatten.

Beinahe im selben Augenblick erschienen Madeleine und Raoul am Haustor. Er hatte die Lampe auf den Treppenabsatz gestellt und bot Madeleine die Hand. Mit einer hochmütigen Bewegung wies sie das junge Mädchen zurück– Prosper hätte darüber jauchzen mögen.

Raoul schien die Beleidigung gelassen aufzunehmen, er zuckte die Achsel. Dann ging er an die Gittertür, schloß auf, sperrte hinter Madeleine wieder zu und lief rasch ins Haus zurück, während der Wagen sich im raschen Trab entfernte.

»Nun, Monsieur Verduret, wollen Sie jetzt Ihr Versprechen halten und mir alles sagen? Ich werde stark sein und die Wahrheit, wie bitter sie auch sein möge, ertragen.«

»Die Wahrheit wird Ihnen nicht bitter, sondern süß erscheinen. Es wird der Tag kommen, an dem Sie bereuen werden, auch nur einen Augenblick lang den entehrenden Verdacht gehabt zu haben, daß Madeleine die Geliebte eines Menschen wie dieses falschen Lagors sein könnte!«

»Ach, mein Gott, was man mit eigenen Augen sieht ...«

»Nichts haben Sie gesehen, es war nur Schein – und dem muß man immer mißtrauen. Natürlich steckt irgend etwas dahinter ... Doch jetzt genug davon, wir müssen machen, daß wir fortkommen, und leider müssen wir denselben Rückweg einschlagen, den wir herein genommen haben, weil dieser verwünschte Raoul die Gittertür wieder abgesperrt hat.«

Sie überstiegen wieder die Mauer. Kaum hatten sie einige Schritte auf der Straße gemacht, als sie hörten, wie die Gittertür aufgeschlossen wurde und ein Mann heraustrat, der, nachdem er wieder zugesperrt, rasch den Weg nach dem Bahnhof einschlug.

»Das ist Raoul«, sagte Verduret, »durch Josef werden wir erfahren, was er Clameran über den Auftritt erzählt — wenn die Schurken nur nicht wieder englisch reden! — Wenn nur unser Kutscher noch nicht weggefahren ist«, fügte er nach einer Pause hinzu, während er rasch ausschritt, »wir können nicht daran denken, die Eisenbahn zu benutzen, weil wir Raoul am Bahnhof treffen würden.«

Obgleich schon mehr als eine Stunde verflossen war, fanden sie den Kutscher doch noch in dem bezeichneten Wirtshaus. Offenbar wollte er das reichliche *Trink*geld seiner Bestimmung zuführen und tat sich nun am Wein gütlich.

Das Erscheinen seiner Fahrgäste freute ihn, so brauchte er also nicht leer nach Paris zu fahren, und es gab einen hübschen Verdienst. Allein der Zustand, in dem sie sich befanden, befremdete ihn. »Wie sehen Sie aus!« rief er.

Prosper erwiderte, sie hätten einen Freund besuchen wollen, wären fehl gegangen und in einen Graben gefallen.

»Soso«, brummte der Kutscher, bei sich dachte er aber, die beiden Kumpane haben wohl einen schlechten Streich ausführen wollen, es ist ihnen aber dabei selber schlecht ergangen.

Während der Heimfahrt versuchte Prosper, Verduret zum Sprechen zu bringen. Da aber dieser nur einsilbige Antwor-

ten gab, so schwieg er schließlich ebenfalls, und beide hingen ihren eigenen Gedanken nach. Verduret hatte geglaubt, daß ihm der Ausflug Licht bringen werde, und nun war die Sache nur noch unklarer und verwickelter als vorher. Und er grübelte, um des Rätsels Lösung zu finden.
Es schlug eben Mitternacht, als der Wagen endlich vor dem »Erzengel« hielt. Da erinnerte sich Verduret, daß sie beide noch nichts gegessen hatten. Zum Glück fanden sie Madame Alexandrine noch auf, und im Nu stand ein schmackhaftes Abendessen vor ihnen.
Ehe sie ihre Zimmer aufsuchten, um sich zur Ruhe zu begeben, sagte Verduret: »Morgen werden wir uns tagsüber nicht sehen, aber ich hoffe, daß es mir auf dem Ball bei Jandidier glücken wird, etwas in Erfahrung zu bringen, und dann treffen wir uns hier nach Mitternacht.«
»Wie, Sie gehen auf den Kostümball? Deshalb sandten Sie mich zum Kostümhändler?« rief Prosper verwundert. »Sind Sie denn eingeladen?«
»Natürlich«, entgegnete Verduret, nahm einen Leuchter und schnitt weiteres Fragen mit einem kurzen »Gute Nacht, auf Wiedersehen« ab.
Und Prosper dachte, während er traurig sein Zimmer aufsuchte: Glücklicher Verduret, er wird Madeleine sehen!

10.

Der Palast des Bankiers Jandidier war einer der schönsten von Paris und mit geradezu märchenhafter Pracht ausgestattet.
An dem Abend, an welchem der Kostümball stattfand, erstrahlte er in feenhaftem Licht, und die elegante Gesell-

schaft, die sich in die Salons drängte, konnte das künstlerische Arrangement nicht genug bewundern.
Die Gäste, die den vornehmsten und reichsten Gesellschaftskreisen angehörten, waren in kostbare Kostüme gekleidet, von denen einige sich durch Originalität auszeichneten. So blieb ein Bajazzo, der ein echtes altitalienisches Kostüm trug und dessen ausdrucksvolles Gesicht merkwürdig zu der gewählten Tracht paßte, nicht unbemerkt. Er fiel dadurch besonders auf, daß er in einer Hand eine leinene, buntbemalte Fahne hielt, während er in der anderen ein Stöckchen hin und her schwang und von Zeit zu Zeit auf die Leinwandbilder schlug, wie es die Quacksalber auf den Jahrmärkten zu tun pflegen, ehe sie ihre Waren ausschreien und anpreisen.
Man umringte den Bajazzo, da man einen Spaß von ihm erwartete, als man sich aber in der Erwartung getäuscht sah, ließ man ihn allein.
Er stellte sich so auf, daß er die Eingangstür im Auge behalten konnte, und verließ diesen Platz erst, nachdem Fauvel mit seiner Familie erschienen war.
Zehn Tage waren seit dem Diebstahl bei Fauvel verflossen, aber man sprach noch immer davon, und jetzt nahmen viele – Freund und Feind – willkommenen Anlaß, dem Bankier ihre Teilnahme, die bei den einen aufrichtig, bei den anderen nur erheuchelt war, auszusprechen.
Fauvel trug kein eigentliches Kostüm, sondern hatte nur, dem Zwang sich fügend, einen schwarzseidenen spanischen Mantel um die Schulter geworfen. Er führte seine Frau, die trotz ihrer achtundvierzig Jahre noch schön war, am Arm. Sie trug ein Hofkleid aus Samt und Brokat aus der Zeit Ludwigs XIV., und zwar ohne Diamanten noch sonstigen Schmuck, wie es in den letzten Regierungsjahren des großen

Sonnenkönigs Mode gewesen, und bewegte sich mit der Vornehmheit einer Königin.
Ihr zur Seite, als Edelfräulein gekleidet, schritt Madeleine. Sie war schöner und anmutiger denn je und fand allgemein ungeteilte Bewunderung.
Fauvel geleitete seine Damen in den Ballsaal, wo das Orchester unter der Leitung des berühmten Kapellmeisters Strauß entzückende Weisen spielte, und begab sich dann in das Spielzimmer, wo für die älteren Herrn Kartentische aufgestellt waren.
Der Bajazzo lehnte vergessen in einer Fensternische und ließ seine Blicke über die bunte wogende Menge schweifen. Aber ein Paar, das eben an ihm vorübertanzte, erregte seine besondere Aufmerksamkeit.
Es waren Madeleine und ihr Kavalier, er im prachtvollen Dogenkostüm – der Marquis von Clameran. Er sah sehr vorteilhaft aus und schien dem schönen Edelfräulein eifrig den Hof zu machen.
Wie kommt Madeleine dazu, sich von dem adeligen Schurken so anschmachten zu lassen? dachte der Bajazzo. Ein Glück, daß Prosper nicht hier ist!
Inwischen war der Tanz zu Ende, und der Bajazzo hatte das Paar aus den Augen verloren. Ich finde sie gewiß bei Madame Fauvel wieder, dachte er und schob sich durchs Gedränge, um die Gattin des Bankiers zu suchen. Er hatte nämlich bemerkt, daß sie sich, von der großen Hitze des Saales belästigt, in den wundervollen Wintergarten zurückgezogen hatte. Wirklich entdeckte er sie bald in einer Laube, die durch blühende Flieder-, Kamelien- und Orangenbäume gebildet war. Ihr zur Seite stand Raoul, als Edelknabe vom Hofe Heinrich III. kostümiert. Er sah wirklich bildschön aus, und der Bajazzo mußte denken, daß es eigentlich gar nicht

verwunderlich wäre, wenn sich ein junges Mädchen in ihn verliebte. Allein Madeleine schien in dieser Beziehung völlig unempfindlich zu sein, sie saß auf der anderen Seite von Madame Fauvel und sah traurig aus. Sie hatte eine Kamelie vom nächsten Strauch gepflückt, drehte sie gedankenlos zwischen den Fingern und starrte geistesabwesend ins Leere.
Vom Spielsalon konnte man sehr gut in den Wintergarten sehen, dort an der Tür lehnte der Doge und beobachtete Madame Fauvel und Madeleine, ohne von ihnen gesehen zu werden.
Madame Fauvel und Raoul sprachen miteinander. Er bückte sich zu ihr herab, und ihr Gespräch schien sehr lebhaft zu sein. Der Bajazzo hätte gern etwas davon erlauscht, doch hielt es schwer, unbemerkt näher zu kommen. Er schlängelte sich durch mehrere Gruppen, und als er endlich einen günstigen Platz hinter dem Kameliengebüsch hatte, erhob sich Madeleine, um einem Tänzer, der sie abholte, in den Ballsaal zu folgen. Gleichzeitig entfernte sich Raoul, ging auf Clameran zu und flüsterte ihm etwas ins Ohr.
Offenbar sind die beiden armen Damen in den Krallen jener Schufte, dachte der Bajazzo, aber was mag da vorgehen?
Plötzlich entstand eine lebhafte Bewegung: Im Hauptsaal sollte ein großer Maskenumzug stattfinden. Man wußte, daß prachtvolle Gruppen dazu angemeldet waren, und wollte die Herrlichkeit sehen. Im Nu waren der Wintergarten und die Nebenräume fast leer, und nur wenige, die das große Gedränge verabscheuten und lieber bequem im Kühlen saßen, blieben zurück.
Nun schien dem Bajazzo die günstige Stunde für sein Vorhaben gekommen. Er schwang seine Fahne, klopfte mit seinem Stöckchen, während er sich neben der Tür in einiger Entfernung zu Madame Fauvel aufstellte. Es begann damit, einen

Trommelwirbel so geschickt nachzuahmen, daß alle Zurückgebliebenen überrascht aufsprangen und ihn umringten. Nun ließ er ein Konzert von Pauken und Trompeten vernehmen, daß sich seine Zuhörer lachend die Ohren zuhielten, und schließlich ließ er eine Rede mit so ungeheurer Zungenfertigkeit vom Stapel, daß ihn seine Kollegen vom Jahrmarkt sicher beneidet hätten.
Er stellte sich als Schaubudenbesitzer und Theaterdirektor vor und lud die geehrten Herrschaften zur Besichtigung ein. Namentlich rühmte er das chinesische Trauerspiel, das seine Gesellschaft zur Aufführung brächte. Um dem hochgeschätzten Publikum einen kleinen Begriff von dem wunderbaren Drama zu geben, sagte er, wolle er den Inhalt erzählen und an den Bildern seiner Fahne erläutern.
Nach der Einleitung gab es wieder einen Trommelwirbel und einen dröhnenden Paukenschlag, und dann fuhr er fort: »Hier, meine verehrten Damen und Herren«, sagte er, indem er auf das erste Bild zeigte, »erblicken Sie die schöne Mandarinenfrau Li-Fo. Sie ist von ihren Kindern umgeben, ihr Gemahl, der große Mandarin Fo-Fo, steht ihr zur Seite und sieht sie liebend an. Die Familie ist glücklich, weil die Frau tugendhaft ist, und Tugend beglückt, wie Konfuzius so schön sagt.«
Unwillkürlich hatte sich Madame Fauvel dem Marktschreier genähert, indem sie sich erhob und auf einem näheren Sessel Platz nahm.
»Können Sie das Bild auf der Fahne erkennen?« fragte ein dicker Türke einen mageren Spanier. »Stellt es wirklich das vor, was er sagt?«
»Es kann ganz gut eine Mandarinenfamilie vorstellen«, entgegnete der Spanier, »aber ebensogut könnte es ein Rübenfeld sein ...«

Ein neuer Trommelwirbel unterbrach ihn, und der Bajazzo rollte ein zweites Bild auf. »Hier sehen wir die schöne Li-Fo wieder, aber oh — was ist aus ihrer Schönheit geworden? Sie ist entstellt, denn ach, sie hat ihre Tugend und Ehrbarkeit verloren, und da floh die Schönheit entsetzt. Nun weint die unglückliche Mandarinenfrau. Sie schaut in ihren silbernen Spiegel und erkennt, daß sie über Nacht grau geworden! Verzweifelt rauft sie sich die Haare aus, besonders die weißen — aber es hilft nichts! Was war mit unserer schönen Mandarinenfrau geschehen? Ach, jammervolle Geschichte! Eines Tages erblickte sie in den Straßen von Peking einen bildhübschen jungen Taugenichts und verliebte sich in ihn!«

Mit tragischem Ton hatte der Bajazzo die letzten Worte vorgetragen und sich dabei so gewandt, daß er Madame Fauvel gerade gegenüberstand und ihm keine Bewegung ihres Gesichtes entgehen konnte.

»Die Geschichte ist um so jammervoller«, fuhr er salbungsvoll fort, »als Li-Fo auch ihre Jugend verloren hat, und sie, die alternde, die Mutter erwachsener Söhne, liebt einen Jüngling! Ach, sie fühlt ja ihre Torheit, sie sieht ein, daß er ihre Leidenschaft unmöglich teilen kann, und doch vermag sie ihr Herz nicht von ihm loszureißen.«

Der Bajazzo beobachtete, während er seinen Zuhörern die Bilder erklärte, Madame Fauvel scharf, aber seine Worte machten offenbar nicht den geringsten Eindruck auf sie. Sie saß in ihren Sessel zurückgelehnt und blickte klaren Auges und lächelnd die Bilder der Fahne an.

Potzblitz, dachte der Bajazzo, sollte ich mich doch geirrt haben?

»Auf dem dritten Bild«, fuhr er laut fort, »bitte, meine Herrschaften, betrachten Sie es genau, sehen wir unsere Mandarinenfrau, von ihren Gewissensbissen befreit — sie hat offenbar moderne Philosophen gelesen — sie reißt sich nicht mehr die weißen Haare aus, sondern sie färbt sie, und da sie den schönen Jüngling durchaus an sich zu fesseln wünscht, greift sie zu allerlei Mittelchen. Sie denkt: wennschon nicht aus Liebe, so wird er aus Interesse, weil es sein Vorteil ist, bei mir bleiben. Und sie beginnt damit, ihm einen Titel beizulegen, der ihm nicht zukommt, der ihr aber erlaubt, ihn bei allen Mandarinen der Hauptstadt des Himmlischen Reiches einzuführen. Und damit er nun auch standesgemäß leben kann, entäußert sie sich ihrer ganzen Habe, sie opfert ihm ihre Perlen und Diamanten, ihr ganzes kostbares Geschmeide. Der junge Schurke trägt alles in die Leihäuser Pekings und weigert sich dann noch obendrein, die Pfandscheine herauszugeben.«

Seit einer kleinen Weile bemerkte der Bajazzo mit Genugtuung, daß Madame Fauvel unruhig wurde.

Sie versuchte aufzustehen, aber die Kraft schien ihr zu fehlen, sie sank auf den Sessel zurück und mußte weiter zuhören.

»Aber, meine Damen und Herren«, begann der Bajazzo nach einem Trompetenstoß aufs neue, »der gefüllteste Kleinodienschrein wird endlich leer wie ein Krug, aus dem man immer trinkt. Die arme Li-Fo hatte nichts mehr zu verschenken, allein er hatte sie umgarnt und begehrte nun, daß sie ihm den kostbaren Jaspisknopf ihres Mannes geben solle. Aber das war nicht leicht, denn Fo-Fo hatte das wundervolle Kleinod, das ja das Abzeichen seiner Würde war, in einem Felsenkellergewölbe, das Tag und Nacht von drei Soldaten bewacht war, verschlossen. Wie soll ich mich dessen bemächtigen? fragte sie. O ja, du kannst es, entgegnete er, von deinen Gemächern führt ein Weg ins Felsengewölbe. Ja, aber man wird die armen, unschuldigen Soldaten verdächtigen und, da sie ihre Unschuld nicht beweisen können, zum Tode verurteilen, hinrichten ... Es half nichts, Li-Fo mochte einwenden, was sie wollte, mochte weinen, flehen – der schöne Schurke ließ nicht nach, bis sie seinen Willen tat. Dies vierte Bild hier, meine Herrschaften, zeigt Ihnen, wie die beiden Schuldigen über die geheime Treppe hinabschleichen, Sie sehen die Angst auf ihren Zügen ...«

Er brach ab, denn Madame Fauvel war ohnmächtig geworden, und einige von den Zuhörern, die es bemerkten, waren erschrocken auf sie zugeeilt. Sie erholte sich sogleich, und man gab der Hitze und dem betäubenden Fliedergeruch an ihrem Unwohlsein schuld.

Während der Kreis um den Bajazzo sich gelöst hatte und alle Madame Fauvel umdrängten, fühlte sich der Bajazzo plötzlich heftig am Arm gefaßt. Er drehte sich um und sah sich von Lagors und dem Marquis von Clameran gegenüber. Beide waren blaß, und ihre finsteren Gesichter sahen unheilverkündend aus.

»Sie wünschen, meine Herren?« fragte er im verbindlichsten Ton.

»Sie zu sprechen«, antworteten beide gleichzeitig.

»Ich stehe zur Verfügung«, sagte er und folgte ihnen in eine abgelegene Fensternische. Niemand hatte den Auftritt bemerkt, übrigens war eben der Maskenumzug zu Ende, die Menge strömte und drängte hin und her, man lachte und plauderte und unterhielt sich vorzüglich.

Der Marquis von Clameran, der sich kaum zu beherrschen vermochte, begann: »Wer sind Sie?«

Der Bajazzo stellte sich, als glaubte er, es handle sich um einen Maskenscherz und antwortete demgemäß: »Wer ich bin? Ei, meine Herren, das sehen Sie doch an meinem

Kleide! Die lustige Person bin ich, außerdem noch Theaterdirektor, Seiltänzer, Taschenspieler ...«
Der Marquis unterbrach ihn wütend: »Sie haben sich soeben einen niederträchtigen Scherz erlaubt.«
Der Bajazzo fragte verwundert: »Ich?«
»Ja, Sie! Was wollten Sie mit der schändlichen Geschichte, die sie vorgebracht haben?«
»Erlauben Sie mir, verehrter Doge, das ist ein ergreifendes Drama, das ich gedichtet habe! Sie verletzen meine Dichtereitelkeit auf das grausamste, wenn ...«
»Genug«, herrschte ihn der Marquis an. »Es ist eine Feigheit von Ihnen zu leugnen, daß Ihre Geschichte nichts anderes als eine elende Anspielung auf Madame Fauvel war.«
Der Bajazzo zog die Augenbrauen noch höher und hörte offenen Mundes zu. Er sah ungeheuer einfältig aus – aber einen Augenblick funkelte es wie teuflische Bosheit aus seinen Augen. »Eine Anspielung?« fragte er mit dem Ausdruck höchster Verwunderung. »Welcher Zusammenhang sollte zwischen meiner Heldin Li-Fo und der von Ihnen genannten Dame bestehen, die ich gar nicht kenne?«
»Wollen Sie etwa behaupten, daß Sie von dem Unglück, das Monsieur Fauvel betroffen hat, nichts wissen?«
»Ein Unglück?« fragte der Bajazzo. »Ist jemand gestorben?«
»Ich spreche von dem Diebstahl, der im Bankhaus Fauvel stattgefunden hat und von dem alle Zeitungen sattsam berichten.«
»Ja, ja, ich weiß, sein Kassierer ist mit einer halben Million durchgegangen, hieß es, mein Gott, das ist ja sozusagen ein alltägliches Ereignis. Aber welchen Zusammenhang Sie zwischen meinem chinesischen Drama und jenem Pariser Diebstahl sehen, ist mir unerfindlich.«

Ehe der Marquis eine Antwort fand, stieß ihn Raoul mit dem Ellbogen in die Seite. Der Stoß schien ihn plötzlich zu ernüchtern, offenbar bereute er seine Heftigkeit und die ihm entfahrenen Worte. Er zwang sich zur Ruhe, maß den Bajazzo mit verächtlichem Blick und sagte kalt: »Ich habe mich offenbar getäuscht, Ihre Erklärungen genügen mir.«
Der Bajazzo, der bis jetzt einfältig und bescheiden aufgetreten war, warf sich plötzlich in die Brust, stemmte die Faust in die Seite und nahm eine übertrieben herausfordernde Stellung, wie ein richtiger Raufbold, ein und sagte: »Ich habe Ihnen keine Erklärung gegeben und war Ihnen keine schuldig.«
»Oh, ...«, versuchte der Marquis einzuwenden.
»Lassen Sie mich ausreden. Wenn ich wirklich eine Dame, ohne es zu wollen, verletzt habe, so ist es, meine ich, an ihrem Mann, mich zur Rede zu stellen. Sie haben mich gefragt, wer *ich* bin, nun aber frage ich Sie: Wer sind *Sie*, daß Sie sich unaufgefordert zum Verteidiger Madame Fauvels aufwerfen? Mit welchem Recht beschimpfen Sie sie, indem Sie eine Anspielung in einer Geschichte entdecken wollen, die ich nur zum Spaß erfunden habe?«
Der Marquis war einen Augenblick betroffen, er faßte sich aber rasch und entgegnete: »Ich bin Fauvels Freund, und noch mehr, binnen kurzem werde ich zu seiner Familie gehören.«
»Ah ...?«
»Jawohl, Mademoiselle Madeleine ist meine Braut, und in den nächsten Tagen wird die Verlobung öffentlich bekanntgegeben werden.«
Diese Mitteilung schien den kaltblütigen Bajazzo doch etwas aus der Fassung zu bringen, aber nur einen Augenblick, dann verbeugte er sich übertrieben tief und sagte mit ironi-

schem Lächeln: »Meine besten Glückwünsche, Ihre Braut ist nicht nur die Ballkönigin des heutigen Festes, sie bekommt, wie ich mir sagen ließ, rund eine halbe Million Mitgift.«

Raoul hatte sich während dieser Unterredung fortwährend ängstlich nach allen Seiten umgeblickt und nur mit größter Ungeduld zugehört. »Jetzt ist's genug«, sagte er, und verächtlich fügte er hinzu: »Ihnen aber, Herr Possenreißer, sage ich nur das eine, Ihre Zunge ist entschieden zu lang.«

»Das mag sein, mein schöner Ritter, aber – mein Arm ist noch länger!«

»Genug«, sagte jetzt Clameran seinerseits. »Komm, Raoul, was können wir von einem Mann erwarten, der die Maskenfreiheit derartig mißbraucht und sich nicht zu erkennen geben will.«

»Es steht Ihnen frei, den Hausherrn zu fragen, wer ich bin – wenn Sie den Mut dazu haben!«

»Sie sind ...«, rief der Marquis zornbebend, »Sie sind ...«

Durch eine rasche Bewegung verhinderte Raoul seinen Freund, die beabsichtigte Beleidigung auszusprechen; sie hätte wahrscheinlich zu einer Herausforderung, zu Lärm und Skandal geführt, und das wollte der besonnenere Raoul vermeiden.

Der Bajazzo schien die Beleidigung zu erwarten, er lächelte nur ironisch. Als sie aber ausblieb, sah er dem Marquis scharf ins Auge und sagte langsam: »Wer ich bin, fragen Sie? Ich bin der beste Freund, den Ihr Bruder Gaston bei Lebzeiten hatte, ich war sein Vertrauter, sein Ratgeber – bis zur letzten Stunde.«

Wenn der Blitz zwei Schritte vor Clameran in den Boden gefahren wäre, hätte er unmöglich entsetzter aussehen können.

Es wurde totenbleich und fuhr erschrocken mit vorgestreckten Händen zurück, als wollte er ein Gespenst, das sich dräuend vor ihm erhoben, abwehren. Er versuchte zu antworten, aber die Kehle war ihm wie zugeschnürt, er vermochte kein Wort hervorzubringen.
»Komm mit mir«, sagte Lagors, der seine Ruhe bewahrt hatte, und zog den Willenlosen mit sich fort; er mußte ihn stützen, denn der Marquis schwankte wie ein Betrunkener.
Der Bajazzo war über die Wirkung seiner Worte selbst im hohen Grade überrascht.
Was bedeutet das? fragte er sich. Ich habe den Schurken also erschreckt? Ich muß ihm auf der Spur bleiben.
Der Bajazzo verließ seinen Platz in der Fensternische und drängte sich durch die auf und ab wogende Menge, um die beiden Spießgesellen zu sehen. Es dauerte nicht lange, so erblickte er sie, wie sie von Gruppe zu Gruppe gingen und eine Menge Leute anredeten.
Aha, dachte der Bajazzo, die ehrenwerten Herren möchten erfahren, wer ich bin. Fragt nur immerzu, meine ehrlichen Freunde, fragt nur.
Ihre Nachforschungen blieben ohne Erfolg. Das schien sie noch mehr zu beunruhigen. Ohne das Souper abzuwarten, entfernten sie sich.
Der Bajazzo sah sie zur Garderobe gehen, ihre Mäntel nehmen und das Haus verlassen, und da er nichts mehr auf dem Feste zu tun hatte, entfernte er sich ebenfalls.
Vor dem Haus standen viele Wagen, da aber das Wetter schön war, beschloß der Bajazzo, zu Fuß nach Hause zu gehen und seine verworrenen Gedanken in der erfrischenden Nachtluft zu sammeln und zu ordnen.
Er zündete sich eine Zigarre an und schlenderte langsam sei-

ner Behausung zu. Plötzlich – er mochte noch keine hundert Schritte gegangen sein – sprang ein Mann aus dem Schatten und drang mit erhobenem Arm auf ihn ein.
Aber der Bajazzo hatte den Mann im Schatten bemerkt. Als er jetzt auf ihn zustürzte, bog er sich rasch zurück und streckte die Arme vor. Diese Bewegung rettete ihm das Leben, und der wütend geführte Dolchstoß, der ihn sonst unfehlbar getötet hätte, traf nur den Arm.
Als der Mörder seinen Anschlag vereitelt sah, lief er davon.
Das ist sicher der edle Ritter Lagors, da wird der andere Kumpan auch nicht fern sein, dachte der Bajazzo.
Indessen schmerzte ihn die Wunde empfindlich. Er stellte sich unter eine Gaslaterne, um sie zu besichtigen. Sie schien ihm nicht sehr gefährlich, doch blutete sie heftig. Er verband sie mit seinem Taschentuch, so gut es angehen wollte, und setzte seinen Weg gedankenvoll fort.
Ich muß sehr bösen Dingen auf der Spur sein, wenn sie zum Dolch greifen, dachte er. Man setzt sich doch nicht einer Geringfügigkeit wegen der Gefahr aus, ins Zuchthaus zu kommen.
Der Bajazzo ließ, obwohl ihn seine Gedanken lebhaft beschäftigten, die Vorsicht nicht außer acht. Er vermied die dunklen Ecken und hielt sich mitten auf der Straße. Er war überzeugt, daß seine Verfolger in der Nähe waren. Und richtig, als er an einer Kreuzung die Straße überschritt, gewahrte er zwei Gestalten, die ihm wohlbekannt waren.
»Es sind geriebene Schufte«, sagte sich Bajazzo, »die sicher schon mehr derartige Abenteuer bestanden haben. Sie folgen mir ganz offen. Jetzt wollen sie mich nicht mehr umbringen, sondern sie wollen ganz einfach wissen, wer ich bin. Es wird schwer halten, sie auf die falsche Fährte zu locken. Der

Spaß mit dem Wagen, auf den Fanferlot hereingefallen ist, würde bei ihnen nicht verfangen, die sind zu schlau. Die Schurken sind mir knapp auf den Fersen, und ich kann weder nach Hause noch in den »Erzengel« gehen, denn wenn sie herausbekommen, daß hinter dem Bajazzo ein Detektiv steckt, dann ist's mit meinen Plänen vorbei.

Der Gedanke, daß ihm die Spitzbuben entwischen könnten, brachte ihn so auf, daß er Lust bekam, sich ihrer gleich zu versichern. Das wäre sehr einfach gewesen, er brauchte nur nach einem Schutzmann zu rufen, der sie dann alle drei aufs Polizeikommissariat führen würde. Aber was wäre das Resultat? Gegen Raoul lagen genügend Beweise vor, aber gegen Clameran? Nur Vermutungen. Es mußten also erst Tatsachen gesammelt werden, und darum ließ der Bajazzo seine Idee, um Hilfe zu rufen, wieder fallen. Indes mußten die Verfolger um jeden Preis irregeführt werden – er konnte unmöglich länger mit seinem schmerzenden Arm ziellos durch die Vororte wandern.

Rasch eilte er vorwärts. Als er mehrere Straßen kreuz und quer gewandert war, blieb er plötzlich stehen, zwei Schutzleute kamen ihm entgegen, er grüßte und bat sie um eine unbedeutende Auskunft.

Sein Kunstgriff hatte die erwartete Wirkung, Raoul und der Marquis blieben in einiger Entfernung zurück und wagten sich nicht weiter.

Noch während er sprach, läutete er an dem Haus, vor dem sie standen. Als er den Riegel klirren hörte, grüßte er die Schutzmänner und trat rasch in das geöffnete Tor.

Sobald sich die Wachmänner entfernt hatten, näherten sich Clameran und Lagors dem Haus und läuteten ebenfalls. Sie fragten den Hausmeister, wer der Mann wäre, der eben in einem Maskenanzug nach Hause gekommen sei.

»Ich weiß von keiner Maske«, entgegnete der Hausmeister, »von unseren Mietern war niemand auf einem Ball, soviel ich weiß. Es muß ein Fremder gewesen sein, der nur durchgegangen ist, denn das Haus hat hinten noch einen zweiten Eingang.«

»Wir sind betrogen«, rief Lagors, »und werden nun nie herausbekommen, wer dieser Bajazzo ist!«

»Wenn wir es nur nicht zu unserem Schaden allzubald erfahren«, antwortete der Marquis nachdenklich.

Während die beiden Spießgesellen voll Besorgnis ihren Heimweg einschlugen, flog der Bajazzo wie ein Pfeil dem »Erzengel« zu.

Prosper, der am Fenster lehnte und ihn schon von weitem erblickte, eilte ihm entgegen. »Kommen Sie endlich?« rief er, »seit Mitternacht erwarte ich Sie, und jetzt ist es drei Uhr! Haben Sie Madeleine gesehen? Waren auch Raoul und Clameran anwesend? Haben Sie etwas erfahren?«

»Gedulden Sie sich wenigstens, bis wir in Ihrem Zimmer sind, hier ist doch wahrlich nicht der Ort für vertrauliche Mitteilungen«, antwortete der Gefragte. »Übrigens, geben Sie mir vorerst etwas Wasser, damit ich meine Wunde auswaschen kann, sie brennt wie Feuer.«

»Um Gottes willen, Sie sind verwundet?«

»Ja, ein kleines Andenken von Ihrem lieben Freund Raoul. Nun, er soll nicht so leichten Kaufes davonkommen!«

Prosper half Verduret den Arm verbinden, und dann sprach dieser: »Ich hatte mich getäuscht, ich war der Meinung, daß Madame Fauvel ein sträfliches Verhältnis mit Raoul unterhalte. Ich dachte, um unauffälliger mit ihm verkehren zu können, habe sie dem hübschen Abenteurer den Namen eines ihrer Verwandten gegeben und ihn ihrem Mann als Neffen vorgestellt. Sie hat ihm ihr ganzes Geld, dann ihren

Schmuck, den er ins Leihhaus getragen, gegeben, und als sie nichts mehr besaß, ließ sie ihn die Kasse ihres Mannes berauben. – So dachte ich mir die Sache.«

»Und auf diese Weise ließe sich alles erklären?«

»Nein, nicht alles, und das habe ich zuerst übersehen. Wie wäre Clamerans Einfluß zu erklären?«

»Er ist einfach Raouls Mitschuldiger.«

»Das ist eben der Irrtum. Auch ich habe Raoul für die Hauptperson gehalten, aber nun weiß ich, daß er nur das Werkzeug in den Händen des anderen ist. In einem Streit, den Josef gestern belauschte, sagte Clameran: Übrigens, mein Junge, laß es dir nicht einfallen, mir zuwider handeln zu wollen, ich würde dich zerschmettern wie Glas. – Das läßt tief blicken. Clameran hält alle in seinen Krallen, Raoul, Madame Fauvel und selbst Madeleine müssen ihm gehorchen.«

Gegen letztere Behauptung lehnte sich Prosper auf. Verduret begnügte sich, die Achseln zu zucken. Er hätte ihm ja einen Beweis durch die Nachricht von der Verlobung, die er aus Clamerans eigenem Munde hatte, geben können. Allein, er wollte ihm den Schmerz ersparen, war er doch überzeugt, daß es ihm rechtzeitig gelingen werde, die Heirat zu verhindern.

»Woher Clameran die Macht über Madame Fauvel hat«, fuhr Verduret fort, »ist ein Rätsel, dessen Lösung nicht in der Gegenwart, sondern in der Vergangenheit zu suchen ist. Es handelt sich also darum, Clamerans Vergangenheit zu durchforsten. Ich habe heute – mehr zufällig – den Namen seines Bruders Gaston ausgesprochen, und da erschrak er so, als sähe er ein Gespenst. Dann erinnerte ich mich, daß Gaston während eines Besuches seines Bruders plötzlich gestorben ist.«

»Glauben Sie denn an einen Mord?«

»Ich kann von Leuten, die einen meuchlings überfallen, alles glauben. Die beiden Schurken mögen mancherlei auf dem Gewissen haben. Wenn es sich nur mehr um den Diebstahl handelte, wäre die Sache sehr einfach, denn darüber bin ich nicht im geringsten im unklaren.«

»Wie, wär's möglich …? Sie wüßten …? rief Prosper hoffnungsfroh bewegt.

»Ja, ich weiß, wer den Schlüssel hergegeben, und ich weiß, wer das Codewort verraten hat.«

»Den Schlüssel kann man allenfalls Monsieur Fauvel entwendet haben, aber das Codewort …?«

»Das haben Sie unglücklicherweise selbst preisgegeben! Sie staunen! Erinnern Sie sich nicht mehr daran? Nun, zum Glück hat Mademoiselle Nina ein besseres Gedächtnis. Zwei Tage vor dem Diebstahl beklagte sie sich – es war gerade Gesellschaft bei Ihnen, Ihr Freund Raoul war auch darunter –, daß Sie sie nicht mehr liebten. Wissen Sie noch, was Sie zur Antwort gaben, Sie unvorsichtiger Mensch? Sie sagten: Du tust Unrecht, mir Mangel an Liebe vorzuwerfen. Beweis, daß ich stets an dich denke, ist, daß eben jetzt dein geliebter Name die Kasse meines Chefs behütet!«

Prosper schlug sich an die Stirn. Ja, jetzt erinnerte er sich, er hatte dem Sekt fleißig zugesprochen und leichtsinnigerweise das Codewort verraten.

»Nun wird Ihnen auch das übrige klar sein. Lagors oder Clameran, einer von den beiden, hat Madame Fauvel gezwungen, den Schlüssel ihres Mannes herauszugeben, und konnte nun leicht mit dem Codewort die Kasse öffnen und das Geld entwenden. Die arme Frau müssen sie mit schrecklichen Drohungen eingeschüchtert haben. Sie war am Tag nach dem Diebstahl ganz krank, und sie war es, die, ungeachtet aller Gefahr, Ihnen die zehntausend Franc geschickt hat. Nun fragt es sich, wer war der Dieb, Raoul oder Clameran, und wer verleiht ihnen eine solche Macht über Madame Fauvel? Und wie kommt es, daß Madeleine in diese Schändlichkeiten verwickelt ist? All diese Fragen sind noch offen, und darum gehen wir noch nicht zum Untersuchungsrichter. Lassen Sie mir noch acht Tage Zeit, mein lieber Prosper, und wenn ich dann nicht alles Wünschenswerte entdeckt habe, dann gehen wir zu Monsieur Pertingent und erzählen ihm, was wir wissen. Doch ich denke, meine Reise wird nicht fruchtlos sein.«

»Wie, Sie wollen verreisen?«

»Ja, und zwar sogleich. Ich fahre nach Beaucaire, denn aus dieser Gegend stammen Clameran und Madame Fauvel, die eine geborene Gräfin von Laverberie ist. Dort will ich mich über beide Familien genau erkundigen. Raoul und sein würdiger Freund werden inzwischen nicht entwischen – übrigens ist ja Josef da. Aber Sie, lieber Prosper, bitte ich, seien Sie vorsichtig. Versprechen Sie mir, während meiner Abwesenheit den ›Erzengel‹ nicht zu verlassen.«

Prosper gab das Versprechen, doch ehe Verduret ging, konnte Prosper sich nicht enthalten zu fragen: »Darf ich noch immer nicht erfahren, wer Sie sind und welchen Umständen ich Ihre Hilfe verdanke?«

Der sonderbare Mann lächelte trauig. »Ich werde es Ihnen in Ninas Gegenwart, am Tage Ihrer Hochzeit mit Mademoiselle Madeleine sagen.«

Prosper hielt sein Versprechen, er blieb den ganzen Tag in seinem Zimmer und wagte kaum, den Kopf zum Fenster hinauszustecken, aus Furcht, gesehen zu werden. Zweimal schrieb ihm Verduret, daß alles gut ginge und er die Geduld nicht verlieren solle.

Prosper verlor auch die Geduld nicht, nur am siebenten Tage nach Verdurets Abreise bekam er heftiges Kopfweh. Er hatte schon einige Nächte schlecht geschlafen und meinte, ein kleiner Spaziergang würde ihm gut tun.
Madame Alexandrine wollte ihn nicht gehen lassen, aber er sagte: »Jetzt ist es zehn Uhr abends, wer soll mich denn da in diesem fremden Stadtviertel sehen? Ich will nur ein bißchen in den Kaianlagen auf und ab schlendern und komme gleich wieder zurück.«
Er ging, dehnte aber seinen Spaziergang weiter aus, und als er an einem Kaffeehaus vorüberkam, bekam er Lust, ein Glas Bier zu trinken. Er trat ein, ließ sich an einem Tischchen nieder und griff mechanisch nach einer Zeitung. Aber kaum hatte er einen Blick hineingeworfen, als er sich, wie vom Blitz getroffen, niedergeschmettert fühlte. Das Blatt enthielt die Verlobungsanzeige der Nichte des Bankiers André Fauvel mit dem Marquis Louis von Clameran.
Die schreckliche Nachricht regte Prosper so auf, daß er vollständig den Kopf verlor. Er vergaß sein Verduret gegebenes Versprechen, sich ruhig zu verhalten und ihm ganz zu vertrauen. Er war nur von dem einen Gedanken beseelt, die Heirat müsse hintertrieben, Madeleine aus den Krallen dieses Schurken befreit werden! Warten? Konnte, durfte er es? Wie, wenn Verduret zu spät käme? Nein, Madeleine mußte um jeden Preis gerettet werden!
Prosper ließ sich vom Kellner Papier, Tinte und Feder geben, und ohne zu bedenken, daß ein anonymer Brief immer eine Gemeinheit und eine Feigheit ist, schrieb er mit verstellter Schrift:

Monsieur André Fauvel.

Sie haben Ihren Kassierer dem Gericht überliefert, weil Sie ihn für unredlich hielten. Aber wenn Sie meinen, daß er Ihre Kasse beraubte, glauben Sie, daß auch er es war, der die Diamanten Ihrer Frau ins Leihhaus trug? An Ihrer Stelle würde ich die Sache nicht wieder anzeigen, sondern vorher ein wenig meine Frau überwachen. Auch würde ich plötzlich dahergeschneiten Neffen mißtrauen. Was aber den ehrenwerten Marquis von Clameran betrifft, so täten Sie vielleicht gut, ehe Sie den Heiratskontrakt Ihrer Nichte unterzeichnen, auf die Polizei zu gehen und sich nach ihm zu erkundigen.

Ein Freund

Nachdem der Brief geschrieben war, bezahlte Prosper eilig und ging. Es drängte ihn, sein Schreiben zur Post zu bringen, und er fürchtete, es könnte vielleicht zu spät kommen.

Keine Bedenken über seine Handlungsweise stiegen in ihm auf, bis zu dem Augenblick, als er den Brief in den Sammelkasten steckte, ihn losließ und das dumpfe Geräusch des Falles hörte.

Hatte er recht getan? fragte er sich, hatte er nicht überstürzt gehandelt, etwa gar Verdurets Pläne gefährdet? Seine Bedenken verwandelten sich in bittere Selbstvorwürfe, und er hätte den Brief am liebsten wieder zurückgenommen, wenn es gegangen wäre.

Als er nach Hause kam, fand er eine Depesche von Verduret vor, worin er seine Ankunft für den nächsten Abend anzeigte und guten Erfolg meldete.

Prosper war über seine Unbesonnenheit verzweifelt und erwartete mit Bangen die Rückkehr des Freundes.

Dieser erschien zur angekündigten Stunde, er war sehr aufgeräumt und brachte ein umfangreiches Manuskript – seine Aufzeichnungen für den Untersuchungsrichter – mit. »Sie sollen eine hübsche Geschichte zu hören bekommen«, sagte er zu Prosper, »daraus werden Sie sehen, daß ich recht hatte, als ich behauptete, die eigentliche Ursache eines Verbrechens liegt oft in der Vergangenheit. Auch in bezug auf den Diebstahl bei Fauvel bewahrheitet sich dieser Satz. Doch nun hören Sie.«

Verduret setzte sich in seinem Lehnstuhl zurecht, schlug sein Manuskript auf und begann zu lesen:

11.

Unweit von Tarascon liegt am rechten Ufer der Rhone das alte, nun ziemlich verfallene Feudalschloß von Clameran. Vor etwa dreißig Jahren wohnte dort der alte Marquis von Clameran mit seinen beiden Söhnen Gaston und Louis.

Der alte Marquis war ein Überbleibsel aus längst vergangenen Zeiten. In seinen Augen war die große Revolution nichts als eine Meuterei elender Schurken gewesen, und der Adel galt ihm als eine bevorzugte Rasse, der alles erlaubt sei. Er lebte auf großem Fuß, verbrauchte das Doppelte von seinen Einkünften und rechnete zuversichtlich darauf, daß mit der Wiederkehr des alten Königtums der Glanz und Reichtum seines Geschlechts wiederhergestellt werden würden.

Von seinen beiden Söhnen folgte nur Louis seinem Beispiel, er lebte auf großem Fuß, spielte, trank und ging auf Abenteuer aus, wie die Helden alter Ritterromane. Gaston dagegen versuchte die neue Zeit zu verstehen, er begriff, daß die Vorurteile seines Vaters ungerechtfertigt waren, las und

lernte, soviel er konnte. Auch ließ er sich heimlich Zeitungen kommen, vor deren Namen allein sich der alte Marquis schon entsetzt haben würde.
Dem Schloß in Clameran gegenüber, am anderen Rhoneufer, steht inmitten eines wundervollen Parks das Kastell Laverberie, in welchem zu damaliger Zeit die alte Gräfin Palmyra von Laverberie lebte. Sie war eine Art Pendant zu dem Marquis, auch sie war hochfahrend und adelsstolz, auch sie liebte es, sich das Leben so angenehm wie möglich zu machen, aber Neid und Bosheit, die an ihr zehrten, ließen sie zu keinem Lebensgenuß kommen.
Zwischen den beiden benachbarten Familien bestand ein jahrhundertealter Haß, sie wußten selber nicht recht, warum. Es hieß, daß unter Heinrich IV. ein Laverberie eine Clameran verführt und daß es Duelle, Mord und Totschlag gegeben hätte.
Natürlich verkehrten die beiden feindlichen Familien nicht miteinander, aber sie konnten es nicht verhindern, manchmal bei Gutsnachbarn zusammenzutreffen. Dann behandelte die Gräfin den Marquis, den sie nur mit dem Namen »Einfaltspinsel« bezeichnete, wie eitel Luft, während er um die »alte Hexe«, wie er sie nannte, einen möglichst großen Bogen machte.
Die alte Gräfin hatte eine wunderschöne Tochter namens Valentine, und bei einem Fest geschah es, daß Gaston und Valentine sich zum erstenmal erblickten. Und was seit Romeos und Julias Zeiten sich schon unzählige Male ereignet hatte, ereignete sich wieder: die Kinder der feindlichen Eltern verliebten sich ineinander!
Valentine war in völliger Weltabgeschiedenheit herangewachsen, sie war liebenswert und wußte in ihrer Herzenseinfalt nicht, was Sünde ist.

Als sie daher eines Abends Gaston in den Park, in welchem sie lustwandelte, eintreten sah, fand sie daran durchaus nichts Unschickliches, im Gegenteil, sie freute sich, ihn, an den sie seit jenem Fest immerfort denken mußte, wiederzusehen. Sie machte aus ihrer Freude kein Hehl. Gaston kam wieder und wieder, und bald schlugen die Herzen der beiden nicht nur füreinander, sondern auch aneinander.
Aber ach, sie wußten, daß ihre Liebe hoffnungslos war, daß nichts den törichten Haß ihrer Eltern brechen könne, und darum mischten sich in ihre Liebesbeteuerungen Seufzer und Tränen.
Die Liebenden mußten bei ihren Zusammenkünften äußerst vorsichtig zu Werke gehen. Zwar waren im Park keine Späher zu befürchten, der war so groß und hatte so dichte Laubengänge, daß sie sich leicht verbergen konnten. Die Schwierigkeit lag für Gaston darin, den Park von Laverberie zu erreichen. Zwischen den beiden Gütern floß die Rhone, und der Jüngling wagte nicht, seinen Kahn zur Überfahrt zu benutzen, aus Furcht, das Fahrzeug am Ufer könnte zum Verräter werden. Er getraute sich auch nicht mit der Fähre, die allgemein benutzt wurde, sich über den Fluß setzen zu lassen. Wie leicht könnten dem Fährmann die häufigen Fahrten auffallen. Gaston machte es also wie Leander und schwamm zu der Geliebten hinüber.
Wie erschrak das junge Mädchen, als sie ihn das erste Mal aus den Fluten auftauchen sah! Die Rhone war an dieser Stelle nicht besonders breit, aber ungemein reißend, und galt selbst bei kühnen Schwimmern als äußerst gefährlich. Valentine beschwor den Geliebten, sich nie wieder dieser Gefahr auszusetzen, allein er kam wieder und wieder. Er versicherte ihr, daß das Unternehmen ganz ungefährlich sei, aber damit sie sich nicht beunruhigte und die Stunde seines

Kommens voraus wisse, zündete er jedesmal, ehe er sich auf den Weg machte, eine Lampe an, die er ins Fenster seines Zimmers stellte. Und auch sie machte ein Gegenzeichen. Wenn in ihrem Zimmer ein Licht erschien, bedeutete es, daß sie ihn erwarte, während es dunkel blieb, wenn sie durch ihre Mutter verhindert war, sich in den Park zu begeben.

Die Liebenden glaubten, so allen Vorsichtsmaßregeln genügt zu haben, und gaben sich in kargbemessenen Augenblicken der Wonne des Beisammenseins ganz hin.

Valentine konnte Gastons Kommen kaum erwarten. Sobald das Zeichen am Fenster erschien und sie als Gegenzeichen ihre Lampe entzündet hatte, eilte sie hinab in den Park zur Rhone. Wenn dann ihr Leander den Fluten entstieg, warf sie sich in seine Arme und weinte vor Glück und Leid.

Dann — sie ließ es sich nicht nehmen — warf sie ihm einen Mantel über, den sie in einem hohlen Baum verborgen hatte, und sie lustwandelten Arm in Arm über die dunklen Wege oder am Ufer des Flusses. Manchmal sahen sie einen Kahn nahe dem Ufer wie einen Schatten vorübergleiten. Sie meinten, daß es verspätete Fischer wären, indes saßen Neugierige in dem Fahrzeug, die sich überzeugen wollten, ob das Gerücht, das bis zu ihnen gedrungen, auf Wahrheit beruhe. Und jetzt sahen sie es mit eigenen Augen und hatten nicht genug Zungen, um es weiterzuverbreiten: Romeo und Julia, Hero und Leander sind wiedererstanden! Wer es zuerst entdeckt, wer es zuerst gesagt, das wußte niemand, genug, in ganz Tarascon und Umgebung sprach man von nichts anderem. Nur die Liebenden ahnten nicht, daß sie den allgemeinen Gesprächsstoff bildeten, wie auch glücklicherweise weder dem Marquis noch der Gräfin etwas von den Gerüchten zu Ohren gekommen war.

Die Gräfin, die mit Genugtuung bemerkte, daß ihre Tochter mit jedem Tag schöner wurde, entwarf schon großartige Zukunftspläne. Trotz der Jugend Valentines gedachte sie, sie möglichst bald zu verheiraten. Sie wollte sie im kommenden Winter nach Paris führen und zweifelte nicht, daß sich bald vornehme und reiche Freier einstellen würden. Reich, ungeheuer reich mußte ihr zukünftiger Schwiegersohn sein, denn die Gräfin hatte das eingeschränkte Leben auf dem Lande satt.

Der Sommer und der Herbst vergingen den Liebenden wie ein Traum, aber als sich mit dem Spätherbst die Regenzeit einstellte, begannen neue Sorgen. Die Rhone war hoch angeschwollen, brandete und brauste, und eine Überschwemmung war zu befürchten. Gaston konnte nicht mehr daran denken, den reißenden Strom zu durchschwimmen. Wenn er den Park von Laverberie erreichen wollte, mußte er nach Tarascon gehen, wo eine Brücke ans andere Ufer führte.

Eines Abends, im November, erwartete Valentine ihren Freund gegen elf Uhr. Er war nachmittags nach Tarascon gegangen, hatte dort zur Nacht gespeist und war dann mit einem Freund in ein Café auf dem Marktplatz gegangen, um Billard zu spielen.

Das Lokal war sehr voll, und besonders machte sich eine Gruppe junger Leute durch lärmendes Benehmen bemerkbar. Sie saßen in nächster Nähe des Billards, und als Gaston zu spielen begann, begannen sie zu flüstern und brachen dann in Gelächter aus.

Dies Gelächter war offenbar boshaft, allein Gaston schenkte ihm keine Beachtung, er war viel zu sehr in sein Spiel vertieft. Plötzlich aber fiel hinter ihm eine Bemerkung, die laut genug gemacht worden war, um von ihm gehört zu werden. Alles Blut wich aus seinem Gesicht, er warf sein Queue

auf das Billard und trat an den Tisch, wo die jungen Männer saßen. Sie spielten Domino und gaben sich plötzlich den Anschein, als wären sie ganz von ihrem Spiel eingenommen.
Gaston wandte sich an den Sprecher von vorhin, einen auffallend hübschen jungen Mann mit herausfordernden Blikken, der sich Jule Lazet nannte, und sagte: »Sie wagten es, eine Bemerkung zu machen, die ...«
»Die ich wiederholen werde, sooft es mir beliebt«, unterbrach ihn der andere höhnisch lachend. »Ich sagte, die adligen Fräulein haben nichts den Proletarierinnen voraus, ihr ›von‹ und ihre Titel schützen ihre Tugend keineswegs.«
»Sie haben sich unterstanden, einen Namen zu nennen.«
»Den ich ebenfalls ohne Scheu nochmals wiederhole: ich habe von der hübschen Komtesse von Laverberie gesprochen.«
Der ziemlich laut geführte Wortwechsel erregte natürlich die allgemeine Aufmerksamkeit, alle Gäste waren aufgesprungen und umringten die Streitenden. An den höhnischen Blicken und boshaften Bemerkungen erkannte Gaston, daß er von lauter Feinden umgeben war.
Aber Gaston war nicht der Mann, vor der Gefahr zurückzuweichen, er hätte es auch mit Hunderten aufgenommen. »Nur ein Feigling«, rief er, »kann so gemein und niedrig sein, eine junge Dame zu verleumden und zu beleidigen, die weder Vater noch Bruder hat, um ihre Ehre zu verteidigen!«
»Wenn sie auch weder Vater noch Bruder hat, so fehlt ihr doch der Verteidiger nicht, sie hat ja einen Liebhaber«, entgegnete Lazet.
Dies Wort brachte Gaston in solche Wut, daß er die Hand hob und sie sausend auf Lazets Gesicht fallen ließ.

Ein Entsetzensschrei, wie aus einem Munde, ging durch das ganze Lokal: alle kannten Lazets Leidenschaftlichkeit und seine Kraft.
Mit einem Satz sprang er empor und fuhr Gaston an die Gurgel. Sein Freund wollte ihm zu Hilfe eilen, aber er wurde zu Boden geworfen, halbtot getreten und unter einen Tisch geschleudert.
Eine ungeheure Verwirrung war entstanden, alle schrien und drängten und wollten Lazet, der mit Gaston rang, zu Hilfe kommen.
»Laßt«, rief er, »laßt, ich werde allein mit ihm fertig, zurück mit euch.«
Einen Augenblick ließen sie ab und begnügten sich, bloß Zuschauer des Kampfes zu sein. Das Schauspiel war interessant genug.
Gaston und Lazet rangen regelrecht miteinander, sie waren beide gleich kräftig und gewandt, und es schien, als ob keiner einen besonderen Vorteil über den anderen erlangen könnte. Aber plötzlich hatte Gaston die Oberhand, schon war er im Begriff, seinen Gegner zu Boden zu drücken, als die erregten Zuschauer sich nicht länger zurückhalten konnten. Wie die Wahnsinnigen stürzten sie sich auf die Kämpfenden und rissen sie auseinander. Jetzt warfen sie sich auf Gaston, einer versuchte ihm gar einen Riemen um die Beine zu schlingen, die anderen wollten ihn an den Armen zu Boden reißen.
Gaston wehrte sich wie ein Verzweifelter. Seine Kräfte schienen zu wachsen, und er hielt einem Dutzend Angreifer mutig stand. »Schurken und Feiglinge«, rief er, »schämt ihr euch nicht, wie eine Bande Strolche über einen einzelnen Mann herzufallen?«
Es war ihm gelungen, sich frei zu machen, er lief um das Bil-

lard herum und suchte die Tür zu gewinnen, aber seine Angreifer schnitten ihm den Weg ab, drei fielen ihm in den Rücken.

Mit einer mächtigen Bewegung schüttelte er sie ab, so daß er wieder die Arme frei hatte, schlug einen, der ihm im Wege stand, mit einem Fausthieb nieder, und als sie jetzt alle wie eine Meute toller Hunde über ihn herfielen, ergriff er ein Messer, das auf einem Tisch in seiner Nähe lag, und stieß damit blind zu. Unglücklicherweise wollte Lazet ihm eben entgegenkommen, das Messer traf ihn mitten in die Brust, und tödlich getroffen stürzte er zu Boden.

Eine Sekunde lang waren alle wie von Entsetzen gelähmt, dann eilten einige dem Verwundeten zu Hilfe, während die übrigen sich mit erneuter Wut gegen Gaston wendeten. »Mörder, Mörder!« schrien sie und schleuderten, was ihnen nur in die Hände kam, auf ihn.

Er sah sich verloren, schon blutete er aus mehreren Wunden, die Kräfte drohten ihm zu versagen, da faßte er einen verzweifelten Entschluß. Er schwang sich aufs Billard und sprang mit einem gewaltigen Satz durch die Spiegelscheibe eines der Fenster. Er durchbrach es, aber die Glassplitter zerrissen ihn so, daß kein heiler Fleck an seinem ganzen Leib war.

Nun war er draußen, aber nicht gerettet. Seine Tollkühnheit hatte seine Feinde einen Augenblick lang verblüfft, aber dann stürzten sie ihm nach.

Er lief über den Platz und wußte nicht, welchen Weg er einschlagen sollte. Das Wetter war schlecht, der Boden aufgeweicht, schwere Wolken zogen, vom Westwind getrieben, am Himmel hin, aber es war trotz der vorgerückten Abendstunde noch immer hell genug, und er konnte sich nirgends verbergen. Wohin sollte er? Am besten war's wohl, nach

Hause, nach Clameran. Er lief nicht, er flog dem Damm zu, der längs der Rhone als Promenade angelegt und mit schönen Bäumen bepflanzt war. Unglücklicherweise vergaß Gaston, daß Schranken die Anlagen vor dem Wagenverkehr absperrten, und er prallte im vollen Lauf gegen sie. Er stürzte, und obgleich er trotz des heftigen Schmerzes, den er in der Hüfte empfand, sofort wieder aufsprang, hatten ihn seine Verfolger doch schon erreicht.

»In die Rhone, in die Rhone mit dem Aristokraten, dem Mörder!« schrien sie.

Nun war er verloren, aber er wollte sein Leben teuer verkaufen. Er war wie von Sinnen und wußte nicht, was er tat. Ein Glassplitter hatte ihn an der Stirn verwundet, das Blut lief ihm über die Augen, daß er wie blind war. Noch hielt er das blutige Messer in der Hand, er stieß zu, und wieder fiel ein Mann.

Das verschaffte ihm einen Augenblick Ruhe, und er konnte um die Schranken herum in die Anlagen einbiegen und weitereilen. Aber seine Verfolger zögerten nicht lange, zwei waren bei dem Gestürzten zurückgeblieben, die übrigen jagten Gaston nach.

Aber der Verfolgte nutzte seinen Vorsprung aus, die Verzweiflung lieh ihm Riesenkräfte, er fühlte seine Wunden kaum. Die Ellbogen fest an den Leib gepreßt, lief er wie ein Schnelläufer in der Rennbahn. Der Vorsprung, den er vor seinen Verfolgern hatte, wurde immer größer, er hörte ihren keuchenden Atem immer weiter hinter sich. Das Geräusch ihrer Schritte verhallte mehr und mehr, zuletzt war nichts mehr zu vernehmen.

Gaston lief aber weiter. Längst hatte er die Anlagen verlassen und war querfeldein gerannt. Er setzte über Gräben und Hecken, und endlich, als er überzeugt war, daß man seine

Spur verloren hatte, ihn nicht mehr einholen würde, ließ er sich unter einem Baum zu Boden sinken.
Welch furchtbares Geschehen! Vor wenig Stunden noch war er ein froher, glücklicher Mensch gewesen, und jetzt war er zum Mörder geworden!
Ein Mörder! Er schauderte bei dem Gedanken, und mit Entsetzen bemerkte er, daß er das gräßliche Mordwerkzeug noch immer krampfhaft fest in der Hand hielt. Er schleuderte es weit von sich und starrte schmerzverloren in die Dunkelheit.
Verloren! Und nicht er allein, nein, durch seine Schuld, weil er sich nicht zu beherrschen vermochte, war auch *sie*, deren Ehre ihm teurer als seine eigene sein mußte, verloren, ihr guter Ruf für immer dahin! Ach, er sehnte sich, sie noch einmal zu sehen, ihre Verzeihung zu erflehen, sie ans Herz zu drücken – ach, vielleicht zum letztenmal, ehe er für immer schied! Für immer! Ja, er mußte fort, weit fort, denn gewiß war schon die ganze Stadt in Aufruhr und suchte den Mörder!
Mühsam erhob er sich, jetzt erst fühlte er in allen Gliedern Schmerzen, die Wunden brannten, kalter Schweiß bedeckte seine Stirn, und die Zähne schlugen ihm im Fieber aufeinander. Nur langsam vermochte er sich vorwärts zu bewegen, und doch drängte es ihn, nach Hause zu kommen, sich seinem Vater in die Arme zu werfen.
Endlich, nach langem mühseligen Weg, langte er im Schloß an. Bei seinem Anblick fuhr der alte Diener, der ihm die Tür öffnete, entsetzt zurück. »Um Gottes willen, was ist Ihnen widerfahren?«
»Still, still«, entgegnete Gaston mit heiserer Stimme leise, denn er fürchtete, daß draußen jemand lauern könnte. »Wo ist mein Vater?«

»Der Marquis ist in seinem Schlafzimmer, er hat einen Gichtanfall gehabt und ...«

Aber Gaston hörte nicht weiter hin. So rasch als er es vermochte, eilte er die breite Treppe hinauf und trat in das Zimmer seines Vaters.

Der alte Marquis saß in einem bequemen Lehnstuhl, das linke, in Tücher gehüllte Bein weit von sich weggestreckt, und spielte mit seinem jüngeren Sohn Louis Domino.

Bei Gastons Eintritt hob der Vater den Kopf, aber das Aussehen des Jünglings entsetzte ihn so, daß er den Dominostein, den er in der Hand hielt, fallen ließ.

Kein Wunder, Gastons Anblick war wirklich schreckenerregend, sein Gesicht, seine Hände, seine Kleider waren blutüberströmt.

»Um Gottes willen, was ist geschehen?« fragte der Marquis.

»Vater, ich komme, um von dir Abschied zu nehmen und dich zu bitten, mir die Mittel zur Flucht ins Ausland zu geben.«

»Flucht? Wozu?«

»Vater, ich muß fliehen, und zwar auf der Stelle, ich werde verfolgt, die Gendarmen werden gleich hier sein ... Ich habe zwei Menschen getötet.«

Der Schreck des Marquis über diese Worte war so groß, daß er seine Gicht vollständig vergaß. Er wollte aufspringen und auf Gaston zustürzen, denn er glaubte nicht anders, als sein Sohn habe den Verstand verloren. Aber bei der ersten Bewegung, die er machte, zwang ihn der Schmerz wieder auf seinen Sessel zurück. »Was soll das heißen?« fragte er mit bebender Stimme, »bist du von Sinnen?«

»Ach, nein, Vater, ich bin nicht wahnsinnig, es verhält sich leider so. Es waren mehr als zwanzig, sie fielen alle über

mich her, es war im Kaffeehaus in Tarascon – da griff ich nach einem Messer ...«
»Zwanzig gegen einen? Ja, das ist so eine Errungenschaft noch von der großen Revolution her«, konnte der Marquis nicht unterlassen zu bemerken. »Wie kam denn die Sache? Hat man dich beleidigt?«
»Nein, aber man hat in meiner Gegenwart abfällig über eine junge adelige Dame gesprochen.«
»Und du hast die Buben gezüchtigt, darin hattest du ganz recht, das ist Edelmannspflicht. Wer ist denn die Dame, die du verteidigst?«
»Die Komtesse Valentine von Laverberie.«
»Wie, die Tochter der alten Hexe? Ach, diese Familie, die Gott verdammen möge, hat immer Unglück über die unsere gebracht.«
Unterdessen konnte der alte Kammerdiener seine Neugierde oder vielmehr seine wirkliche Teilnahme für den jungen Herrn nicht länger zügeln, und obgleich nach der strengen Hausordnung keiner von der Dienerschaft in die Gemächer des Marquis eintreten durfte, außer wenn er geläutet hatte, so überwand der Kammerdiener doch seine Furcht vor dem strengen Gebieter, öffnete leise die Tür und fragte: »Der Marquis hat geläutet?«
»Nein, du frecher Geselle, ich habe nicht geläutet, und du weißt es sehr wohl. Aber für diesmal will ich dir's verzeihen. Geh und hole schnell Leinwand, Wäsche und Kleider, dann wirst du den Marquis verbinden und umkleiden.«
Gastons Wunden waren weniger schlimm, als er selbst geglaubt hatte. All seine Verletzungen waren leichter Art, nur ein Messerstich unter der Schulter war tiefer gegangen, hatte aber glücklicherweise keine inneren Organe verletzt.
Der Kammerdiener wusch und verband die Wunden mit

großer Geschicklichkeit, und Gaston fühlte sich erfrischt und gestärkt.
Nachdem sich der Diener entfernt hatte, fragte der Marquis: »Du willst fliehen?«
»Mir bleibt nichts anderes übrig, Vater.«
»Ja, gewiß«, nahm jetzt Louis das Wort, »Gaston muß fort. Wenn er bleibt, nehmen sie ihn gefangen, er kommt vors Schwurgericht und ...«
»Und wird verurteilt, jawohl«, vollendete der Marquis, »auch eine Errungenschaft der ›großen‹ Revolution! Ach, warum ist es nicht mehr wie in alten Zeiten, da würden wir drei uns die Lenden gürten, zu Pferde steigen, gegen Tarascon ziehen und sie ›mores‹ lehren! Aber heutzutage muß ein Edelmann, der sein Recht verteidigt, schmählich zur Flucht greifen ...«
»Vater, die Zeit drängt ...«, mahnte Louis.
»Du hast recht, aber zur Flucht ins Ausland braucht man Geld, und ich habe fast nichts. Ich alter verschwenderischer Narr habe nie hauszuhalten verstanden, und nun muß mein armer Sohn darunter leiden. Sieh nach, Louis.«
Louis öffnete eine Schublade im Schreibtisch, zu der ihm der Vater den Schlüssel eingehändigt hatte, es fanden sich 940 Franc in Gold.
Der Marquis war in heller Verzweiflung: mit solch einem Bettel konnte ein Clameran unmöglich in die weite Welt gehen! Er versank in Gedanken und schien mit einem Entschluß zu ringen. Endlich befahl er Louis, ihm ein Kästchen aus getriebenem Silber, das sich ebenfalls im Schreibtisch befand, zu bringen. Er nahm einen kleinen goldenen Schlüssel, den er an der Uhrkette trug, öffnete das Kästchen und betrachtete den Inhalt mit sichtlicher Rührung und Wehmut. Es war ganz mit Schmucksachen gefüllt.

»Dieses Geschmeide gehörte eurer Mutter, ich habe mich nie davon getrennt, seit ich sie, die edelste und beste der Frauen, verloren habe. Aber jetzt ... nimm es, mein Sohn, die Mutter würde es dir gewiß selber geben. Es ist ungefähr fünfzigtausend Franc wert ... nimm es, und Gott geleite dich.«

Gaston wollte ablehnen, aber der Vater befahl ihm, es zu nehmen, und Louis mahnte zur Eile.

Gaston sank tränenden Auges vor seinem Vater auf die Knie und führte seine Hand an die Lippen. »Dank, Vater, tausend Dank, ich nehme deine Gabe und hoffe, dir dereinst Rechenschaft darüber ablegen zu können.«

Der Marquis schloß seinen ältesten Sohn in die Arme, und beide weinten.

Aber Louis drängte: »Es ist die höchste Zeit ...«

»Er hat recht«, sagte der Marquis, »geh, Gaston, und nochmals, Gott segne dich!«

Gaston erhob sich. »Ehe ich dich verlasse, Vater, habe ich noch eine heilige Pflicht zu erfüllen. Ich muß dir ein Geständnis machen: ich liebe Valentine von Laverberie ...«

»Oh!« entfuhr es dem Marquis in höchster Bestürzung.

»Ich bitte dich kniefällig, Vater, wirb du für mich bei der Marquise um die Hand ihrer Tochter. Ich bin überzeugt, Valentine wird nicht zögern, mir ins Ausland zu folgen, meine Verbannung zu teilen ...«

Gaston hielt erschrocken inne, der Marquis war blaurot geworden, er sah aus, als sollte ihn auf der Stelle der Schlag rühren.

»Um Gottes willen, Vater.«

Aber der Alte hatte sich schon etwas erholt, es war nur der Zorn, der ihn übermannte. »Niemals«, rief er, »niemals.«

»Sag das nicht, Vater, denn sie wird und muß mein Weib

werden. Ich habe es geschworen, meine Ehre hängt davon ab.«

»Unsinn ...«

»Ich habe ihr mein Wort gegeben, und ich *muß* es einlösen, verstehst du denn nicht, Vater, ich *muß*, wenn ich nicht als Ehrloser erscheinen will. Weißt du, was sie heute im Kaffeehaus gesagt haben? Daß Valentine meine Geliebte wäre und ... sie haben die *Wahrheit* gesagt!«

Der Marquis horchte erstaunt auf, der Ausdruck seines Gesichts änderte sich plötzlich, und in seinen Augen funkelte eine boshafte Freude. »Soso«, sagte er, »die schöne Komtesse ist also deine Geliebte! Einer ihrer Vorfahren hat eine unseres Geschlechts vom guten Wege abgebracht – nun sind wir quitt!«

»Vater«, rief Gaston erregt, »du vergißt, daß ich geschworen habe und daß ich sie liebe!«

»Und ich sage dir«, entgegnete der Marquis erzürnt, »daß ich niemals, hörst du, niemals meine Einwilligung geben werde. Du weißt, daß mir die Ehre meines Hauses teuer ist, aber lieber möchte ich dich gefangen und verurteilt sehen, dich lieber im Zuchthaus wissen, als daß ich je eine Laverberie als Schwiegertochter empfange.«

»Es geschehe nach deinem Willen, Vater, ich bleibe, man soll mich verhaften, mit mir machen, was man will! Das Leben hat keinen Wert mehr für mich, nimm den Schmuck zurück, ich bedarf seiner nicht.«

Ehe der Marquis antworten konnte, wurde die Tür mit großer Heftigkeit aufgerissen, die ganze Dienerschaft drängte sich im Korridor und rief: »Gendarmen! Gendarmen kommen!«

Bei diesem Wort richtete sich der Marquis auf – die Aufregungen, die er eben erst durchgemacht hatte, ließen ihn die

Gichtschmerzen nicht mehr fühlen. »Gendarmen«, rief er, »bei mir, auf Clameran! Unerhört! Aber bei Gott, die Frechheit sollen sie teuer bezahlen!«

»Ja, ja«, riefen die Diener, »nieder mit den Gendarmen!«

Louis hatte seine Kaltblütigkeit nicht verloren. »Es wäre Wahnwitz, sich den Gendarmen widersetzen zu wollen«, sagte er. »Wenn wir sie jetzt vertreiben, so kommen sie verstärkt wieder. – Wo sind sie?«

»Am Gittertor«, sagte einer der Diener.

»Dann fliehst du durch den Gemüsegarten«, wendete sich Louis an seinen Bruder.

»Verzeihung«, sagte ein anderer Diener, »aber sie bewachen auch die hintere Parktür, ich glaube, sie haben sogar längs der Parkmauer Aufstellung genommen und umzingeln uns förmlich, es muß ein ganzes Regiment ausgerückt sein.«

»O Gott, dann ist die Flucht unmöglich«, rief der Kammerdiener jammernd.

»Donnerwetter, das wollen wir sehen!« rief der Marquis, dem der Augenblick der Gefahr seine ganze Geistesfrische und Tatkraft verlieh. »Wenn wir auch in der Minderzahl sind, so vermögen wir sie doch zu überlisten. Hört mich an. Du, Louis, gehst mit dem Reitknecht in den Stall, ihr besteigt die beiden besten Pferde und nehmt noch jeder eins am Zügel. Dann stellt ihr euch so geräuschlos als möglich, du, Louis, bei der Parktür und du, Jean, beim Gittertor auf, ihr übrigen aber beobachtet ebenfalls die beiden Ausgänge. Beim Signal, das ich durch einen Pistolenschuß geben werde, müßt ihr die Tore gleichzeitig öffnen, Louis und Jean lassen ihre Handpferde los und sprengen nach, damit die Gendarmen hinter ihnen dreinjagen.«

»Die sollen rennen«, sagte der Reitknecht, »dafür will ich sorgen!«

»Unterdessen wirst du«, wandte sich der Marquis an den Kammerdiener, »meinem Sohn helfen, über die Mauer zu klettern. Ihr geht dann am Fluß entlang bis zur Hütte des alten Fährmanns. Er ist ein braver Mensch und uns ergeben. Er wird dich, mein Sohn, in die Barke nehmen und – einmal auf der Rhone – hast du nur Gott zu fürchten! Habt ihr mich alle verstanden? Nun, dann ans Werk!«
Als alle sich entfernt hatten und der Marquis mit seinem ältesten Sohn allein geblieben war, öffnete er die Arme und sagte mit zitternder Stimme: »Komm, komm, mein Kind, daß ich dich umarme und segne.«
Gaston zögerte.
»Komm«, sagte der Vater noch weicher. »Rette dich, Gaston, rette deinen Namen ... und dann ... du weißt wohl, daß ich dich liebe und dir noch keine Bitte versagt habe.«
Gaston stürzte in des Vaters geöffnete Arme, und sekundenlang hielten sie sich wortlos umschlungen.
Aber der Lärm vor dem Tor wurde immer bedrohlicher. Der Marquis riß sich los. »Da, nimm die Kleinodien«, sagte er, indem er das Päckchen mit dem Schmuck, das Gaston auf den Tisch gelegt hatte, ergriff und es dem Sohn reichte, »nimm und nun rasch fort. Aber – noch eins«, fügte er leiser hinzu, indem er von einem Waffengestell zwei Pistolen nahm und sie Gaston abgewandten Gesichtes reichte. »Man darf dich nicht lebend bekommen. Gaston – geh, und Gott segne dich.«
Der Kammerdiener hatte Gaston vor der Tür erwartet und wollte nun mit ihm so rasch als möglich in den Park hinabeilen, allein Gaston dachte, es käme auf ein paar Minuten nicht an, er fühlte das dringende Bedürfnis, Valentine zu sehen, und wollte ihr ein Zeichen geben.
Er ging in sein Zimmer und stellte die brennende Lampe

ans Fenster. Ob sie ihn wohl noch erwartete? Er spähte nach ihrer Antwort aus.
»Kommen Sie, kommen Sie, um Gottes willen«, drängte der Kammerdiener. »Was machen Sie da, wenn Sie noch länger zögern, sind Sie verloren!«
Endlich ging Gaston, aber sie hatten erst den Flur erreicht, als schon der Signalschuß ertönte. Und fast gleichzeitig flogen die Tore auf, man hörte Rufen, Schreien, Säbelgeklirr und die hallenden Hufschläge mehrerer Pferde.
Der Marquis lehnte in höchster Aufregung am Fenster und erwartete den Ausgang des furchtbaren Dramas. Er hoffte das Beste, hatte er doch vorzügliche Maßnahmen getroffen, um das Leben seines ältesten, seines liebsten Sohnes zu retten.
Was er vorausgesehen, geschah. Es gelang Louis und dem Reitknecht, sich Bahn zu brechen, mit verhängten Zügeln stürmten sie, der eine rechts, der andere links, hinaus, und hinterher flogen die berittenen Gendarmen und ihre Begleiter, die jungen Männer aus der Stadt, die die Anzeige gemacht hatten.
Der Marquis atmete auf, als er die Reiter im Dunkel der Nacht verschwinden sah. Da er keine Ahnung von der Verzögerung hatte, meinte er, Gaston müsse schon auf dem Weg zu Pierres Hütte sein, und er zählte die Minuten: jetzt mußte er sie erreicht haben, der Fährmann löste den Kahn, Gaston stieg ein, ein kräftiger Ruderschlag, das Fahrzeug trieb mitten auf der Rhone.
»Gerettet«, flüsterte der Vater mit bebenden Lippen, »jetzt ist er wohl gerettet, Gott ich danke dir!«
Aber das Verhängnis – oder sollte es ein anderer Grund gewesen sein? – machte die Berechnungen des Marquis zunichte. Etwa hundert Meter vom Schloß entfernt strauchelte

Louis' Pferd und stürzte mitsamt dem Reiter. Der Gestürzte wurde sofort umringt, aber einige von den jungen Leuten, die die Gendarmen freiwillig auf die Menschenjagd begleitet hatten, erkannten den jüngeren Clameran. »Das ist nicht der Mörder«, riefen sie den Gendarmen zu, »rasch zurück.«
Sie kehrten um und kamen gerade zur rechten Zeit, um beim schwankenden Schein des Mondes, der eben aus den Wolken brach, einen Mann über die Mauer klettern zu sehen.
»Ha, dort, dort ist er!« riefen sie und sprengten auf die Stelle zu, wo Gaston hinabgesprungen war.
Auf hügeligem Boden ist es – sofern man nur flink zu Fuß und einige Geistesgegenwart besitzt – nicht allzu schwer, verfolgenden Reitern zu entkommen, und das Terrain war Gaston außerordentlich günstig. Vor ihm dehnten sich weite Krappfelder, die bekanntlich durch fast metertiefe Furchen durchzogen sind.
Hier war ein Traben unmöglich, die Reiter mußten froh sein, wenn die Pferde nicht stürzten. Die meisten Gendarmen standen auch von der Verfolgung ab, da sie ihre Pferde nicht gefährden wollten, nur vier kühne Reiter unternahmen das Wagnis und verfolgten Gaston, aber ohne Erfolg.
Gewandt sprang er über die Furchen, hatte bald die Felder durchquert und eine junge Kastanienanpflanzung erreicht. Hier lief er dicht an den Bäumen entlang. Er verzweifelte nicht, denn er kannte die Gegend genau, er wußte, daß am Ausgang des Wäldchens sich ein breiter, tiefer Graben befand. Dort wollte er hinabspringen und in dem Graben ungesehen weiterlaufen. Aber er hatte an das Steigen des Wassers in der Rhone nicht gedacht. Als er an den Graben kam, sah er, daß er voll Wasser war.
Einen Augenblick sank ihm der Mut, doch rasch gefaßt,

nahm er einen Anlauf, um hinüberzuspringen. Da sah er zu seinem Entsetzen, daß sich Gendarmen drüben befanden, sie hatten einfach die Krappanpflanzungen und das Kastanienwäldchen umritten, um ihn jenseits des Grabens zu erwarten.

Unentschlossen stand er da. Sollte er es doch wagen hinüberzuspringen und die Hütte des Fährmanns, die am Ende der Wiese stand, zu erreichen suchen? War das möglich? Würden sie ihn nicht sofort einholen? Zurückkehren? Aber Verfolger lauerten auch im Wäldchen, und von der Straße her, die zur Rechten lief, schallten Hufschläge, er war also von drei Seiten umstellt. Zur Linken befand sich die Rhone, der Strom trat fast über die Ufer, und die dunklen schweren Wassermassen brausten, schäumten und rollten mit dumpfem, drohendem Getöse dahin.

Gaston stand noch immer zögernd. Was sollte er tun? Sollte er, angesichts der Gefahr, den Verfolgern in die Hände zu fallen, zur Pistole greifen?

Nein, er mußte noch ein Letztes zu seiner Rettung versuchen – blieb ihm doch noch sein Freund und Vertrauter, der Strom!

Die geladenen Pistolen in den Händen, lief er hin und trat auf einen kleinen, durch einen umgestürzten Baum gebildeten Vorsprung, der etwa zwei bis drei Meter in den Strom hineinragte. Allerlei angeschwemmte Gegenstände, Schlamm und Erdreich hatten sich hier abgelagert und boten genug Raum, um den Fuß darauf zu setzen. Aber unter dem Gewicht Gastons bog sich der Baumstamm und sank tief ins Wasser.

Die Verfolger waren von rechts und links herangekommen.

»Ergeben Sie sich«, rief der Anführer.

Gaston antwortete nicht, er erwog die Möglichkeit seiner

Rettung, er dachte an Valentine, die gewiß in diesem Augenblick am Ufer hin und her irrte, den hochgeschwollenen Strom mit Entsetzen anblickte und den Geliebten angstbebend erwartete.
»Noch einmal«, rief der Anführer der Gendarmen, »wollen Sie sich ergeben?«
Auch diesmal antwortete Gaston nicht, er hatte im Tosen und Brausen des Stromes die Frage vielleicht gar nicht gehört, auch waren seine Gedanken weit weg. Ihm war, als stünde er vor den Pforten der Ewigkeit, und sein ganzes vergangenes Leben zog vor seinem inneren Auge vorbei. Er dachte an den Vater, Valentine und empfahl Gott seine Seele.
»Was zaudern wir noch?« sagte der Gendarm, »herunter von den Pferden, er scheint auf uns zu warten, nun, wir wollen ihn holen.«
Aber während die Gendarmen absaßen, schleuderte Gaston die Pistolen weg und sprang mit ausgebreiteten Armen in die brausende Flut.
Durch die Heftigkeit der Bewegung rissen die letzten Wurzeln, die den alten Baum gehalten hatten, er drehte sich um sich selbst und wurde fortgeschwemmt.
Die Verfolger schrien laut auf, ihre Beute war ihnen entrissen, sie ärgerten sich, daß sie sich vergeblich gemüht hatten. Vielleicht empfanden sie auch – uneingestanden – einiges Mitleid mit dem unglücklichen Jüngling. »Der ist verloren«, sagte einer der Gendarmen, »gegen die Rhone, wenn sie einmal *diese* Miene aufgesetzt hat, kämpft keiner an.«
»Wenn wir einen Kahn hätten, könnten wir ihn retten, weiß der Teufel, mir tut der Bursche leid.«
»Für ihn ist es besser so«, sagte der Anführer, »oder glaubt ihr, daß ihm das Schwurgericht lieber wäre?«

12.

Valentine wußte, daß Gaston nach Tarascon gegangen war und um elf Uhr nachts über die Brücke zu ihr kommen wollte, sie hatte sogar versprochen, ihm ein Stück des Weges an der Rhone entgegenzugehen.

Plötzlich gewahrte sie, als sie zufällig nach Clameran hinüberblickte, an den Fenstern wandernde Lichter. Das beunruhigte sie, was mochte drüben geschehen sein? Angsterfüllt starrte sie hinüber. Sie lehnte an ihrem Fenster und horchte hinaus, aber nur das Rauschen und Brausen des Stromes drang an ihr Ohr. Ihre Angst steigerte sich von Minute zu Minute. Plötzlich erblickte sie das bekannte Zeichen, das ihr sagte, daß der Geliebte über die Rhone schwimmen wollte. Sie war starr vor Entsetzen und wollte ihren Augen nicht trauen. Endlich, nachdem das Zeichen drüben dreimal gegeben worden, antwortete sie, ihrer Sinne kaum mächtig.

Was bedeutete das?

Sie eilte in den Park, ans Ufer, kaum trugen sie ihre Füße. Neues Entsetzen bemächtigte sich ihrer, als sie am Ufer stand und die wild tosende Flut sah. Und Gaston konnte auch nur einen Augenblick daran denken, durchzuschwimmen? Etwas Fürchterliches mußte geschehen sein!

Sie war am Ufer niedergesunken und starrte durch die Dunkelheit hinab ins Wasser. Bei jedem schwarzen Punkt glaubte sie seinen Leichnam herangeschwemmt zu sehen, und durch das Tosen und Branden vermeinte sie Hilferufe zu hören.

Gaston war sich, als er sich kopfüber in den Strom gestürzt, der Gefahr wohl bewußt, allein er kannte das feuchte Element und wußte, daß er eher dort als bei den Menschen Erbarmen finden konnte. Zuerst hatte ihn der Strudel erfaßt und wirbelnd in die Tiefe gerissen, aber er kam wieder an die Oberfläche, und nun ließ er sich, um seine Kräfte zu sparen, von der Strömung treiben, er war nur bemüht, auf das jenseitige Ufer zuzusteuern. Dies durfte nur ganz langsam und allmählich geschehen, denn er wäre verloren gewesen, wenn ihn die Strömung von der Seite erfaßt hätte. Er rechnete auf einen Strudel, der sich in einer Biegung des Flusses unterhalb Clamerans befand. Er täuschte sich nicht, die Strömung trieb ihn in schräger Richtung dem jenseitigen Ufer zu. Leider aber trug ihn die Welle nicht bis ans Ufer, sondern riß ihn mit ungeheurer Geschwindigkeit am Park von Laverberie vorüber.

Trotz der rasenden Schnelligkeit hatte er die weiße Gestalt Valentines unter den Bäumen erblickt.

Erst viel weiter unten gelang es ihm, dem Ufer näher zu kommen. Zweimal versuchte er, Fuß zu fassen, und zweimal riß ihn das Wasser zurück. Da ergriff er, ehe eine neue Strömung ihn erfaßte, einen überhängenden Weidenzweig, und nun endlich gelang es ihm, sich ans Land zu schwingen – er war gerettet.

Ohne sich auch nur einen Augenblick Zeit zum Aufatmen zu gönnen, eilte er, was ihn die Füße tragen konnten, zurück, dem Park zu.

Endlich war er da! Und es war höchste Zeit, denn Valentine hatte vor Aufregung und Todesangst die Besinnung verloren.

Gaston fand sie ohnmächtig am Boden, er hob sie auf und bedeckte ihr bleiches Gesicht mit Küssen. Da schlug sie die Augen auf. »Gaston«, rief sie, »so hat sich Gott meiner erbarmt und dich mir zurückgegeben!« Sie schlang ihre Arme um seinen Hals und drückte ihren Kopf an seine Brust.

»Nein, Valentine, Gott hat kein Erbarmen mit uns ...«
»Was ist geschehen? Sprich, warum hast du dein Leben aufs Spiel gesetzt ...?«
»Unser Geheimnis gehört uns nicht mehr, Valentine, wir sind zum Gespött der ganzen Gegend geworden. Der blinde Haß, der unsere Familien entzweit, ist schuld, daß wir unsere Liebe verbergen mußten und ...«
»O Gott, verraten ...!« rief Valentine tödlich erschrocken.
»Den Schurken, der deinen angebeteten Namen verhöhnte, habe ich getötet, und darum bin ich über die Rhone geschwommen. Ich muß fliehen, Geliebte ...«
Valentine war wie vernichtet. »Fliehen, Gaston, wohin?«
»Ich weiß es noch nicht, ins Ausland, ins Weite, unter falschem Namen – denn es gibt wohl kein Land, das einem Mörder Zuflucht gewährt.«
Valentine war zu erschüttert, um ein Wort hervorbringen zu können, und Gaston fuhr nach einer Pause fort: »Wenn ich dich in dieser fürchterlichen Stunde noch einmal sehen wollte, so geschah es, weil ich auf deine Liebe baue. Wir sind eins in unserem Herzen, eins vor Gott, du bist mein Weib, und ich liebe dich über alles. Sag, willst du mich allein fliehen lassen?«
»Gaston, ich beschwöre dich ...«
»Oh, ich wußte es wohl«, unterbrach er sie, »du verläßt mich nicht, du gehst mit mir in die Verbannung, ins Elend! Aber wir werden nicht elend sein, Geliebte, weil wir uns lieben!«
Er hatte sie heiß umschlungen und wollte sie mit sich fortziehen. Sie aber machte sich aus seiner Umarmung los und sagte traurig: »Was du begehrst, ist unmöglich.«
»Unmöglich?« stammelte er.
»Ach, Gaston, du weißt wohl, daß du mir teurer als das Le-

ben bist. Das schlimmste Los an deiner Seite wäre mir Seligkeit, aber die Pflicht bindet mich hier.«

»Aber du kannst unmöglich hier bleiben, sie werden mit Fingern auf dich zeigen.«

»Mögen sie. Die Verachtung der Menschen wird mir weniger schmerzlich sein als die Vorwürfe meines Gewissens.«

»Aber wenn deine Mutter alles erfährt?«

»Wegen Mutter bleibe ich ja. Darf ich sie verlassen? Du weißt, sie ist nicht reich, sie ist einsam und wird nun meinetwillen von allen gemieden werden – muß ich da nicht bleiben? Wenn sie alles erfährt, fragst du, Gaston? Oh, sie wird hart und unbarmherzig sein, aber ich habe es verdient, ich kann es nur in Demut tragen und muß schweigen.«

»Sprich nicht so, Geliebte, es macht mich wahnsinnig, wenn ich denken soll, daß du um meinetwillen Demütigungen ertragen sollst.«

»Ich werde noch Schlimmeres erdulden müssen«, sagte sie leise.

»Was sagst du da? Was meinst du?« fragte er erregt.

»Gaston, ich glaube – doch nein, nichts, es ist Wahnsinn ... Nein, nichts, nichts.«

Gaston mußte sich plötzlich der letzten Worte seines Vaters erinnern, und dieser Gedanke hinderte ihn, den Worten Valentines volle Aufmerksamkeit zu schenken, er ahnte den tieferen Sinn, das Geheimnis seiner Geliebten nicht, sondern ließ sich durch das »es ist nichts« beschwichtigen.

»Noch ist nicht alle Hoffnung verloren«, sagte er, »mein Vater schien beim Abschied gerührt. Wenn ich außer Gefahr bin, will ich ihm schreiben, und er wird sicherlich bei deiner Mutter für mich um dich werben.«

»Oh, das darf er nicht, er würde sich der Demütigung aussetzen, zurückgewiesen zu werden.«

»Warum? So groß kann ihr Haß unmöglich sein!«
»Vielleicht, aber sie erwartet durch mich, zu Glanz und Ansehen zu kommen. Dein Vater wäre ihr nicht reich genug.«
»Und solch einer Mutter willst du dich opfern?«
»Muß ich nicht? Das ist die Pflicht, die Gott uns vorgeschrieben hat.«
Gaston rang die Hände. »Du hast mich nie geliebt, Valentine«, rief er schmerzlich, »wenn du in dieser Trennungsstunde den traurigen Mut hast, Vernunftgründe vorzubringen. Ich liebe dich anders, für mich hat das Leben ohne dich, ohne deine Liebe keinen Wert. Ich bin eben erst wie durch ein Wunder dem Tode entronnen, aber da du mich nicht liebst, so will ich sterben!«
Und entschlossen schritt Gaston auf den Strom zu.
Aber Valentine umklammerte seinen Arm. »Das nennst du Liebe?« rief sie, »du willst mir diesen Schmerz zufügen?«
»Was bleibt mir übrig?«
»Vertraue auf Gott, Gaston, in dessen Händen unsere Zukunft ruht.«
»Zukunft, sagst du! So glaubst du also, daß es noch eine gemeinsame Zukunft für uns gibt? Ja? Dann will ich dir gehorchen und leben. Ja, ich will leben, kämpfen und siegen! Reichtum begehrt deine Mutter? Nun wohl, in drei Jahren, Valentine, komme ich als reicher Mann zurück. Aber ehe ich gehe, will ich dir ein heiliges Vermächtnis anvertrauen ...«
Bei diesen Worten zog er den seidenen Beutel, in welchen sein Vater das Geschmeide gelegt hatte, hervor und fuhr fort: »Es ist der Schmuck meiner seligen Mutter, nimm ihn und betrachte ihn als ein Pfand meiner Rückkehr. Wenn ich

in drei Jahren nicht wiederkomme, dann bin ich tot, dies Geschmeide aber behältst du als Andenken an den, der dich bis zu seinem letzten Atemzug lieben wird.«

Mit Tränen nahm Valentine die Gabe entgegen.

»Und jetzt habe ich noch eine letzte Bitte. Sie werden wohl alle meinen, daß ich in der Rhone umgekommen bin, und das ist gut so, das sichert meine Rettung. Aber meinen guten Vater kann ich nicht der Verzweiflung preisgeben, versprich mir, daß du morgen früh selbst zu ihm gehst und ihm sagst, daß ich gerettet bin.«

»Ich verspreche es dir.«

»Danke, dann lebe wohl.«

Gaston beugte sich zu Valentine nieder, um ihr einen letzten Kuß zu geben, aber sie hielt ihn noch zurück. »Wohin denkst du zu gehen?«

»Nach Marseille, dort will ich mich bei einem Freund so lange verbergen, bis eine Überfahrt möglich ist.«

»Und wie willst du nach Marseille kommen? Wie leicht kannst du gesehen werden! Komm mit mir, ich habe einen Freund, den alten Schiffer Menoul, er kann dich retten.«

Sie gingen durch das Parktor hinaus und waren bald zur Stelle. »Vater Menoul«, sagte Valentine zu dem alten Fährmann, »der Herr ist gezwungen, heimlich fortzugehen, und möchte rasch ans Meer gelangen, um sich einzuschiffen. Könnten Sie ihn in Ihrem Boot bis zur Mündung der Rhone bringen?«

Der Alte schüttelte den Kopf. »Bei dem Wasserstand und in der Nacht ist das eine Unmöglichkeit.«

»Lieber Vater Menoul«, sagte Valentine mit einschmeichelnder Stimme, »Sie würden mir einen ungeheuren Dienst erweisen.«

»*Ihnen*, Mademoiselle? Ja, dann wird es wohl gehen.«

Jetzt erst sah er Gaston aufmerksamer an und bemerkte, daß er ganz durchnäßt und barhäuptig war. »Kommen Sie mit mir in mein Schlafzimmer, ich habe von meinem Sohn, der Seefahrer ist, noch einige Sachen in der Truhe. Sie werden Ihnen passen, und der Bauernanzug wird eine gute Verkleidung für Sie sein.«
Das Umkleiden war rasch geschehen, und dann gingen alle drei zum Strand hinab. Während der Alte sein Boot bereitmachte, umarmten sich die Liebenden ein letztes Mal.
»Lebe wohl, Gaston, lebe wohl.«
»Lebe wohl, Valentine, auf Wiedersehen in drei Jahren.«
Sie konnten sich nicht voneinander losreißen, aber der alte Fährmann drängte – es mußte geschieden sein.
Mit kräftiger Hand führte Vater Menoul sein Boot mitten durch die Strömung, und drei Tage später befand sich Gaston auf dem amerikanischen Dreimaster »Tom Jones«, der schon am nächsten Tag in See stach. Die Fahrt ging nach Valparaiso.

13.

Unbeweglich und blaß blickte Valentine dem Fahrzeug nach, das ihren Geliebten entführte, bis es im Dunkel der Nacht verschwunden war.
Jetzt, da Gaston fort war, brach sich ihr Schmerz, ihre Verzweiflung gewaltsam Bahn, sie warf sich zu Boden und weinte herzbrechend. Für sie war alles, alles zu Ende, der Hoffnungsschimmer, der Gaston beseelte, war für sie nicht vorhanden, sie glaubte an kein Glück mehr, ihre Zukunft war finster und gräßlich wie ein Abgrund.
Endlich raffte sie sich auf und schlug den Weg nach dem

Schloß ein. Vorsichtig schlich sie sich in ihr Zimmer und schloß sich sofort ein. Sie verbarg ihr durchnäßtes, beschmutztes Kleid und betrachtete lange wehmütig das Geschmeide, das ihr Gaston als Andenken zurückgelassen, ehe sie es in ein verborgenes Fach ihrer Kommode legte.
Sie konnte in dieser Nacht keine Ruhe finden und erhob sich mit Tagesanbruch. Schweres stand ihr bevor, sie mußte ihr Versprechen einlösen und dem Marquis die Nachricht von der Errettung seines Sohnes bringen.
Ihrem Dienstmädchen Milhonne gab sie den Auftrag, der Mutter zu sagen – falls sie nach ihr fragen sollte –, daß sie in die Frühmesse gegangen wäre, und da dies in der Tat öfter vorzukommen pflegte, fiel dem Mädchen der zeitige Ausgang ihrer jungen Herrin nicht auf.
Valentine schritt kräftig aus, und doch dauerte es eine Stunde, bis sie Schloß Clameran erreicht hatte.
Eben trat der Kammerdiener des Marquis aus dem Gittertor. Er sah verstört aus, und seine Augen waren vom Weinen gerötet. Sie kannte ihn vom Sehen, blieb stehen und wartete, bis er näher käme, dann wollte sie ihn ansprechen.
Zu ihrer Verwunderung zog er nicht die Mütze, als er an ihr vorüberkam, sondern fragte barschen Tones: »Sie wollen doch nicht etwa zu uns aufs Schloß, Mademoiselle?«
»Ja«, antwortete sie kleinlaut.
»Wenn Sie etwa Monsieur Gaston suchen, da können Sie sich die Mühe sparen, mein junger Herr hat das Leben lassen müssen – wegen seiner Geliebten.« Der Diener sprach die letzten Worte im verächtlichen Ton und maß dabei das zitternde junge Mädchen von Kopf bis Fuß.
Valentine erbleichte unter der Beleidigung, aber sie erwiderte nichts. »Ich muß den Marquis sprechen«, sagte sie.
Der Kammerdiener zuckte zusammen. »Dann brauchen Sie

sich auch nicht weiter zu bemühen, der Marquis ist auch tot.«
»Tot«, rief Valentine entsetzt und mußte sich an einen Baum lehnen, um nicht umzusinken.
Der Kammerdiener weinte, er war eine treue Seele und dem Marquis, in dessen Diensten er seit vierzig Jahren stand, blind ergeben, so sehr, daß er seine Neigungen und Abneigungen vollkommen teilte. Er verabscheute daher auch die Familie Laverberie, und nun, da er Valentine die Schuld am Tod seines jungen Gebieters, den er über alle Maßen liebte, beimaß, war seine Erbitterung aufs höchste gestiegen.
»Jawohl, tot«, sagte er nach einer Pause. »Als man dem Marquis meldete, daß sein ältester Sohn in der Rhone umgekommen sei, hat ihn der Schlag gerührt, und lautlos ist der große starke Mann zusammengebrochen. Wir haben sofort den Arzt geholt, aber der Herr war nicht mehr zu retten. Wohl hat er noch das Bewußtsein erlangt und mit Monsieur Louis eine Weile allein gesprochen, aber bald trat der Todeskampf ein — sein letztes Wort war: wehe den Laverberie!«
Mit einem einzigen Wort hätte Valentine den Haß des treuen Dieners beschwichtigen, seinen Schmerz lindern können, das eine Wort: Gaston lebt. Aber sie glaubte den Geliebten zu gefährden, wenn sie das Geheimnis verriete, nur seinem Bruder wollte sie es anvertrauen.
»Ich muß Monsieur Louis sprechen«, sagte sie.
»Das kann Ihr Ernst nicht sein«, versetzte der Kammerdiener, »nach dem, was vorgefallen ist, werden Sie es wohl nicht wagen, ihm vor die Augen zu kommen. Überhaupt möchte ich Ihnen raten, sich so rasch als möglich zu entfernen — die Dienstboten bei uns sind nicht gut auf Sie zu sprechen.« Und ohne Gruß ging er rasch fort.

Valentine war gebrochen, mühsam schleppte sie sich heimwärts. Unterwegs begegneten ihr viele Leute aus der Stadt, alle besprachen die Ereignisse des vorhergehenden Abends und machten das unglückliche Mädchen zur Zielscheibe beleidigender Worte und Blicke. Endlich zu Hause angelangt, erblickte sie ihre Zofe Milhonne, die sie vor dem Tor erwartete.

»Kommen Sie schnell, Mademoiselle, die Gräfin verlangt nach Ihnen. Nehmen Sie sich in acht, sie ist in furchtbarer Aufregung, es war Besuch da, und nun ist die Hölle los.«

Die Gräfin von Laverberie war fürchterlich jähzornig und konnte in diesem Zustand fluchen und wettern wie ein alter Wachtmeister. Ihre intimste Freundin, eine alte boshafte Betschwester, war schon in aller Frühe gekommen, um unter scheinbarer Teilnahme der Gräfin die Tagesneuigkeit von Tarascon mitzuteilen. Natürlich ließ sie es nicht an giftigen Bemerkungen über die Erziehung junger Mädchen fehlen, so daß die Gräfin in höchste Wut geriet.

Ihr erster Gedanke war, daß nun ihre ehrgeizigen Pläne betreffs einer reichen Heirat Valentines scheitern mußten, und das brachte sie noch mehr auf.

Als nun ihre Tochter vor ihr erschien, überschüttete sie diese mit Schmähungen.

Das junge Mädchen hatte den entsetzlichen Auftritt vorausgesehen. Sie sagte sich in ihrer Demut, daß die Mutter recht habe, beugte das Haupt und schwieg.

Aber gerade das reizte die Frau. »Wirst du nicht antworten?« schrie sie.

»Was kann ich antworten, Mutter?«

»Was? Das fragst du noch? Daß sie lügen, die frechen Hunde, die sich zu behaupten erdreisten, eine Laverberie könne sich vergangen haben!«

Valentine schüttelte traurig das Haupt.
»So wäre es denn wahr?« schrie die Gräfin außer sich.
»Verzeihung, Mutter, Verzeihung«, stammelte das junge Mädchen mit gefalteten Händen.
»Ha, du elende Kreatur, du gestehst also, du wagst es, um Verzeihung zu bitten, was soviel heißt, als daß du deine Schuld zugibst? Fast möchte ich zweifeln, daß du mein leibliches Kind bist! Begreifst du denn nicht, daß es Dinge gibt, die man niemals und unter keinen Umständen zugeben darf? Du bist wirklich eine unverschämte Person! Du wagst zuzugeben, daß du einen Liebhaber hast, und errötest nicht einmal?«
»Erbarmen, Mutter, Erbarmen!«
»Du verdienst keines! Hast du bedacht, daß du Schmach und Schande über mich bringst, daß dies Unglück mein Tod sein wird? Ich habe dich zur Ehrbarkeit erzogen, und du wirfst dich an den ersten besten weg.«
Dies Wort empörte das junge Mädchen, sie versuchte zu widersprechen.
»Ja, du hast recht«, unterbrach sie die Gräfin, »er war nicht der erste beste, er war der schlechteste! Unser Feind, ein Elender, der dich absichtlich dem Gespött preisgegeben hat ...«
»Das ist nicht wahr, Mutter, er würde mich geheiratet haben, wenn du nur eingewilligt hättest.«
»So, hätte er die Gnade gehabt? Nun, ich sage dir, lieber möchte ich dich noch tiefer sinken, der Schande ganz verfallen sehen, als je zugeben, daß du einen Clameran heiratest! Übrigens«, fügte sie grausam und mit boshaft funkelnden Augen hinzu, »dein Geliebter ist ja ertrunken, und den Alten hat der Schlag gerührt, wie ich gehört habe. — Gott ist gerecht!«

Das war mehr, als das unglückliche junge Mädchen ertragen konnte. Mit einem Laut sank sie zu Boden, im Fallen schlug sie mit der Stirn gegen die Kante eines Ecktischchens, und aus einer tiefen Wunde sickerte das Blut.
Aber die Mutter sah ihre Tochter mitleidlos zu ihren Füßen liegen. Als sie bemerkte, daß Valentine sich nicht regte, läutete sie und sagte zu den eintretenden, vor der Gebieterin zitternden Mägden: »Tragt Mademoiselle auf ihr Zimmer, legt sie aufs Bett und sperrt sie ein, den Schlüssel bringt mir.«
Die Dienerinnen trugen Valentine fort, aber nach einer Weile erschien Milhonne und berichtete, daß das Fräulein zwar zu sich gekommen sei, es aber schlimm mit ihr stünde.
Die Gräfin begab sich in das Zimmer ihrer Tochter, und das Aussehen des armen Kindes war wirklich so entsetzlich, daß die Alte sich bewogen fühlte, den Arzt rufen zu lassen.
Doktor Raget war nicht nur ein vorzüglicher Arzt, sondern auch ein edler Mensch, der ganz in seinem Beruf aufging. Er war nicht nur herzensgut, sondern auch ungemein scharfsinnig und durchschaute die Menschen, als wenn sie aus Glas wären.
Als er Valentine sah, wurde seine Miene sehr ernst. Er heftete seine Blicke so durchdringend auf die alte Gräfin, daß sie sich ganz verwirrt fühlte.
»Ihre Tochter ist sehr krank«, sagte er, »ich muß sie aber genau untersuchen und bitte daher, mich einen Augenblick allein zu lassen.«
Der alte Arzt war der einzige Mensch, welcher der Gräfin imponierte. Sie wagte daher nicht, sich ihm zu widersetzen, und ging ins Nebenzimmer.
Bald folgte er ihr. Sein Gesicht war ernst, und er schien tief

ergriffen. »Gräfin«, begann er, »einer Mutter Herz ist immer voll Güte und Nachsicht, nicht wahr? Sie werden Mademoiselle Valentine verzeihen ... sie befindet sich in gesegneten Umständen.«
»Die Schändliche, die Dirne.«
»Der Zustand Ihrer Tochter ist nicht lebensgefährlich, aber ernst«, fuhr der Arzt, ohne die Unterbrechung zu beachten, fort, »die allzu heftigen Aufregungen haben ihren zarten Organismus erschüttert, sie fiebert, doch wird vor allem seelische Ruhe sie wiederherstellen. An Ihnen ist es, hier helfend einzugreifen, einige gute beruhigende Worte aus Ihrem Munde werden eine bessere Wirkung erzielen als meine Arzneien. Ich mache Sie für das Leben Valentines und ihres Kindes verantwortlich.«
Der alte Arzt hatte die letzten Worte so eindringlich gesprochen, daß die Gräfin erschrak, sie fühlte sich durchschaut.
»Gewiß werde ich mein Möglichstes tun, um Valentine zu pflegen«, sagte sie scheinheilig, »aber das können Sie doch von mir nicht verlangen, Doktor, daß ich selber meine Schande veröffentliche und mich dem Gespött der ganzen Gegend aussetze?«
»Ich kann Ihnen natürlich nicht verbieten, mit Ihrer Tochter Laverberie auf einige Zeit zu verlassen, aber ich werde Rechenschaft von Ihnen über das Kind fordern. Mehr habe ich Ihnen vorderhand nicht zu sagen.«
Damit ging er und ließ die Frau in einem Zustand grenzenloser Wut zurück. Sie haßte den alten Arzt, der sich unterstand, ihre geheimsten Gedanken zu erraten, und es gewagt hatte, in solchem Ton mit ihr zu sprechen. Sie haßte Valentine, die schuld war, daß sie sich diese Demütigung gefallen lassen mußte, und sie zwang, ihren schönen Hoffnungen auf einen reichen Schwiegersohn zu entsagen!

Und ihre Erbitterung wurde so heftig, daß sie ihrer einzigen Tochter den Tod wünschte.
Valentine hatte sich nach und nach erholt. Sie sagte sich: Gott sei Dank, das Schlimmste ist überstanden, meine Mutter weiß alles, nun darf ich auf ihre Verzeihung warten und hoffen.
Aber eines bereitete ihr schweren Kummer: Wie sollte sie Nachricht von Vater Menoul erhalten, sie konnte nicht daran denken hinabzugehen. Der Doktor hatte ihr zwar nach einigen Tagen erlaubt aufzustehen, aber sie mußte noch das Zimmer hüten.
Zum Glück war der alte Fährmann ebenso klug wie hilfsbereit. Er hatte kaum gehört, daß das Schloßfräulein krank sei, als er auf Mittel sann, ihr Nachricht zukommen zu lassen. Ein Vorwand, aufs Schloß zu kommen, war bald gefunden – er brachte Fische zum Verkauf –, und endlich gelang es ihm, Valentine zu sehen. Sie waren nicht allein, aber aus seinen Blicken konnte sie entnehmen, daß Gaston in Sicherheit war.
Einige Wochen später erklärte der Arzt, daß Valentine so weit hergestellt sei, um die Anstrengungen der Reise ohne Schaden für die Gesundheit ertragen zu können.
Die Gräfin hatte den Augenblick mit größter Ungeduld erwartet, sie hatte schon alle Reisevorbereitungen getroffen und allen Bekannten erzählt, daß sie sich mit ihrer Tochter nach England zum Besuch reicher Verwandter begeben würde.
Valentine konnte nur mit Schaudern an die bevorstehende Reise denken. Es war ihr noch nicht gelungen, Louis von Clameran wissen zu lassen, daß sein Bruder noch am Leben sei, und nun sollte sie fort!
Sie entschloß sich also, das Geheimnis einem Brief anzuver-

trauen und die gute Milhonne, die sich während Valentines Krankheit bewährt hatte, damit nach Schloß Clameran zu schicken. Aber das Mädchen kam unverrichteter Dinge zurück. Louis, den man jetzt Marquis nannte, hatte die Dienerschaft verabschiedet und war verreist. Im Schloß wohnte niemand mehr.

Der Tag der Abreise kam. Die Gräfin entschloß sich, Milhonne mitzunehmen, nachdem sie diese bei der Messe auf das Evangelienbuch hatte ewige Verschwiegenheit schwören lassen.

In England ließ sich die Gräfin in einem kleinen Dorf bei London nieder. Sie nannte sich dort Madame Wilson und hielt ihre Tochter wie eine Gefangene. Aber sie selbst fuhr oft nach London und besuchte Gesellschaften, Theater und Konzerte.

Die arme Valentine führte den ganzen Winter über ein trauriges Leben, und als sie endlich im Frühling einem Knaben das Leben schenkte, wurde er ihr wenige Stunden nach seiner Geburt schon entrissen.

Ihre kaltherzige Mutter hatte alles vorbereitet. Das Kind wurde von dem Dorfgeistlichen auf den Namen Raoul Wilson getauft und kam dann zu einer jungen Bäuerin in Pflege. Diese Frau hatte sich verpflichtet, den Knaben als eigenes Kind anzunehmen, ihn zu erziehen und ihn ein Handwerk lernen zu lassen. Dafür gab ihr die Gräfin als Abfindung zehntausend Franc.

Da die Bäuerin von dem wahren Namen und Stand der Gräfin keine Ahnung hatte, konnte das Kind niemals die Wahrheit über seine Herkunft erfahren, und das war es, was der Gräfin am meisten am Herzen lag.

Als die Angelegenheit erledigt war, fühlte sie sich wie von einem Alp befreit und kam ganz vergnügt nach Hause.

Aber Valentine weinte und verlangte nach ihrem Kind.
»Du bist wohl verrückt«, versetzte ihre Mutter. »Das Kind ist gut aufgehoben, das muß dir genügen. Die Vergangenheit war ein böser Traum, den du vergessen *mußt*, und damit basta.«
Wohl empörte sich Valentines Innerstes gegen die Gewalttätigkeit ihrer Mutter, aber sie hatte nicht den Mut, sich zu widersetzen, und duldete klaglos.
Im Sommer kehrten sie nach Laverberie zurück. Niemand hatte eine Ahnung vom wahren Grund der Reise. So konnte die Marquise ihre alten Beziehungen wieder aufnehmen. Sie wußte viel von England zu erzählen und ging täglich in Gesellschaft.
Doktor Raget war der einzige, der die Wahrheit wußte. Die Gräfin hatte sich beglaubigte Dokumente verschafft und wies sie dem alten Arzt bei seinem ersten Besuch sofort vor.
»Sie sehen«, sagte sie, »das Kind lebt und ist in guten Händen. Ich habe es mich genug kosten lassen, ich denke, Sie können zufrieden sein.«
»Wenn Ihnen Ihr Gewissen nichts vorwirft – ich muß es sein.«
Nein, ihr Gewissen machte ihr keine Vorwürfe, dazu war sie zu herzlos. Sie quälte die arme Valentine unablässig mit den bittersten Vorwürfen und konnte ihr nicht verzeihen, daß sie, statt die Mutter durch eine glänzende Heirat zu bereichern, sie durch ihren Fehltritt noch um Geld gebracht hatte.
Das Leben des unglücklichen Mädchens war eine einzige Kette von Leiden. Sie duldete still, aber manchmal bereute sie doch, nicht mit Gaston geflohen zu sein. War ihre Aufopferung nicht ganz überflüssig gewesen? Unablässig dachte

sie an den Geliebten. Wo er nur sein mochte? Lebte er noch, dachte er an sie? Warum hatte er noch kein einziges Mal versucht, ihr eine Nachricht zukommen zu lassen?
In drei Jahren wollte er wiederkommen. Aber war seine Rückkehr möglich? Man hatte zwar angenommen, daß er ertrunken sei, da man aber keine Beweise für seinen Tod hatte, wurde die Angelegenheit doch vor dem Schwurgericht verhandelt und Gaston von Clameran wegen Totschlags »in contumaciam« zu mehreren Jahren Gefängnis verurteilt.
Valentine hatte sofort nach ihrer Rückkehr Milhonne ausgeschickt, um Erkundungen über Louis einzuziehen, aber der junge Marquis war noch nicht auf sein väterliches Schloß zurückgekehrt, und es hieß, daß er in Paris ein lustiges Leben führe.

Die Zeit verging. Vier Jahre waren seit Gastons Flucht verflossen, aber er hatte noch immer kein Lebenszeichen gegeben.
Die Gräfin, welche auf die Aussicht, einen reichen Schwiegersohn zu bekommen, verzichten mußte, wollte, wie sie sagte, sich nicht länger Entbehrungen auferlegen, und begann über ihre Verhältnisse zu leben. Sie machte ein großes Haus, bestellte für sich glänzende Toiletten aus Paris, ging in Gesellschaft und auf Reisen, kurz, sie brachte es dahin, daß ihre Besitzung binnen kurzem überschuldet war und sie sich in Wuchererhänden befand. Natürlich verbesserte dies ihre üble Laune keineswegs, und die arme Valentine hatte genug zu leiden.
Da geschah es, daß ein junger Ingenieur, der die Arbeiten der Rhoneregulierung zu leiten hatte, in die Gegend kam. Da er liebenswürdig und sympathisch war, wurde er bald auf allen Schlössern der Umgebung ein gern gesehener Gast. Bei

solchen Gelegenheiten lernte auch die Gräfin den jungen Mann, der sich André Fauvel nannte, kennen, und bald hatte sie mit ihren scharfen Augen die Entdeckung gemacht, daß Valentine ihm zu gefallen schien. Diese Entdeckung entzückte sie, da sie gehört hatte, daß der Ingenieur vermögend sei. Die schon begrabene Hoffnung auf einen Schwiegersohn lebte wieder auf, und sie beschloß, den schüchternen jungen Mann nach Möglichkeit zu ermuntern. In der Tat war sie ihm gegenüber die Liebenswürdigkeit in Person. Freilich war er nicht von Adel, aber ihre Geldverlegenheit war groß, und rasch entschlossen lud sie André Fauvel zu einem Besuch ein.

Er war überglücklich. Die schönen traurigen Augen Valentines hatten es ihm wirklich angetan, nur zeigte sich das junge Mädchen so zurückhaltend, daß er es nie gewagt haben würde, seine Bewerbung vorzubringen. Nun aber kam ihm die Mutter mit solcher Freundlichkeit entgegen, daß er hoffen durfte.

Sie empfing ihn das erste Mal allein. Sie hatte eben mit einem Geldverleiher einen bösen Auftritt gehabt und war noch in voller Aufregung, als der junge Mann kam.

Sie klagte über das Los alleinstehender Frauen, wie die bösen Menschen ihre Unkenntnis in Geldangelegenheiten benutzten, um sie auszubeuten und zu betrügen. Sie stellte sich selbst als ein solches Opfer dar und betonte scheinheilig, daß ihr ihre bedrängte Lage nicht um ihrer selbst willen, sondern nur wegen ihrer geliebten Tochter qualvoll sei, denn wie könne sie bei diesen schlechten Zeiten hoffen, das Mädchen ohne Mitgift zu verheiraten.

»Das Fräulein besitzt Eigenschaften genug, um einen Mann zu beglücken«, beeilte sich der Ingenieur zu sagen, »um sie zu besitzen, verzichtet man gern auf jede Mitgift.«

»Das wäre ja recht schön, wenn es einen so seltenen Vogel wirklich gäbe«, meinte die Gräfin, »allein der Mann, dem ich das Glück meines einzigen Kindes anvertrauen würde, müßte mehr tun – Laverberie ist verschuldet.«
»Der Mann, den ich meine«, antwortete André Fauvel, »ist glücklicherweise reich genug, um das Gut von Lasten frei zu machen. Auch würde er sich selbstverständlich glücklich schätzen, der Mutter seiner geliebten Frau ein sorgenfreies Leben zu bereiten.«
»Das müßte aber notariell sichergestellt werden«, sagte sie, »ich könnte meine Tochter keinem Mann geben, der nicht so gestellt ist, daß sie keine materiellen Sorgen hat.«
Fauvel schämte sich ein wenig für seine künftige Schwiegermutter. »Der Ehevertrag könnte auch diese Frage regeln«, antwortete er.
Weiter wurde über diese Angelegenheit nichts mehr gesprochen. Als sich aber der junge Ingenieur einige Minuten später erhob, um sich zu verabschieden, reichte sie ihm mit freundlichem Lächeln die Hand und lud ihn für den nächsten Tag zum Mittagessen ein.
Die Gräfin war seit langem nicht so vergnügt gewesen. Nun war sie mit einem Schlag aller Sorgen ledig. Das junge Paar würde natürlich in Paris leben, und sie als liebende Mutter würde die Wintermonate bei ihnen verbringen und endlich das Leben ein bißchen genießen können!
Plötzlich aber kam ihr der Gedanke, daß Valentine eigentlich auch gefragt werden müsse. Und wenn sie sich weigert? Die Gräfin erschrak bei dieser Vorstellung, doch faßte sie sich sogleich. *Sie* war nicht die Frau, der man sich widersetzt, das wußte Valentine.
Daher begab sie sich sogleich auf das Zimmer ihrer Tochter und sagte ohne Vorbereitung: »Liebes Kind, ein junger

Mann hat sich bei mir um dich beworben, und da gegen ihn nichts einzuwenden ist, so habe ich ihm deine Hand zugesagt.«

Bei dieser Eröffnung sprang Valentine entsetzt von ihrem Sitz empor. »Das ist unmöglich, Mutter«, hauchte sie.

»Unmöglich, was soll das heißen?«

»Vergißt du, Mutter ... oder hast du ihm alles gestanden?«

»Gestanden? Was? Du meinst doch nicht die vergangenen Torheiten? Gott bewahre, du hältst mich wohl für verrückt?«

»Aber Mutter«, entgegnete Valentine empört, »glaubst du, daß ich so schlecht bin und einen anständigen Mann auf diese Weise betrügen würde? Das wäre ja eine Niedertracht.«

Die Gräfin wollte, ehe sie zur Gewalt griff, es mit Milde versuchen. Sie schilderte ihrer Tochter die entsetzliche materielle Lage, in der sie sich befanden. »Man wird mich von Haus und Hof verjagen, und ich werde betteln gehen müssen«, sagte sie. »Und was deinen kleinen Fehltritt betrifft — ei, so ist das gar nicht so schlimm, solche Dinge kommen alle Tage vor. Das hindert nicht, daß du eine brave, treue Frau wirst. Du wirst ihn glücklich machen und selbst glücklich werden. Er wird nie etwas erfahren, denn meine Vorsichtsmaßregeln haben die Vergangenheit für dich ausgelöscht.«

In dieser Weise sprach die Gräfin lange auf Valentine ein, aber das sonst so willenlose Geschöpf widerstand. »Ich kann nicht, Mutter, ich kann nicht«, wiederholte sie immer wieder.

Da aber die Frau nicht aufhörte, in sie zu dringen, warf sie sich ihr zu Füßen und bat sie, ihr wenigstens einige Stunden der Überlegung zu gewähren.

Die Gräfin triumphierte. Nun hatte sie gewonnenes Spiel. »Schön«, sagte sie, »überlege, wähle, ob dir das Glück und die Ruhe deiner Mutter weniger gelten als eine höchst überflüssige, sogenannte Aufrichtigkeit.«

Sie ging und ließ die arme Valentine verzweifelt zurück.

Durch die Gewalttätigkeit ihrer Mutter, die seit jeher jede freie Willensäußerung in ihr unterdrückt hatte, befand sich die Unglückliche in einem Zustand, in dem sie nicht mehr zu erkennen vermochte, was Recht und was Pflicht sei. Ihr Gewissen folterte sie, als sie sich die Fragen vorlegte: Darf ich meine Mutter dem Elend preisgeben? Aber darf ich denn die Liebe und das Vertrauen eines rechtschaffenen Mannes so schmählich mißbrauchen?

Ach, was sie auch tun mochte, Reue und Gewissensqualen würden sie ihr ganzes zukünftiges Leben lang foltern, sie elend machen!

Wie sie sich nach einem Freund, einem Ratgeber sehnte! Sie war so einsam, so schrecklich allein! Seit Gaston tot war – denn er war gewiß nicht mehr am Leben, sonst würde er ihr doch in diesen vier Jahren ein Zeichen gegeben haben! –, seit sie ihn verloren, hatte sie niemand, dem sie sich anvertrauen konnte, der sie verstanden hätte!

Valentine hatte einen unruhigen Tag, eine schlaflose Nacht, und als der Morgen herandämmerte, sagte sie sich: Nein, ich kann nicht, ich kann nicht!

Als aber dann der Gast da war, neben ihr saß und sie die drohenden Blicke der Mutter auf sich gerichtet fühlte, fehlte ihr der Mut.

Sie nahm sich vor, später mit ihm zu sprechen, vielleicht einmal in Abwesenheit der Mutter, diese aber war viel zu klug, um ihr diese Möglichkeit zu gewähren, sie ließ sie nie aus den Augen.

André Fauvel hatte nach der ersten Einladung von der Gräfin die formelle Erlaubnis erhalten, sich um die Gunst Valentines zu bewerben. Sein Benehmen dem jungen Mädchen gegenüber war so zart, rücksichtsvoll und aufmerksam, daß ihr ganz warm ums Herz wurde. Ihr Leben war so liebeleer, so freudlos gewesen. Jetzt fühlte sie sich geliebt, wußte, daß, wenn sie die Gattin dieses jungen Mannes würde, sie geborgen wäre. Gleich darauf fragte sie sich: Darf ich es annehmen, bin ich dessen würdig?
Die Mutter ließ ihr keine Zeit zur Besinnung, die Vorbereitungen zur Hochzeit wurden mit Beschleunigung getroffen, Besuche gemacht und empfangen, Einkäufe für die Ausstattung besorgt und ein ganzes Heer von Schneiderinnen beschäftigt.
Die Gräfin zeigte sich gegen Valentine ungewöhnlich freundlich, nur klagte sie über die Gläubiger, die sie so ungestüm mahnten und drängten, zeigte ihr Wechsel und Rechnungen, die sie nicht einlösen, nicht bezahlen konnte, und brach zum Schluß jedesmal in die Worte aus: »Gott gebe, daß wir nicht noch vor deiner Verheiratung von Haus und Hof verjagt werden.«
Der Vorabend der Hochzeit war gekommen. Eine große Gesellschaft war geladen, aber plötzlich fühlte sich Valentine von quälender Herzensangst gepeinigt, sie flüchtete, um einen Augenblick allein zu sein, in ihr Boudoir, dort warf sie sich aufs Sofa und brach in Tränen aus.
Ihr Bräutigam hatte ihre Blässe, ihre Unruhe bemerkt, und als sie sich entfernte, folgte er besorgt.
Es dunkelte, und da er aus dem hellerleuchteten Saal kam, gewahrte er die in die Sofakissen gedrückte Gestalt nicht sogleich, aber ihr Schluchzen drang an sein Ohr. Bestürzt trat er auf sie zu, beugte sich liebevoll über sie und fragte zärt-

lich: »Warum weinst du? Hast du kein Vertrauen zu mir?« Weißt du denn nicht, daß ich dein bester Freund bin, dem du alles, was dir am Herzen liegt, rückhaltlos sagen kannst? Sprich, Valentine, mein teures Herz, sag mir, was dich bedrückt.«

Jetzt war der Augenblick gekommen, jetzt wollte sie ihm alles gestehen. Schon öffnete sie den Mund, da war's ihr, als sähe sie an der Tür das drohende, wutverzerrte Gesicht ihrer Mutter. Sie dachte an den Schmerz Andrés', an das Aufsehen, das eine gelöste Verlobung machen würde, an das fernere Leben mit ihrer Mutter, und sie schauderte. Sie brach in erneute Tränen aus, und auf Fauvels nochmalige besorgte Fragen antwortete sie nur: »Mir ist so bange.«

Er lächelte über dies Geständnis jungfräulicher Schamhaftigkeit, legte sanft seinen Arm um sie und sprach ihr in liebevollen Worten Trost zu, aber diese schienen nur ihren Schmerz zu vermehren. Verwundert drang er mit neuen Fragen in sie, ehe sie aber antworten konnte, erschien die Gräfin, um die lieben Kinder, wie sie sagte, zur Gesellschaft zurückzuholen. – Das Geständnis blieb unausgesprochen.

Am nächsten Tag fand in der Dorfkirche von Laverberie die Trauung statt. Die Braut sah in ihrem weißen Kleid entzükkend aus, und der Bräutigam strahlte vor Glück. Sie aber ging an seiner Seite schmerzverloren, ihr war, als müßten alle mit Fingern auf sie zeigen.

Ein Jahr war verflossen. André betete seine Frau an und fühlte sich mit ihr glücklich. Um sie mit allem Luxus umgeben zu können, stürzte er sich in Geschäfte und Unternehmungen, die ihm glückten. Sein Vermögen, sein Ansehen wuchsen von Tag zu Tag, und alle Welt pries Valentine glücklich.

Sie war es auch in ihrer Weise, und es wäre vollkommen gewesen, wenn sie hätte vergessen können. Aber die Vergangenheit stand immer wie ein Schreckgespenst vor ihrer geängstigten Seele.

Anderthalb Jahre nach ihrer Hochzeit schenkte sie ihrem Gatten einen Sohn und das folgende Jahr einen zweiten. Fauvel war selig und zog seine Kinder wie Prinzen auf. Wie leidenschaftlich aber Valentine sie auch liebte, sie konnte niemals das arme verlassene Würmchen vergessen, das sie Fremden überlassen mußte und das jetzt vielleicht Not litt!

Wenn sie nur gewußt hätte, wo es war. Aber ihre Mutter zu fragen, wagte sie nicht! Auch das Vermächtnis Gastons, der Schmuck seiner Mutter, beunruhigte sie, sie verbarg ihn und zitterte doch immer, ihr Mann könnte ihn eines Tages entdecken. So sorgte und quälte sie sich und konnte ihres Lebens nicht froh werden.

14.

Louis von Clameran war eine verschlossene Natur, die unter einer kalten, gleichgültigen Außenseite die wildesten Leidenschaften verbarg. In frühester Jugend schon gärten in seinem Inneren wilde Gedanken. Er dürstete nach Freiheit, Reichtum, maßlosem Genuß.

Er liebte seinen Vater nicht, den Bruder aber haßte er, und der alte Marquis nährte, ohne es zu wissen und zu wollen, Louis' Neid und Eifersucht. Unverhohlen zeigte der Vater seine Vorliebe für den ältesten Sohn, der ja auch der künftige Erbe war.

Obwohl der offenherzige und ehrliche Gaston alles tat, um

die Liebe seines Bruders zu gewinnen, blieb sein Haß unvermindert, schlau seine wahren Gefühle, namentlich vor dem Vater, verbergend.
Aber die Diener haben allzeit scharfe Augen für die Fehler ihrer Herren, und so war der Haß des Jüngeren gegen seinen älteren Bruder für sie kein Geheimnis. Als durch den Sturz von Louis' Pferd Gaston seinen Feinden ausgeliefert worden war, glaubten sie nicht an einen verhängnisvollen Zufall, sondern sahen eine böswillige Absicht darin. Besonders empört war der Reitknecht, der ein Bravourstück der Reitkunst ausgeführt hatte und fast geflogen war, um seine Verfolger irrezuführen. Und der alte Kammerdiener, dessen Abgott Gaston war, sprach geradezu von Brudermord. Antoine scheute sich nicht, Louis zu sagen: »Es ist doch eigentümlich, daß ein so geschickter Reiter wie Sie gerade dann das Unglück hat zu stürzen, wenn von seiner Geschicklichkeit das Leben seines Bruders abhängt.«
Louis war über die Kühnheit dieser Äußerung so empört und – betroffen, daß er den alten Diener mit der Reitpeitsche gezüchtigt hätte, wenn nicht in dem Augenblick die Nachricht gekommen wäre, daß Gaston sich in die Rhone gestürzt habe, um seinen Verfolgern nicht in die Hände zu fallen.
Die Diener waren erschüttert, und keiner hatte den Mut, dem Marquis die Hiobsbotschaft zu überbringen …
Das schreckliche Ende seines Bruders erschütterte Louis nicht. Ihn durchzuckte nur der Gedanke: Nun bin ich der einzige Sohn und Erbe! Und wie Triumph blitzte es in seinen Augen auf. Und was keiner wagte, unternahm er. Er ging zu seinem alten Vater und sagte ohne Vorbereitung: »Gaston hatte die Wahl zwischen Ehre und Leben, er hat gewählt – er ist tot.«

Bei dieser Eröffnung war der Marquis ohne einen Laut umgestürzt, wie ein vom Blitz getroffener Eichbaum.
Tränenlos stand Louis am Totenbett seines Vaters.
Nun war er der Herr.
Der Vater hatte ihn immer so knapp gehalten, daß er keine fünfzig Franc je in der Tasche hatte, und jetzt war er Marquis von Clameran, frei, und besaß ein Barvermögen von zweihunderttausend Franc.
Dieser plötzliche Reichtum entzückte ihn derart, daß er es kaum erwarten konnte, ihn zu genießen. Er beschleunigte das Leichenbegängnis, sosehr es nur anging, und erregte durch sein fast heiteres Benehmen allgemeines Ärgernis. Kaum war die letzte Erdscholle auf den Sarg seines Vaters gefallen, als er im Schloß alles verkaufte, was sich losschlagen ließ.
Am nächsten Morgen entließ er die gesamte Dienerschaft; die armen Leute, die im Dienst des alten Marquis ergraut waren und gehofft hatten, ihre Tage unter dem Dach Clameran beschließen zu können, wurden trotz ihrer Bitten und Tränen von ihm unbarmherzig fortgeschickt.
Dann begab er sich nach Paris.
Er dürstete danach, das Leben zu genießen. Er stürzte sich in den Strudel wilder Vergnügungen. In kürzester Zeit war seine Barschaft vergeudet. Er schrieb an seinen Notar wegen des Verkaufs seiner Güter, aber auch der Erlös dafür war bald unter seinen Händen zerronnen. – Ihm blieb nichts mehr als Schloß Clameran, für das sich aber augenblicklich kein Käufer fand, das nichts eintrug, ja sogar dem Verfall nahe war.
Louis war, solange er Mittel besessen, ein ebenso kühner wie glücklicher Spieler gewesen. Als er sich nun plötzlich mittellos sah, glaubte er im Bakkarat eine sichere Einnahme-

quelle zu finden. Allein das Blatt hatte sich gewendet, das Glück war ihm nicht günstig – er wollte es erzwingen. Bald munkelte man im Klub, daß er ein Falschspieler sei. Um einem Skandal zuvorzukommen, wurde er einfach ausgeschlossen. Nun ging es mit ihm beschleunigt bergab. Da sich seine Standesgenossen von ihm losgesagt hatten, trieb er sich in der verrufensten Gesellschaft herum und war auch in eine Erpressungsgeschichte verwickelt. Daß er damals nicht vor Gericht gestellt wurde, verdankte er nur einem alten Freund seines Vaters, einer einflußreichen Persönlichkeit, dem Marquis von Commarin, der, um die Ehre des Namens Clameran zu retten, veranlaßte, daß die Angelegenheit vertuscht wurde. Er gab Louis Mittel, nach England zu gehen, um dort ein neues Leben zu beginnen. Louis aber setzte in London sein altes Spielerleben fort, und als ihm der Boden zu heiß wurde, verschwand er, um anderswo wieder aufzutauchen. So trieb er sich in allen Großstädten Europas herum und kehrte endlich nach achtzehnjähriger Abwesenheit nach Frankreich zurück.

Sein erster Weg führte in die Heimat. Er wollte Schloß Clameran besichtigen, vielleicht fand sich doch noch ein Käufer dafür.

Von Tarascon legte er den Weg nach Clameran zu Fuß zurück. Vieles hatte sich in der Gegend geändert, nur das Dörfchen mit dem schiefen alten Kirchturm, dem rebenumrankten Pfarrhaus, der rußigen Schmiede und dem freundlichen Wirtshaus mit dem großen Olivengarten war unverändert geblieben.

Unwillkürlich beschlich ihn ein eigentümliches Gefühl, war's Wehmut, war's Rührung? Er, der für weichere Regungen sonst nur Spott hatte, fühlte sich weich werden bei der Erinnerung an seine Jugend. Damals war ihm das Leben verhei-

ßungsvoll erschienen, er lechzte nach Genüssen – nun kannte er das Leben, hatte es in vollen Zügen genossen, er hatte sein Vermögen, seine Ehre verloren, nichts war ihm geblieben als der Ekel. Er war müde und gebrochen.
Ehe er sich auf sein väterliches Schloß begeben konnte, mußte er erst die Schlüssel, die der alte Kammerdiener Antoine, der im Dorf wohnte und sie in Verwahrung hatte, holen.
Als er in das Häuschen eintrat, kam ihm ein Bauer mit freundlichem Gesicht entgegen und fragte erstaunt nach den Wünschen des Fremden.
»Ich suche den ehemaligen Kammerdiener des Marquis von Clameran.«
»Mein Vater ist leider vor fünf Jahren gestorben«, versetzte der Mann betrübt.
»Gestorben? Das tut mir leid. Ich kam, um den Schlüssel zum Schloß zu holen – ich bin der Marquis von Clameran.«
»Der Marquis«, rief der Bauer erfreut und streckte ihm die Hand entgegen. »Oh, seien Sie in der Heimat tausendmal willkommen!«
Dieser herzliche Empfang tat Louis wohl. Er, der Geächtete, der seit vielen, vielen Jahren keinen Ausdruck uneigennütziger Ergebenheit, aufrichtiger Zuneigung mehr gehört hatte, faßte wirklich erfreut die Hand, die sich ihm entgegenstreckte, und drückte sie mit Wärme.
»Ach, daß mein armer Vater diese Freude nicht mehr erlebt hat«, fuhr der Mann fort, »aber ich, Marquis, und die Meinen sind Ihnen so ergeben wie er selbst. Der Vater hat bis zu seinem letzten Atemzug immer von der Familie Clameran gesprochen und täglich die Rückkehr seines jungen Herrn erwartet. Aber nun erlauben Sie, Marquis, daß ich Ihnen meine Frau und meine Kinder zeige.«

Auf sein Rufen erschien ein hübsches frisches Weibchen mit roten Backen, schwarzen glänzenden Augen und einer Schar Kinder, die alle der Mutter glichen.

Die junge Frau wurde verlegen, als sie des Fremden ansichtig wurde, und die Kinder umdrängten sie wie die Küchlein.

Aber Antoine sagte: »Das ist unser Herr Marquis. Toinette, Kinder, gebt hübsch die Hand.«

Da bewillkommneten ihn alle, und die Frau schickte sich sogleich an, eine Mahlzeit zu bereiten, um den Gast zu ehren.

Im Dorf hatte sich die Nachricht von der Rückkehr des Gutsherrn wie ein Lauffeuer verbreitet, und alt und jung kam herbei, um ihn zu sehen und ihm den Willkommensgruß zu bieten.

Louis war aufrichtig erfreut und gerührt.

Nachmittags begab er sich in Begleitung Antoines aufs Schloß. Der einst so stolze, stattliche Herrensitz sah trostlos aus. Der scharfe Wind der Provence, der Mistral, hatte an Türen und Fensterläden gerüttelt, bis er sie herausgerissen hatte. Regen und Sonnenschein hatten am Zerstörungswerk weiter gearbeitet und waren ins Innere gedrungen.

Die kostbaren Tapeten, Vorhänge, Decken hingen in Fetzen, die Möbelstoffe waren zerfallen, mottenzerfressen – es sah fürchterlich aus.

Dumpf hallten Louis' Schritte in den hohen öden Sälen wider, und oft stockte sein Fuß. Ihm war, als müsse plötzlich sein Vater erscheinen und ihn drohend fragen: Was hast du aus unserem Haus, aus unserer Ehre gemacht? Ihm wurde unheimlich zumute, und er eilte, wieder ins Freie zu kommen. Als sie im Garten waren, wandte er sich an Antoine und sagte: »Ihr guter Vater hätte das wenige Mobiliar, das ich noch zurückgelassen hatte, verwerten sollen, statt es zum Mottenfraß werden zu lassen.«

»Ohne Auftrag durfte er es ja nicht.«

»Das Schloß wird ebenso unbrauchbar sein wie die Möbel, und da ich leider nicht reich genug bin, um es herstellen zu lassen, gedenke ich es zu verkaufen – falls sich ein Käufer für die Ruine findet.«

Antoine dachte, daß er das Häuschen, das er von seinem Vater geerbt, in welchem der würdige Greis gelebt hatte und gestorben war, um keinen Preis verkaufen würde, und der Marquis wollte sich von der letzten Scholle väterlicher Erde, die ihm noch gehörte, trennen! Er konnte es nicht begreifen. Doch machte er darüber keine Bemerkung, sondern sagte nur: »Zu verkaufen wär's schon, nur dürfte es nicht teuer sein. Es ist hier in der Nähe ein Mann, der solche Geschäfte macht, er ist Güterhändler, der gern billig kauft und teuer verkauft – ein geriebener Kerl!«

»Wann könnte ich den Mann sprechen?« fragte Louis. »Und wie heißt er?«

»Er heißt Tongeroux, und wir können gleich zu ihm gehen. Er wohnt gerade gegenüber, am anderen Rhoneufer, wir brauchen uns nur durch den Fährmann übersetzen zu lassen.«

Während der Schiffer sie über den Fluß ruderte, erzählte Antoine dem Marquis, daß Tongeroux ein schlechter Mensch sei. Er habe vor Jahren eine alte Dienerin der verstorbenen Gräfin von Laverberie, namens Milhonne, geheiratet, obwohl sie schon fünfzig Jahre zählte und er um die Hälfte jünger war.

»Er nahm sie nur des Geldes wegen«, fiel der Fährmann ein, »denn die Milhonne hatte einen hübschen Sparpfennig.«

»Ja«, ergänzte Antoine, »aber kaum war er verheiratet, als er ihr alles wegnahm, sie mißhandelte und grausam Not leiden ließ. Er würde sie am liebsten Hungers sterben lassen.«

»Aber mit dem Geld verstand er besser umzugehen«, sagte der Schiffer, »er hat es tüchtig vermehrt und ist heute ein reicher Mann.«

Nachdem sie gelandet waren, führte Antoine den Marquis auf das Gehöft Tongeroux.

Der Bauer, ein kleiner rothaariger Mensch mit unstetem Blick, war in der ganzen Gegend wegen seiner Grobheit bekannt. Als er aber hörte, daß es sich um ein Geschäft handelte – und gar um den Verkauf von Schloß Clameran, das ihm schon längst in die Augen gestochen –, war er ganz Unterwürfigkeit und Dienstbeflissenheit.

Er führte seine Besucher in die »gute Stube« und rief im Vorübergehen einem alten Weib, das in der Küche hockte, barsch zu, es möge sich sputen und für den hochgeborenen Marquis von Clameran vom besten Wein aus dem Keller holen.

Bei dem Namen fuhr die Alte überrascht empor, sie schien sprechen zu wollen, allein ihr Mann wiederholte den Befehl, und erschrocken gehorchte sie, brachte eine Flasche Wein und drei Gläser und ließ sich dann in einem Winkel nieder.

Der Anblick des Marquis weckte alte Erinnerungen, ließ längst vergangene Zeiten wieder aufleben.

Sie hatte ihren Schwur, den sie damals der alten Gräfin während der Messe leisten mußte, gehalten und das Geheimnis treulich bewahrt, aber jetzt, beim Anblick Louis', fragte sie sich, ob reden nicht Pflicht sei. Und während die Männer verhandelten, wälzte sie die Frage in ihrem armen Kopf hin und her. Längst schon wähnte sie, ihr Elend sei nur die Strafe Gottes, weil sie jenen Eid geleistet, und vielleicht

würde sich ihr Los zum Besseren wenden, wenn sie sich dem Bruder Gastons anvertraute.
Inzwischen wurde der Handel abgeschlossen. Tongeroux hatte einen so lächerlich niedrigen Preis für Clameran geboten, daß die Bretter und Balken am Gebäude, wie Antoine sagte, mehr wert waren. Aber der schlaue Bauer hatte sofort bemerkt, daß sich der Marquis in der Klemme befand und entschlossen war, um jeden Preis zu verkaufen, daß er sich nicht zu vielen Zugeständnissen herbeiließ.
Endlich wurden sie handelseinig – der letzte Marquis von Clameran gab das Schloß seiner Väter für den schnöden Preis von 5280 Franc hin.
Nachdem der Handel mit einem kräftigen Handschlag und den landesüblichen Worten »Es gilt« abgeschlossen war, begab sich der Güterhändler in den Keller, um aus einem Versteck, das nur ihm bekannt war, eine Flasche »vom allerbesten« zu holen.
Die Abwesenheit ihres Mannes schien der alten Milhonne ein günstiges Zeichen. Sie erhob sich, trat auf Louis zu und sagte rasch und leise: »Marquis, ich muß Sie ohne Zeugen sprechen.«
»Mich?« fragte dieser verwundert.
»Ja, es ist ein höchst wichtiges Geheimnis, das ich Ihnen offenbaren muß. Ich beschwöre Sie, kommen sie heute abend in unseren Olivenhain, da werde ich Ihnen alles sagen.«
Sie kehrte an ihren Platz zurück, und als ihr Mann wieder ins Zimmer trat, saß sie so still und in sich versunken in ihrem Winkel wie vorher.
Tangeroux hatte mit vergnügtem Gesicht die staub- und spinnwebbedeckte Flasche entkorkt, die Gläser gefüllt und auf das Wohl des Marquis von Clameran getrunken.
Als Louis mit seinem Begleiter wieder im Boot saß, dachte

er an das sonderbare Stelldichein, das ihm die Alte gegeben, und fragte: »Was, zum Henker, kann denn die alte Hexe von mir wollen? Natürlich fällt es mir gar nicht ein, hinzugehen.«

»Das sollte der Marquis vielleicht doch nicht unterlassen«, antwortete Antoine. »Die Milhonne war bei der Gräfin von Laverberie in Diensten, sie kann vielleicht etwas wissen, was Ihren verstorbenen Bruder betrifft.«

Die Worte erregten Louis' Neugierde, und mit Einbruch der Dunkelheit begab er sich auf den von der Alten bezeichneten Platz.

Sie erwartete ihn schon.

»Was haben Sie mir zu sagen?« fragte er kurz.

»Oh, sehr viel, Marquis. Aber zuerst erlauben Sie mir eine Frage: Haben Sie Nachrichten von Ihrem Bruder?«

»Wie können Sie nur so fragen«, entgegnete Louis, der dachte, die Alte sei nicht richtig im Kopf. »Mein Bruder ist in der Rhone umgekommen.«

»Ist's möglich, daß Sie wirklich nicht die Wahrheit wissen!« rief die Alte. »Nein, Ihr Bruder ist nicht ertrunken, er hat sich gerettet, ist über die Rhone zu meinem Fräulein geschwommen. Die Komtesse war am nächsten Tag in Clameran, um es Ihnen zu sagen, aber der alte bärbeißige Kammerdiener ließ sie nicht vor. Später sollte ich Ihnen einen Brief bringen, aber da waren Sie schon verreist.«

Louis war wie niedergeschmettert. »Sie träumen wohl«, versuchte er abzuwehren.

»Ich sehe, der Marquis hält mich für verrückt. Ich bin es aber nicht. Wenn der alte Schiffer Menoul noch am Leben wäre, könnte er Ihnen erzählen, wie er Gaston in seinem Kahn bis zur Rhonemündung nach Camargue geführt hat und wie der junge Herr von da nach Marseille entkam.

Aber — das ist noch nicht alles: Ihr Bruder hat einen Sohn!«

»Einen Sohn!« rief Louis. »Ich glaube, meine gute Frau, Sie faseln!«

»Ich habe Ihnen schon einmal gesagt, daß ich nicht verrückt bin. Was ich Ihnen mitteile, ist die volle Wahrheit, und ach, mein Unglück in diesem Leben und, wenn Gott nicht barmherzig ist, auch im jenseitigen. Mademoiselle Valentine hat einen Sohn geboren, und sie mußte das arme unschuldige Kind fremden Leuten ausliefern.«

Louis war starr vor Überraschung, und Milhonne erzählte ihm die ganze Geschichte mit allen Einzelheiten, von dem Zorn und der Grausamkeit der Gräfin, dem Leiden der armen Valentine. Sie nannte ihm das Dorf, in dem das Kind zur Welt gekommen, wußte noch genau das Datum seiner Geburt und hatte weder den Namen, auf welchen es getauft, noch jenen der Bäuerin, der es zur Pflege übergeben worden war, vergessen. Schließlich berichtete sie auch, daß die Komtesse, dem Drängen ihrer Mutter nachgebend, einen reichen Pariser Bankier namens Fauvel geheiratet habe.

Die Alte hatte Louis schon lange verlassen, als er noch immer unbeweglich auf demselben Fleck stand.

Bei dem Namen des Bankiers war plötzlich ein schändlicher Gedanke in ihm aufgezuckt. Der Bankier war reich, sehr reich, und aus dem Geheimnis ließ sich ein schöner Vorteil herausschlagen. Zwar fühlte er selber, daß das, was er im Sinn hatte, eine Niedertracht wäre, allein — Not kennt kein Gebot, sagte er sich, und damit stand sein Entschluß fest.

15.

Zwanzig Jahre waren verflossen, seit Valentine André Fauvel geheiratet hatte, und sie mußte es selbst bekennen, daß sie diesen Schritt nicht zu bereuen gehabt hatte.
Die alte Gräfin, die bis zu ihrem Tode bei ihrer Tochter lebte, sagte ihr in ihrer Sterbestunde: »Gestehe, daß ich recht daran tat, dich zum Schweigen zu überreden. Du hast mir dadurch einen friedvollen Lebensabend bereitet, und du selber kannst dich nicht unglücklich nennen.«
Nein, in der Tat, unglücklich konnte sich Valentine nicht fühlen, da ihr Mann sie auf Händen trug und ihre Kinder ebenso gutgeartet wie schön waren. Die Schreckgespenster ihrer Jugend verblaßten mehr und mehr, und schließlich war die Erinnerung daran nur mehr wie an einen bösen Traum.
Sie widmete sich ganz der Erziehung ihrer Kinder. Zu ihren beiden Söhnen hatte sich noch ein drittes Kind gesellt, ein kleines Mädchen namens Madeleine, eine elternlose Waise, Nichte ihres Mannes, die sie in ihrem Haus aufgenommen hatte und an der sie nun eine liebevolle Tochter besaß.
Eines Tages – der Bankier war in Geschäften verreist – wurde ihr ein Brief überbracht, dessen Adresse eine ihr völlig unbekannte Schrift aufwies. Da ihre Wohltätigkeit allgemein bekannt war, wurde sie vielfach in Anspruch genommen. Es war daher nichts Seltenes, daß Fremde ihr schrieben, und darum öffnete sie arglos das Schreiben.
Aber ihr Herz erbebte, als sie es mit einem Blick überflogen hatte, sie mußte es nochmals lesen, um sich zu vergewissern, daß sie nicht träume.
Aber es war keine Täuschung, da standen wirklich die schrecklichen Worte:

»Verehrte gnädige Frau!

Hieße es zuviel Vertrauen in das Gedächtnis Ihres Herzens legen, wenn ich mich der Hoffnung hingäbe, daß Sie mir eine halbstündige Unterredung gewähren würden? Ich werde die Ehre haben, morgen zwischen zwei und drei bei Ihnen vorzusprechen.

Hochachtungsvoll
Marquis von Clameran.«

Marquis von Clameran! Die Vergangenheit war also nicht tot! Sie hatte ihre Schuld noch nicht ganz gesühnt! Nun stand das Gespenst drohend vor ihr!

Die arme Frau war fast besinnungslos vor Angst. Aber nach und nach sammelte sie sich und dachte ruhiger über die Sache nach.

Der Brief war offenbar von Gaston, er war nach Frankreich zurückgekehrt und wünschte sie wiederzusehen. Das war ja eigentlich ganz natürlich, und von ihm, dem ritterlichen Mann, hatte sie nichts zu fürchten.

Er würde kommen, sie als Frau und Mutter wiederfinden, sie würden wehmütige Erinnerungen tauschen. Sie konnte ihm endlich sein Vermächtnis zurückgeben, und dann würden sie mit einem Händedruck für immer scheiden.

Aber ein Zweifel quälte sie. Sollte sie Gaston *alles* offenbaren? Durfte, konnte sie es? Hieß das nicht, das Glück und die Ehre ihres Mannes, ihrer Kinder aufs Spiel setzen?

Durfte sie aber andererseits jenem armen Kind, das sie verlassen, den Vater rauben?

So peinigten sie zwiespältige Gedanken, und der nächste Tag, die gefürchtete Stunde, kam heran – sie war noch zu keinem Entschluß gekommen.

Sie hatte sich im letzten Augenblick gesagt, daß sie ihn nicht empfangen werde, als es aber zwei Uhr schlug, saß sie klopfenden Herzens im Empfangszimmer und wartete. Wenige Augenblicke später meldete der Diener den Marquis von Clameran.

Sie war so aufgeregt, daß sie sich weder erheben noch sprechen, nicht einmal denken konnte.

Er jedoch verneigte sich ehrerbietig und blieb dann ruhig mitten im Zimmer stehen. Er mochte ungefähr fünfzig Jahre zählen, trug einen ernsten, fast traurigen Gesichtsausdruck, Haupthaar und Schnurrbart waren leicht ergraut.

Zitternd betrachtete ihn Valentine und suchte in seinen Zügen die Erinnerung an den Mann wiederzufinden, den sie in ihrer Jugend geliebt hatte. Aber nichts, gar nichts sprach aus seinen Augen zu ihrem Herzen. In dem gereiften Mann war nichts von dem Jüngling wiederzufinden.

Sie seufzte, und da er stumm blieb, fragte sie schüchtern: »Gaston?«

Er schüttelte das Haupt. »Ich bin nicht Gaston, gnädige Frau. Mein Bruder ist dem Elend der Verbannung erlegen – ich bin Louis von Clameran.«

Ein Schauer des Entsetzens schüttelte Madame Fauvel. Nicht Gaston! Was konnte dieser Bruder von ihr wollen? Sie wußte, daß Gaston ihm damals kein Vertrauen geschenkt, ihm ihr Geheimnis nicht anvertraut hatte.

Sie gewann endlich so viel Fassung, um Louis einen Sitz anzubieten und ziemlich ruhig fragen zu können. »Darf ich bitten, mir den Zweck Ihres Besuches mitzuteilen?«

»Vor allem möchte ich mir die Frage erlauben, Madame, ob uns hier niemand hören kann.«

»Warum? Ich glaube nicht, daß Sie mir etwas zu sagen haben, was mein Mann und meine Kinder nicht hören dürften«, versetzte sie schroff.

»Es ist nur in *Ihrem* Interesse«, erwiderte Louis – »doch wie Sie wünschen.«
Er rückte seinen Sessel näher an Madame Fauvel heran und fuhr mit gedämpfter Stimme fort: »Gnädige Frau, ehe Gaston starb, hat er sich mir anvertraut. – Verstehen Sie mich jetzt? – Ich will Ihnen nicht die unseligen Umstände, die so schrecklich in das Leben meines Bruders eingegriffen haben, ins Gedächtnis zurückrufen. Sie sind ein reiche, glückliche Frau geworden, aber ganz werden Sie doch den Freund Ihrer Jugend nicht vergessen haben ...?«
Madame Fauvel antwortete nicht.
»Ist Ihr Gedächtnis wirklich so schwach geworden?« fuhr Louis fort, »muß ich Sie erst daran erinnern, daß mein unglücklicher Bruder Sie geliebt hat, daß Sie seine Gefühle erwiderten?«
»Sie scheinen zu vergessen, mit wem Sie sprechen, ich bin Frau und Mutter... Wenn Ihr Bruder mich geliebt hat, so ist das sein Geheimnis, und an *Ihnen* ist es nicht, mich an die Vergangenheit zu erinnern, *er* würde das nicht getan haben ... Für mich ist die Vergangenheit tot ...«
»So haben Sie *alles* vergessen?«
»Ja, vollständig.«
»So? Auch Ihr Kind?«
Diese Frage traf die unglückliche Frau wie ein Schlag. Woher wußte er ...? Aber sie sagte sich, sie dürfe sich keine Blöße geben, das Glück und die Ehre ihrer Kinder, ihres Mannes stünden auf dem Spiel.
Mit einer Willenskraft, der sie sich selber kaum für fähig gehalten, faßte sie sich und entgegnete mit Würde: »Ich glaube, Sie wollen mich beschimpfen, Marquis.«
»Sie erinnern sich also auch nicht mehr an *Raoul*?«
»Ich verstehe Sie nicht.«

»Ihr Leugnen hilft nichts, Madame, ich sagte Ihnen ja schon, daß ich *alles* weiß. Soll ich Ihnen den Beweis geben? Hören Sie: Vor zwei Jahren kam mein Bruder nach London, dort begegnete er in einer Familie einem Raoul Wilson. Der junge Mann gefiel ihm so gut, daß er Erkundigungen über ihn einzog und schließlich in Erfahrung brachte, daß er seinen eigenen Sohn vor sich habe.«
»Was habe ich mit diesem Roman zu schaffen?«
»War ich noch nicht deutlich genug? Ihre Mutter, die Gräfin von Laverberie, war zwar sehr vorsichtig, sehr klug, aber der Zufall enthüllte das Geheimnis. Eine der Freundinnen, die Ihre Mutter in London hatte, wollte sie in dem Dorf, in dem Sie wohnten, besuchen. Sie waren schon abgereist, aber die Dame hatte vor der Frau, bei der das Kind in Pflege war, Ihren wirklichen Namen genannt, und so kam die Geschichte ans Licht. Gaston hat sich untrügliche Beweise verschafft und hat seinen Sohn anerkannt.«
»Ich weiß in der Tat nicht, Marquis ...«
»Bitte, hören Sie mich noch an, ich bin gleich zu Ende. Mein Bruder ist in England gestorben, die Sorge um die Zukunft Raouls verdüsterte seine letzten Stunden. Da vertraute er sich mir an und bat mich, zu Ihnen zu gehen, an Ihr Herz zu appellieren ...«
Valentine erhob sich, sie wollte ein Ende machen. »Sie werden mir zugestehen, daß meine Geduld groß ist.«
Louis war von ihrer unerschütterlichen Ruhe so verblüfft, daß er keine Antwort fand.
»Ich bekenne Ihnen«, fuhr sie fort, »daß ich ehemals allerdings das Vertrauen Ihres Bruders besaß, er übergab mir vor seiner Abreise den Schmuck der Marquise, Ihrer Mutter, und den will ich Ihnen übergeben.«
Bei diesen Worten zog sie unter dem Diwankissen den Beu-

tel, der den Schmuck enthielt, hervor und reichte ihn Louis. »Es wundert mich nur«, fügte sie hinzu, »daß Gaston dies Vermächtnis nicht von mir zurückverlangte.«

Obgleich Louis ungeheuer überrascht war, besaß er doch genug Selbstbeherrschung, um sich nicht zu verraten. »Ich hatte den Auftrag«, versetzte er, »nicht davon zu sprechen.«

Madame Fauvel fand zwar, daß das keine Antwort auf ihre Bemerkung war, doch sagte sie darüber nichts, sondern streckte die Hand nach der Klingel aus. »Sie werden begreifen, Marquis, daß ich eine Unterredung abbreche, die ich überhaupt nur in der Absicht zuließ, um Ihnen den Familienschmuck auszuhändigen.«

»Gut, ich gehe, aber ich bitte Sie, gnädige Frau, die letzten Worte, die mir mein Bruder auf dem Totenbett sagte, zu beherzigen: Wenn Valentine sich weigern sollte, die Zukunft Raouls zu sichern, dann befehle ich dir, sie dazu zu zwingen. Ich habe geschworen, und – bei meiner Ehre – ich werde den Schwur halten!«

Damit verbeugte er sich und ging.

Es war höchste Zeit. Madame Fauvel hatte kaum mehr die Kraft, sich aufrecht zu halten, und als sie sich endlich allein sah, brach sie zusammen.

Ihre schlimmsten Befürchtungen waren Wirklichkeit geworden, der Abgrund tat sich vor ihr auf, und ach, die ihr die Liebsten waren, sollten mit ihr ins Verderben gerissen werden und büßen, was sie nicht verschuldet!

Für sie gab es keine Hoffnung mehr, Clameran würde wiederkommen – was dann? Sie schauderte.

Freilich, den armen verlassenen Knaben hätte sie gern dem Elend entrissen, aber konnte, durfte sie Clamerans Vermittlung annehmen?

Der Mann flößte ihr Widerwillen, Mißtrauen ein. Seine Erzählung war lückenhaft und unwahrscheinlich. Warum hatte Gaston, wenn er in Paris gewesen und mittellos war, nicht den Schmuck von ihr zurückgefordert, wennschon nicht für sich, so doch für das Kind, und warum hat er sich nicht selbst an sie gewandt, warum hatte er erst auf dem Totenbett an sie gedacht?

Nein, Louis von Clameran war nicht vertrauenswürdig, und — das fühlte sie deutlich — ein einziger unbedachter Schritt würde sie ihm für immer ausliefern.

Einen Augenblick dachte sie daran, sich ihrem Mann zu Füßen zu werfen und ihm alles zu gestehen, aber leider führte sie diesen rettenden Gedanken nicht aus. Sie stellte sich seinen Schmerz vor, wenn er nach zwanzig Jahren erfahren sollte, daß er hintergangen worden, sie sah ihr glückliches Familienleben für immer zerstört — nein, nein, sie konnte nichts sagen, mußte alles allein tragen, versuchen, das Schreckliche durch eigene Kraft abzuwehren.

Sie fühlte sich so krank, daß sie zwei Tage das Zimmer hüten mußte. Zum erstenmal seit ihrer Verheiratung war sie über die Abwesenheit ihres Mannes froh, sie wäre nicht imstande gewesen, ihm in die Augen zu schauen.

Sie empfing auch ihre Söhne nicht, sie ließ sagen, daß sie Migräne hätte, ihre Kinder sich aber nicht sorgen sollten, es würde bald vorübergehen.

Madeleine aber ließ sich nicht abweisen. Sie hatte den Mann mit dem finsteren Blick, der die Tante besucht hatte, beim Weggehen gesehen und bemerkt, daß die Tante seitdem leidend war.

»Tantchen«, sagte sie teilnehmend, »möchtest du nicht den Parrer kommen lassen, er wird dich trösten und aufrichten.«

»Ich bedarf keines Trostes«, antwortete sie gereizt, »ich habe nur Kopfschmerzen und wünsche allein zu bleiben.«
Tag und Nacht dachte die unglückliche Frau nach und suchte nach einem Ausweg, und schließlich sagte sie sich, daß sie sich fügen, daß sie alles geduldig tragen müsse, nur um das Schreckliche von ihren Lieben abzuwenden. Wenn sie Clamerans Wünsche erfüllt, wird sie wohl damit sein Schweigen erkaufen.
Fauvel war von seiner Reise zurückgekehrt, und seine Frau hatte sich so weit gefaßt, daß sie ruhig und freundlich wie immer scheinen konnte, aber sie lebte in ständiger Angst. Sie erschrak, wenn die Klingel ertönte, fürchtete, sooft die Tür aufging, den Marquis eintreten zu sehen, und wagte nicht auszugehen, aus Furcht, daß er in ihrer Abwesenheit kommen könnte. Sie erwartete ihn von Minute zu Minute, und es erfüllte sie mit banger Sorge, daß er nicht kam, nichts von sich hören ließ.
Die Qual war schier unerträglich geworden, als sie endlich einen Brief erhielt. Er war nicht von ihm selbst geschrieben, sondern von fremder Hand. Er ließ sich entschuldigen, er könne krankheitshalber nicht kommen, bitte sie aber dringend, am übernächsten Tag in ihrem eigenen Interesse im Hotel du Louvre zu erscheinen.
Sie verbrannte den Brief sofort und war fest entschlossen, der Einladung nicht Folge zu leisten.
Als aber der Tag kam, ging sie dicht verschleiert aus. Erst in großer Entfernung von ihrem Haus wagte sie es, einen Wagen zu nehmen, der sie zum Hotel brachte.
Mit Herzklopfen und Zagen fragte sie sich durch und stand endlich vor der bezeichneten Tür. Sie klopfte leise an, als sie aber eintrat, fand sie zu ihrem Erstaunen nicht den Marquis, sondern einen jungen Mann, der sie ehrerbietig grüßte.

Sie glaubte sich im Zimmer geirrt zu haben und sagte errötend: »Entschuldigen Sie, man sagte mir, daß hier der Marquis von Clameran wohne ...«
»Man hat Sie recht gewiesen, gnädige Frau«, versetzte der junge Mann.
Sie antwortete nicht und machte Miene, wieder zu gehen, da fügte der Jüngling rasch hinzu: »Ich glaube die Ehre zu haben, mit Madame Fauvel zu sprechen?«
Valentine erschrak. Also hatte Clameran ihr Geheimnis verraten!
»Beruhigen Sie sich, Madame«, sagte der junge Mann, der ihren Schrecken bemerkte. »Sie sind hier so sicher wie in Ihrem eigenen Heim. Der Marquis läßt sich entschuldigen, er ist zu leidend, um Sie sprechen zu können.«
»Warum aber hat er mir so dringend geschrieben?«
»Er hatte allerdings Pläne, doch hat er darauf verzichtet.«
Überrascht fragte Madame Fauvel: »Wie, er verzichtet?«
Der Blick des jungen Mannes drückte innigstes Mitgefühl mit der Seelenqual der unglücklichen Frau aus. »Ja, der Marquis verzichtet auf das, was er — mit Unrecht — für seine heilige Pflicht ansah. Glauben Sie, er hat lange gezaudert, und es ist ihm schwer geworden, zu Ihnen zu gehen. Sie haben ihn abgewiesen — es war Ihr Recht —, aber ihn hat die Abweisung erbittert, er dachte nur an das Versprechen, das er seinem sterbenden Bruder gegeben. Da ließ er sich hinreißen, Ihnen zu drohen — verzeihen Sie ihm. Er hat Beweise gegen Sie gesammelt — aber fürchten Sie nichts, gnädige Frau, sie werden Ihnen keinen Schaden zufügen, Ihr Glück nicht zerstören.«
Während der letzten Worte war er an den Kamin getreten

und hatte ein Bündel Papiere vom Sims genommen. »Hier sind die Beweise«, sagte er, indem er ein Blatt nach dem andern durchsah. »Hier ist die Beglaubigung des Geistlichen, Reverend Sedley, die Erklärung der Bäuerin, Madame Doblin, hier sind auch die beglaubigten Aussagen der Leute, die die Gräfin Laverberie gekannt haben. Es fehlt nichts. Nur mit Mühe habe ich dem Marquis die Dokumente entrissen, er wollte sie mir nicht lassen – vielleicht fürchtet er, was ich mit ihnen beginnen will. Und sehen Sie, gnädige Frau, was ich mit den Beweisen tue ...«
Und mit rascher Bewegung warf er die Papiere in die Flammen des Kamins.
»Nun sind sie vernichtet«, sagte er. »Die Vergangenheit ist ausgelöscht, gnädige Frau – es gibt keine Beweise mehr, Sie sind frei!«
Madame Fauvel fragte sich zuerst, was dies bedeuten solle, aber plötzlich kam die Erleuchtung. Der Jüngling, der ihre Ehre rettete, war niemand anders als ihr verlassener Sohn!
Da vergaß sie alles, das lang zurückgedrängte Muttergefühl brach sich Bahn, und mit tränenerstickter Stimme flüsterte sie »Raoul ...!«
»Jawohl, Raoul«, rief er. »Raoul, der tausendmal lieber sterben als seiner Mutter den leisesten Schmerz bereiten möchte, der all sein Blut vergießen würde, um ihr eine einzige Träne zu ersparen!« Überwältigt breitete sie die Arme nach ihm aus, er sank an ihre Brust und flüsterte: »Mutter, teure Mutter, hab Dank, tausend Dank!«
Madame Fauvel war auf einen Stuhl gesunken. Sie war von dem Glück, ihren Sohn wiedergefunden zu haben, erschüttert. Er kniete zu ihren Füßen nieder, und sie betrachtete ihn mit einer an Andacht grenzenden Liebe.

Wie schön er war! Sein goldbraunes Haar war fein und lokkig wie Seide, seine Stirn weiß und rein wie die eines jungen Mädchens, und aus seinen großen wunderbaren Augen leuchteten Verstand und Herzensgüte. Und dieser herrliche Jüngling war ihr Sohn, gehörte ihr!

»Mutter«, sagte er, »du weißt nicht, wie mir war, als ich erfuhr, daß der Onkel dich bedrohte, dich, geliebte Mutter! Glaube mir, als mein Vater dem Onkel befahl, sich an dich zu wenden, war er nicht mehr bei klarem Bewußtsein, er war so edel, so gut. Oft schweiften wir in der Nähe deines Hauses herum, und wenn wir dich erblickt hatten, waren wir glücklich. Er sprach immer nur von dir und lehrte mich dich lieben.«

Valentine vergoß Tränen der Rührung und Freude, sie vergaß ihren Gatten, ihre beiden Söhne und versenkte sich ganz in den Anblick des schönen Jünglings, der in ihr die holde Erinnerung an ihre Jugendliebe wachrief.

Raoul aber fuhr fort: »Erst seit gestern weiß ich, daß der Onkel einige Brosamen deines Überflusses für mich verlangt hat. Aber ich will nichts, Mutter, hörst du, ich will *nichts.* Wenn ich auch arm bin, so besitze ich doch Jugend und Gesundheit, ich kann und will arbeiten und werde mir meinen Lebensunterhalt schon verdienen. Von dir, geliebte Mutter, begehre ich weiter nichts, als daß du mir ein Plätzchen in deinem Herzen gönnst.«

Madame Fauvel war von so viel Edelmut gerührt; sie streichelte sein Haar, küßte seine Stirn und nannte ihn ihr liebes, liebes Kind. Dann begehrte sie seinen ganzen Lebenslauf zu erfahren, und er erzählte, wie die Bauersfrau, der er übergeben worden, ihn lieb hatte und ihm eine Erziehung über ihren eigenen Stand angedeihen ließ. Er erzählte, daß er mit sechzehn Jahren eine Stelle bei einem Bankier erhalten hatte, dort sei eines Tages ein Herr erschienen, der sich ihm als sein Vater zu erkennen gegeben und ihn mit sich genommen habe.

Die Mutter hörte mit Begier zu, sie wollte immer mehr wissen, alle Einzelheiten seines Lebens kennen.

Die Zeit verging. Da schlug die Uhr sieben. Valentine erschrak, wie leicht konnte ihre lange Abwesenheit bemerkt worden sein. Sie erhob sich.

»Werde ich dich wiedersehen, Mutter?« fragte er angstvoll.

»Gewiß, mein Kind«, rief sie zärtlich, »täglich, morgen schon.«

»Oh, tausend Dank, geliebte Mutter«, sagte er und küßte ihre Hände.

Sie zog ihn an ihr Herz. »Lebe wohl, mein Kind, auf Wiedersehen.«

Sie kam in großer Erregung nach Hause, und es fiel ihr schwer, ihre Gefühle zu verbergen. Sie war froh, als endlich die Abendmahlzeit zu Ende war und sie sich, unter dem Vorwand, Kopfschmerzen zu haben, auf ihr Zimmer zurückziehen konnte. Sie schloß sich ein und durchlebte im Geist noch einmal die vergangenen Stunden.

Sie hatte ihr armes, verlassenes Kind wiedergefunden! Und es war nicht verkommen, es war vielmehr zum herrlichsten Jüngling geworden, schön, edel und gut! Arbeiten wollte er, um sein Brot zu verdienen? War sie nicht reich? Nein, er sollte nicht darben, während die beiden anderen im Überfluß schwelgten.

Zum erstenmal seit ihrer Verheiratung bedauerte sie, sich so wenig persönliche Freiheit bewahrt zu haben. Es war so ungewöhnlich, daß sie allein ausging – es mußte auffallen.

Madame Fauvel war wirklich schon am nächsten und den

folgenden Tagen ins Hotel Louvre gegangen. Madeleine, die gewohnt war, die Tante auf ihren Spaziergängen und Ausfahrten zu begleiten, sah sie nur höchst verwundert an, als sie jedesmal zurückgewiesen wurde.
Die Blicke Madeleines erregten und ärgerten Madame Fauvel. Sie fühlte immerfort die fragenden Augen des jungen Mädchens auf sich gerichtet, und ein Gefühl, das fast an Haß grenzte, keimte in ihr auf. Es überkam sie wie Reue, daß sie die Waise ins Haus genommen, hatte sie sich doch an ihr nur eine Spionin großgezogen! Tag und Nacht sann sie darüber nach, wie sie Madeleine entfernen könnte.
Da fiel ihr ein, das beste Mittel wäre, das junge Mädchen zu verheiraten. Und das konnte bald geschehen. Der Kassierer des Hauses, Prosper Bertomy, interessierte sich für sie schon seit langem. Fauvel war nicht dagegen, es galt also nur, die Angelegenheit in Fluß zu bringen.
Selbigen Abend noch sprach sie in altgewohnter liebevoller Weise mit Madeleine, brachte die Rede auf Prosper und entlockte dem jungen Mädchen das Geständnis, daß sie die Gefühle des jungen Mannes erwidere. Die Tante umarmte sie und versprach sogleich, mit dem Onkel zu sprechen. In zwei Monaten könnte die ganze Ausstattung besorgt sein und die Hochzeit stattfinden.
Leider war Fauvel an jenem Abend nicht zu Hause, und in den folgenden Tagen vergaß sie die Angelegenheit, weil der Gedanke, wie sie Raoul zu einer angenehmen Stellung und zu Vermögen verhelfen könnte, sie unablässig beschäftigte.
Längst schon waren sie bei ihren Besuchen im Hotel mit Louis von Clameran zusammengetroffen, und sie fand ihn nun äußerst sympathisch, weil er ausschließlich nur auf das Wohl seines Neffen bedacht zu sein schien.
Sie hatten daher miteinander auch stundenlange Unterre-

dungen, wie die Zukunft Raouls gesichert werden könnte. Der Jüngling freilich, wenn er zufällig anwesend war, wollte von Geldangelegenheiten nichts wissen. »Ich will die Liebe meiner Mutter, aber nicht ihr Geld«, war seine stete Rede. Der Onkel jedoch kümmerte sich nicht um seine jugendliche Sorglosigkeit und nahm es an, daß Madame Fauvel ihm die Mittel gab, sämtliche Ausgaben Raouls zu decken.

Der Marquis versprach, Sorge zu tragen, daß Raoul eine Stellung bekäme, nur meinte er, müsse die Sache wohl überlegt und auch die Neigungen des jungen Mannes in Betracht gezogen werden. Um leichter miteinander verkehren zu können, hatte der Marquis vorgeschlagen, ihn ihrem Mann als alten Freund ihrer Familie vorzustellen, und sie ging freudig darauf ein. War es ihr doch nicht möglich, Raoul so häufig zu besuchen. Sie schrieb ihm zwar, doch wagte sie nicht, Antwort kommen zu lassen. Nun konnte der Marquis sie ihr bringen.

Der Marquis zeigte sich Monsieur Fauvel gegenüber äußerst liebenswürdig, und es dauerte nicht lange, so zählte er zu den intimen Freunden des Hauses: er war zu jeder Stunde ein gern gesehener Gast.

Valentine war glücklich, sie fand immer eine Gelegenheit, einige Augenblicke wenigstens mit ihm allein zu sein. Aber der Marquis brachte nicht immer gute Nachrichten. Er klagte über den Charakter des jungen Mannes und gestand, daß er sich beunruhigt fühlte.

Madame Fauvel erschrak. »Um Gottes willen, was kann er denn getan haben?«

»Oh, nichts von Bedeutung, er ist nur leichtsinnig. Er weiß nichts von Ihrer Güte, sondern glaubt, auf meine Kosten zu leben. Nun scheint er mich für einen Millionär zu halten und treibt die Verschwendung schier ins Maßlose.«

Madame Fauvel fand das nicht so schlimm. »Er ist noch so jung, er wird schon zur Vernunft kommen«, meinte sie.
»Ihm fehlt eben die Erziehung, er hatte leider keine Eltern,« entgegnete der Marquis ernst. »Aber ich habe seinem sterbenden Vater versprochen, mich seiner anzunehmen, und ich werde Wort halten. Ich kann es nicht dulden, daß er auf der schiefen Bahn, auf die ihn sein Leichtsinn geführt hat, weiter geht. Doch Sie, verehrte Madame, Sie müssen mir helfen, Ihren ganzen Einfluß geltend machen.«
»Ach, was kann ich tun, ich sehe ihn ja viel zu selten.«
»Das ist's eben, Raoul entbehrt den Segen einer geordneten Häuslichkeit, eines glücklichen Familienlebens.«
»Ach, ich kann es ihm nicht verschaffen.«
»Sie können es, hören Sie mich an, ich habe einen Plan entworfen. Sie werden Raoul bei sich empfangen.«
Madame Fauvel war entsetzt. Ihre ganze Ehrlichkeit bäumte sich dagegen auf. »Das geht nicht«, sagte sie.
»Und doch ist es die einzige Möglichkeit, Raoul zu retten. Ich sagte Ihnen ja schon, daß ich einen Plan habe, der Ihnen die Sache leicht machen soll. Besitzen Sie nicht in Saint-Remy eine nahe Verwandte?«
»Ja, meine Cousine von Lagors.«
»So ist es, und diese Cousine, die sich in mißlichen Verhältnissen befindet, lebt von Ihrer Unterstützung.«
»Wie«, rief Madame Fauvel verwundert, »das wissen Sie?«
»Ich weiß noch mancherlei. Ich weiß zum Beispiel, daß Ihr Mann Ihre Verwandten in der Provence nicht kennt und wahrscheinlich von dieser Cousine keine Ahnung hat. Darauf ist mein Plan gebaut. Dieser Tage erhalten Sie einen Brief aus Saint-Remy, worin Ihnen Ihre Cousine schreibt, daß sie ihren Sohn nach Paris schickt und Sie bittet, sich des

Jünglings freundlich anzunehmen. Diesen Brief zeigen Sie Ihrem Mann ...«

»Niemals«, rief Madame Fauvel empört. »Und meine Cousine würde sich auch niemals zu solch schmählicher Komödie hergeben. Übrigens hat sie gar keinen Sohn, nur zwei Töchter.«

»Da Ihr Mann von der Existenz der Cousine keine Ahnung hat, bleibt es vollkommen gleichgültig, ob ein Sohn in Wirklichkeit existiert oder nicht. Übrigens habe ich gar nicht gesagt, daß die Cousine ins Vertrauen gezogen werden muß. Den Brief werde ich besorgen und durch eine Vertrauensperson in Saint-Remy zur Post geben lassen. Ihre Verwandte wird also gar nichts wissen. Übrigens, selbst wenn sie zufällig etwas erführe – was aber höchst unwahrscheinlich ist –, sie ist Ihnen viel zu sehr verpflichtet, um die Verräterin zu spielen ... nichts hindert Sie ...«

Madame Fauvel hatte sich, außer sich vor Entrüstung, erhoben. »Und Sie glauben, daß ich in dieses Verbrechen einwilligen werde?«

Auch Clameran hatte sich erhoben. »Ehe Sie von Verbrechen reden«, sagte er kühl, »bitte, denken Sie an Ihre Vergangenheit. Sie hatten als junges Mädchen ein Kind, haben dieses unschuldige Geschöpf schnöde verlassen, haben auch keine Skrupel gehabt, sich mit einem ehrenwerten Mann, der keine Ahnung von Ihrem Vorleben hatte, zu verbinden! Und da wollen Sie plötzlich die Tugendhafte, Ehrliche hervorkehren und von ›Verbrechen‹ reden! Sie haben Gaston zugrunde gerichtet, und nun weigern Sie sich, den Sohn zu retten! Aber bei meiner Ehre, das dulde ich nicht – oder Sie sollen nicht länger vor der Welt in unverdientem Ansehen stehen!«

Louis hatte die letzten Worte drohend, mit verhaltener Heftigkeit, gesprochen, und die unglückliche Madame Fauvel war niedergeschmettert, vernichtet. Seine Anklagen hatten sie wie Keulenschläge getroffen, ihr Widerstand war gebrochen.

»Ich werde gehorchen«, sagte sie zerknirscht. Und in der Tat, acht Tage später war Raoul als Neffe erschienen und war von nun an täglicher Gast im Hause Fauvel.

16.

André Fauvel hatte den Neffen seiner Frau, von dem er bisher nie etwas gehört hatte, auf das herzlichste aufgenommen, und da der junge Mann sehr einnehmende Manieren besaß, heiter und geistreich war, gewann er rasch die Freundschaft der Söhne Fauvels und Prospers. Letzterer war besonders von ihm bezaubert.

Als Valentine sah, wie alle im besten Einvernehmen lebten und welchen wohltätigen Einfluß der Umgang ihrer Söhne auf Raoul hatte, atmete die Frau wieder auf. Sie freute sich fast, dem Marquis gehorcht zu haben.

Aber die Freude währte nicht lange. Raoul, der sich bisher in Geldsachen unendlich zartfühlend gezeigt hatte, trat jetzt mit immer neuen Forderungen an sie heran. Er behauptete, er könne hinter seinen beiden »Vettern« nicht zurückstehen. Die allerdings hätten das Glück, einen reichen Vater zu besitzen, während er … Er vollendete den Satz nicht und kränkte die unglückliche Mutter durch diese Andeutung nur noch mehr.

Zuerst hatte sie mit Freuden und ohne zu zählen gegeben, aber endlich sah sie ein, daß sie sich ins Verderben stürzen müßte, wenn sie in ihrer Freigebigkeit nicht einhielt.

Ihr Mann verlangte von ihr niemals eine Abrechnung. Er hatte ihr vom ersten Tage ihrer Verheiratung an den Schlüssel zu seinem Privatschreibtisch ausgehändigt, und ohne Einschränkung konnte sie daraus entnehmen, was sie zur Bestreitung des Haushaltes und ihrer persönlichen Bedürfnisse brauchte. Aber gerade weil sie stets so sparsam gewesen war, konnte sie nicht plötzlich über große Summen verfügen, ohne daß es ihrem Manne aufgefallen wäre. Wie, wenn er plötzlich Rechenschaft von ihr gefordert hätte? Was sollte sie sagen? Raoul hatte sie schon ein kleines Vermögen gekostet, sie hatte ihm eine Wohnung eingerichtet, ihn ausgestattet. Er hatte ein Reitpferd gewünscht, und sie hatte nicht das Herz, es ihm abzuschlagen. Aber es kam täglich zu neuen Wünschen, neuen Bitten, und wenn sie ihm sagte, daß sie außerstande sei, sie zu erfüllen, warf er sich ihr zu Füßen, bat sie mit Tränen in den Augen wegen seiner Schlechtigkeit um Verzeihung, sie sollte ihn nicht für undankbar halten, er wäre ja ohnehin so tief unglücklich.

»Unglücklich?« rief die Mutter verzweifelt.

»Gewiß, unglücklich«, entgegnete er. »Bin ich denn nicht rechtlos? Meine Brüder sind glücklich. Sie sind durch das goldene Tor in das Leben eingetreten, sie haben Vater und Mutter und alles. Ich bin verstohlen zur Welt gekommen, ich habe keinen rechtmäßigen Namen, habe kein Anrecht weder auf deine mütterliche Zärtlichkeit noch auf deine Wohltaten. Soll ich da nicht unglücklich sein?«

Nach solchen Reden war sie wieder vollständig entwaffnet und zu jedem weiteren Opfer bereit.

Als der Sommer kam und sich die Familie Fauvel wie alljährlich auf ihr Gut bei Saint-Germain begab, sagte Raoul eines Tages: »Mutter, ich habe mir in der Nähe ein Häuschen gemietet, damit ich beständig bei dir sein kann.«

Valentine freute sich darüber und besonders, weil sie hoffte, er werde auf dem Lande weniger Gelegenheit haben, Geld zu verschwenden.
Aber er war unverbesserlich. Er besuchte die Rennen und verlor.
Das erste Mal nach solchen Abenteuern mied er das Alleinsein mit der Mutter und machte das Geständnis, daß er zweitausend Franc verloren, beim Mittagessen in Gegenwart der ganzen Familie. Sie war entsetzt, wagte aber natürlich vor den anderen nur sanfte Vorwürfe und Ermahnungen.
Aber Fauvel unterbrach sie lachend und sagte: »Ach, das Unglück ist nicht so groß, Mama Lagors wird schon zahlen, wozu wären denn sonst Mamas auf der Welt?«
Madame Fauvel wurde sehr blaß. Jetzt erkannte sie erst, in welch fürchterliches Lügengewebe sie sich verstrickt hatte, als sie, Clamerans Befehl gemäß, gesagt hatte, daß die Langors reich seien.
Unterdessen fuhr ihr Mann heiter fort: »Mach dir nichts daraus, mein Junge, wenn die Tante zankt. Wenn du Geld brauchst, komm zu mir, ich leihe dir, soviel du willst.«
Raoul ließ sich das nicht zweimal sagen. Wenige Tage darauf lieh er wirklich vom Bankier zehntausend Franc.
Madame Fauvel war über diese Frechheit außer sich. Sie konnte nicht begreifen, was er mit all dem Geld anfing, und entschloß sich, an Clameran, der sich schon längere Zeit nicht hatte bei ihr blicken lassen, zu schreiben und ihn um seinen Besuch zu bitten. Seine Vormundspflicht, meinte sie, wäre es, den törichten Jungen zum Maßhalten zu veranlassen.
Der Marquis tat äußerst empört, als er von den Streichen seines Neffen — von denen er, wie er sagte, keine Ahnung hatte — hörte, und es kam zwischen ihm und Raoul zu einem heftigen Auftritt.

Allein, so wenig argwöhnisch auch Madame Fauvel von Natur aus war, so wollte ihr der Streit der beiden doch sehr gemacht erscheinen, und es schien ihr, als lachten die Augen, während der Mund von den bittersten Worten überfloß.
Sie wagte keine Bemerkung, aber der Zweifel war in ihrer Seele erwacht. Zwar machte sie Raoul dafür in ihrer blinden Mutterliebe nicht verantwortlich, vielmehr meinte sie, daß der Marquis die Schwachheit und Unerfahrenheit seines Neffen mißbrauche.
Aber was konnte sie machen? Sie wußte, daß sie diesem gewissenlosen Menschen preisgegeben war und nur gefaßt sein mußte, daß er mit immer neuen, immer härteren Forderungen an sie herantreten werde.
Sie sollte nur zu bald erfahren, wie sehr ihre Befürchtungen begründet waren.
Eines Tages erschien der Marquis ernster denn je. Er klagte heftig über Raoul und sagte: »Der Junge ist schier unverbesserlich, er wird Sie zugrunde richten, wie er mich bereits zugrunde gerichtet hat. Er hat Schulden – es gibt nur ein Mittel, ihn zu retten. Ich muß zu Vermögen kommen, dann kann ich ihn aus Wuchererhänden befreien, ihm ermöglichen, angemessen zu leben …«
»Und wie wollen Sie das bewerkstelligen?« fragte Valentine mit bebenden Lippen, denn sie sah eine ungeheuerliche Forderung voraus.
»Die Katastrophe ist unabwendbar«, sagte der Marquis langsam, »wenn ich nicht Madeleine zur Frau bekomme.«
Diese unerwartete Erklärung traf die unglückliche Frau ins tiefste Herz. »Und Sie können glauben, daß ich zu solcher Schändlichkeit die Hand biete?«
Mit der ruhigsten Miene von der Welt nickte der Marquis und sagte: »Ja, das glaube ich.«

Diese Unverfrorenheit entrüstete Madame Fauvel. »Nun ist es genug«, rief sie, »ich habe mich Ihnen gegenüber lange genug schwach und feige gezeigt und habe vieles erduldet. An meiner Familie aber sollen Sie sich nicht vergreifen!«

»Wäre es denn ein Unglück für Mademoiselle Madeleine, Marquise von Clameran zu werden?«

»Meine Nichte hat schon ihre Wahl getroffen, sie wird sich demnächst mit Monsieur Prosper Bertomy verloben.«

»Aber sie ist noch nicht verlobt, sie wird diese Backfischneigung vergessen, sobald sie weiß, daß *Sie* ihre Verbindung mit mir wünschen.«

»Ich wünsche sie aber nicht.«

»Madame Fauvel«, sagte der Marquis scharf, »vergeuden wir die Zeit nicht mit unnützen Streitigkeiten. Sie wissen, mit solchem Geplänkel haben Sie immer begonnen, um schließlich einzusehen, daß ich recht habe und daß Sie sich fügen *müssen*. Sie werden auch diesmal nachgeben.«

»Nein«, rief sie mit Festigkeit. »Nein!«

Er beachtete ihre Unterbrechung nicht.

»Ich bestehe ja auf dieser Heirat hauptsächlich *Ihretwillen*«, fuhr er fort. »Sie sind am Rande Ihrer Mittel – was dann? Sie haben schon bedeutend mehr ausgegeben, als Sie vor Ihrem Mann verantworten können – was dann, wenn er von Ihnen Rechenschaft über die fehlenden Summen verlangt?«

Madame Fauvel schauderte, der Marquis hatte nur zu recht, dies Schreckliche konnte jeden Augenblick über sie hereinbrechen.

»Madeleines Mitgift würde mich in den Stand setzen, Ihr Defizit zu decken, Sie zu retten«, sagte der Marquis.

»Um diesen Preis will ich nicht gerettet sein.«

»Sie vergessen, daß auch Raouls Zukunft davon abhängt.«

»Nein«, rief Madame Fauvel, »und tausendmal nein! Ich bin zum Äußersten entschlossen! Oh, sehen Sie mich nicht so spöttisch an. Ich schwöre Ihnen, daß, wenn Sie von diesem letzten schändlichen Plan nicht abstehen, ich meinem Mann alles gestehen werde. Er liebt mich und wird mir verzeihen.«

»Glauben Sie?« fragte der Marquis höhnisch.

»Und wenn er mir nicht vergeben kann, wenn er mich von sich stößt, so habe ich es verdient. Nach den schrecklichen Qualen, die ich durch Sie erdulde, gibt es nichts mehr, was mich schrecken könnte!«

Der unerwartete Widerstand brachte den Marquis so auf, daß er außerstande war, sich länger zu beherrschen. Sein Ausdruck wurde drohend, seine Stimme grob. »Wirklich«, sagte er höhnisch, »Sie wollen Ihrem Mann ein Geständnis ablegen! Ein rührender Gedanke, nur kommt er leider etwas zu spät. Ihr Mann hätte Ihnen vielleicht eine Jugendsünde verzeihen können, nachdem Sie sich zwanzig Jahre lang als Gattin tadellos betragen haben. Aber jetzt, Madame – was meinen Sie, wird der gute Mann sagen, wenn er erfährt, daß der angebliche Neffe, der an seinem Tisch ißt, dem er Geld borgt, der uneheliche Sohn seiner tugendhaften Gemahlin ist! Ich zweifle, daß er die Sache von der humoristischen Seite auffaßt. Und in der Tat gibt es wohl kaum ein ähnliches Beispiel von unerhörter Falschheit.«

»Sie haben kein Recht, mir Vorwürfe zu machen«, rief Madame Fauvel empört. »Aber was auch geschehen mag – ich sagte es Ihnen schon –, ich werde meine Pflicht tun.«

»Sie werden tun, was ich will«, rief der Marquis, der jede Selbstbeherrschung verlor, »die Mitgift Madeleines ist uns unentbehrlich, und übrigens – ich liebe Ihre Nichte.«

Er bezwang sich und fuhr in ruhig-höflichem Ton fort: »An

Ihnen ist es, gnädige Frau, meine Gründe zu erwägen. Glauben Sie mir, es ist das letzte Opfer, das Sie bringen. Denken Sie an die Ehre Ihres Hauses, die Ihnen doch wichtiger sein muß als die törichte Liebelei eines jungen Mädchens. Ich verlasse Sie jetzt und werde erst in drei Tagen wiederkommen, um Ihre Antwort zu holen.«

»Bemühen Sie sich nicht, Marquis, sobald mein Mann nach Hause kommt, erfährt er alles.«

Jetzt war Clameran ernstlich besorgt. Wie kam die schwache Frau zu soviel Willenskraft? Aber er ließ sich von seinen wahren Gefühlen nichts anmerken, machte eine förmliche Verbeugung und sagte: »Ganz wie Sie wollen, doch hoffe ich in Ihrem Interesse, daß die Vernunft siegen wird.«

Und er ging.

Aber Madame Fauvels Entschluß stand diesmal unerschütterlich fest. »Nein«, rief sie, »keine sogenannten Vernunftgründe mehr, ich sage André alles!«

Da schrak sie plötzlich zusammen, ihr war, als habe sie Schritte hinter sich vernommen. Sie wandte sich um und erblickte entsetzt ihre Nichte. Madeleine war totenbleich, und Tränen glänzten in ihren Augen.

An den Salon grenzte ein kleines Lesezimmer, das nur durch einen leichten Vorhang abgetrennt war. In diesem Nebenraum hatte sich das junge Mädchen befunden.

»Wir müssen dem Marquis gehorchen, Tante«, sagte sie leise.

»Um Gottes willen, du hast gehört ...?«

»Ja, Tante, alles. Verzeihe, ich weiß, daß es unrecht war. Als ich aber meinen Namen hörte, blieb ich unwillkürlich, und dann war es zu spät ... Aber es ist besser, daß ich alles gehört habe, denn — nun kenne ich meine Pflicht.«

»Unglückselige, du willst damit doch nicht sagen ...«

»Daß ich den Marquis heiraten werde.«
»Aber Kind, das Opfer darf ich nicht erlauben, du kannst den Marquis unmöglich lieben!«
»Ich hasse und verabscheue ihn, aber das darf mich nicht hindern, seine Frau zu werden.«
»Und Prosper?«
Madeleine bekämpfte die Tränen, die neu in ihr aufsteigen wollten, und antwortete: »Ich werde heute noch mit ihm brechen.«
»Nein«, rief die Tante, »nie gebe ich zu, daß du dich für mich opferst.«
»Tante«, entgegnete das edle junge Mädchen, »dir verdanke ich alles, du hast dich meiner erbarmt, als ich hilflos und verlassen war, du warst mir Mutter, deine Söhne sind meine Geschwister, dein Haus das meine. Nun soll ich zulassen, daß Schmach und Unglück unter das Dach einziehen, wo ich so glücklich gewesen bin, ich soll es zulassen, wo es mir möglich ist, es abzuwenden? Nein, Tante, es ist kein Opfer, das ich dir bringe, es ist eine heilige Pflicht, die ich erfülle.«
»Nein, nein«, stöhnte die unglückliche Frau, »ich werde dich dem Schurken nicht ausliefern.«
»Vergißt du den guten Onkel? Denke an seinen Schmerz, wenn er die Wahrheit erführe ... er stürbe daran ... Und deine Kinder ... vergißt du sie ...?«
Madame Fauvel weinte, und ihr Widerstand wurde schwächer. »Aber, armes Kind, was für ein Leben hättest du an der Seite dieses Mannes?«
»Es wird vielleicht nicht so schlimm sein, wie du denkst, Tante«, antwortete Madeleine und heuchelte Zuversicht. »Er sagt ja, daß er mich liebt – er wird gewiß gut zu mir sein. Ich fürchte nur eins, Tante ... aber ich wage nicht, es zu sagen ...«

»Sprich, du glaubst, ich habe noch etwas zu befürchten?«
»Ja, ich glaube nicht an die Aufrichtigkeit des Marquis, seine Entrüstung über Raoul kam mir gemacht vor, ich halte das Ganze für eine zwischen ihnen abgekartete Komödie.«
Wohl fielen Madame Fauvel ihre eigenen Wahrnehmungen bei dem Streit zwischen Raoul und dem Marquis ein, aber ihre Mutterliebe blendete sie, sie wollte an die Schlechtigkeit ihres Sohnes nicht glauben. »Nein, nein«, sagte sie, »du irrst dich, Raoul ist leichtsinnig, aber er ist nicht schlecht, und er liebt mich wirklich. Wenn du sehen könntest, wie zerknirscht er ist, wenn ich ihm Vorwürfe mache ...«
»Gebe der Himmel, daß du recht habest, liebe Tante, dann wird meine Heirat nicht vergeblich sein. Wir wollen also sofort dem Marquis schreiben.«
Madame Fauvel erschrak. »Wozu sofort, wir können warten, Zeit gewinnen.« Diese Worte waren für sie charakteristisch: immer unschlüssig, zögernd – ihr ganzes unglückliches Schicksal war die Folge ihrer Charakterschwäche.
Madeleine aber war eine entschlossene, energische Natur. »Es ist besser, die Sache sofort ins reine zu bringen, es muß ein Ende gemacht werden, damit du zur Ruhe kommst. Sieh dich nur an, Tante, was die Sorgen aus dir gemacht haben. Du hast dich so verändert, daß es ein Wunder ist, wenn der Onkel nicht endlich aufmerksam wird.«
In der Tat war Madame Fauvel nur mehr der Schatten ihrer selbst. Sie, die noch vor wenigen Monaten die Schönheit einer vollerblühten Rose besessen, sah jetzt welk und alt aus. Ihre Stirn war gefurcht, ihre Augen eingesunken, ihr wundervolles Haar von Silberstreifen durchzogen.
Sie seufzte tief auf, als sie sich in dem Spiegel, den ihr Madeleine vorhielt, erblickte.
»Tröste dich, Tantchen«, schmeichelte das junge Mädchen

liebevoll, »bist du nur erst deiner Sorgen ledig, dann wirst du wieder neu erblühen.«
Am nächsten Tag erhielt der Marquis von Clameran einen Brief von Madame Fauvel, in welchem sie ihm mitteilte, daß sie in seine Vorschläge einwillige und nur um etwas Zeit bitte, da Madeleine nicht so schnell mit Monsieur Bertomy brechen könne, auch die Einwilligung Monsieur Fauvels erst gewonnen werden müsse.
Aber Madeleine wollte auch in diesem Punkt nichts von Verzögerung wissen. Noch am selben Abend hatte sie eine Unterredung mit Prosper. Sie rang ihm das Versprechen ab, sie zu meiden. Auch die Schuld an dem Bruch sollte er auf sich nehmen.
Er bat und beschwor sie, ihm die Gründe zu sagen, aber sie antwortete nur, daß ihre Ehre und ihr Glück auf dem Spiel stünden und von seinem Gehorsam abhingen.
Prosper ging, im Innersten gebrochen, und der Marquis erschien auf der Bildfläche. Er erklärte, daß er sich gern gedulden wolle. Er wüßte wohl, daß er erst die Zuneigung des Herrn Fauvel gewinnen müsse, setzte er ironisch hinzu.
Innerlich war er überzeugt, daß der Augenblick, wo Madame Fauvel selbst die Heirat beschleunigen würde, nicht mehr fern sein konnte. Raoul sorgte dafür, daß die Ebbe in ihrer Kasse immer mehr zunahm. Er hatte jetzt jede Scham abgestreift und die Heuchelei fallengelassen. Er besuchte die Mutter nur, wenn er Geld brauchte, und forderte es in brutaler Weise.
Eines Tages fand bei dem Bankier eine große Gesellschaft statt, zu der auch der Marquis geladen war. Bei dem Diner wandte sich Fauvel plötzlich an Clameran und fragte: »Ich möchte Sie um eine Auskunft bitten, Marquis. Haben Sie Verwandte Ihres Namens?«

»Sie leben nicht mehr.«

»Ich kenne seit acht Tagen einen anderen Marquis von Clameran.«

Sosehr Louis auch mit Frechheit gepanzert war, so verlor er doch einen Augenblick die Fassung. Nur mit großer Willensanstrengung gelang es ihm, eine Entgegnung zu finden. »Der Marquistitel ist da auf alle Fälle etwas verdächtig«, sagte er.

»Marquis oder nicht«, versetzte der Bankier heiter, »jedenfalls besitzt der Mann die Mittel, den Adeligen zu spielen.«

»Ist er reich?«

»Ich habe Grund, es anzunehmen, da ich von einem Reeder in Le Havre den Auftrag erhielt, ihm für die Fracht eines brasilianischen Schiffes vierhunderttausend Franc auszuzahlen.«

»Da kommt er wohl aus Brasilien?«

»Ich weiß es nicht, aber wenn es Sie interessiert, kann ich Ihnen seinen ganzen Namen nennen.« Er zog sein Notizbuch hervor, blätterte darin und sagte: »Er nennt sich Gaston, Marquis von Clameran.«

Louis hatte indes Zeit gehabt, sich zu sammeln. Er zuckte mit keiner Wimper, als der Name Gaston an sein Ohr schlug, und sagte leichthin: »Ah, jetzt finde ich mich zurecht, Gaston hieß ein Vetter von mir, die Tante, meines Vaters Schwester, hat nach Havanna geheiratet. Als ich noch ein Kind war, besuchte uns die ganze Familie einmal und blieb über ein Jahr auf Schloß Clameran. Bei seiner Rückkehr nach Frankreich hat mein Neffe offenbar den Namen seiner Mutter angenommen, der jedenfalls besser klingt als der seines Vaters, welcher, wenn ich mich recht entsinne, Moriot oder Boiriot hieß.«

»Nun, ich denke, Sie werden bald Gelegenheit haben, sich zu überzeugen, ob es Ihr Vetter ist«, antwortete Fauvel. »Sobald er nach Paris kommt, werde ich ihn zu Tisch einladen und Sie ebenfalls bitten, unser Gast zu sein.«
Clameran verneigte sich. »Es wäre mir wirklich angenehm, seine Bekanntschaft zu machen oder zu erneuern«, antwortete er.
Das Gespräch wandte sich anderen Dingen zu, und Clameran schien an die Mitteilung gar nicht mehr zu denken.
Weit bestürzter als er waren Madame Fauvel und Madeleine. Bei der Nennung des Namens Gaston hatten sie einen Blick gewechselt, und ein Verdacht stieg in ihnen auf.
Am erschrockensten aber war Raoul. Er sah wie ein ertappter Bösewicht aus, und während der ganzen Mahlzeit war er, sonst ein glänzender und unterhaltender Gesellschafter, ganz still und saß wie betäubt da.
Endlich war die Mahlzeit zu Ende, und die Gäste begaben sich in den Salon.
Clameran war etwas zurückgeblieben, Raoul trat hastig auf ihn zu und flüsterte: »Er ist es.«
»Das glaube ich auch.«
»Dann sind wir verloren und müssen schleunigst Reißaus nehmen.«
Aber der Abenteurer Clameran war nicht der Mann, die Flinte vorschnell ins Korn zu werfen. »Damit hat es noch gute Wege. Wenn wir nur wüßten, wo der Unglücks-Clameran zu finden ist ...«
»Ich glaube, Monsier Fauvel hat sein Notizbuch auf dem Tisch liegen lassen«, flüsterte Raoul.
Hastig stürzte sich Louis darauf, öffnete es dreist und blätterte. »Ah«, sagte er befriedigt, »da ist seine Adresse: Marquis von Clameran, Oloron.«

»Und was hast du damit gewonnen, daß du seine Adresse weißt?« fragte Raoul.
»Das kann unsere Rettung sein. Doch komm, damit unsere Abwesenheit nicht auffällt. Und mehr kaltes Blut, wenn ich bitten darf, um ein Haar hättest du uns durch dein Benehmen verraten.«
»Ich fürchte, die beiden Frauenzimmer ahnen etwas.«
»Was liegt daran? Sie sind in unserer Gewalt.«
Die beiden Spießgesellen trennten sich, als sie aber abends beide das gastliche Haus verließen, nahmen sie das Gespräch wieder auf. Louis hatte seinen Plan schon fertig.
»Alles hängt nur davon ab, ob Gaston – daß er es wirklich ist, bezweifle ich nicht – weiß, daß Valentine die Gattin Fauvels ist. Wenn er es weiß, bleibt uns allerdings nichts übrig, als schleunigst zu verschwinden. Wenn er es aber nicht weiß, ist nichts verloren.«
»Wie willst du das aber herausbringen?«
»Ich werde ihn einfach selber fragen.«
»Die Idee ist großartig, scheint mir aber gefährlich.«
»Untätigkeit wäre noch viel gefährlicher, daher ist es das beste, ich fahre hin.«
»Wie, du wolltest...?« fragte Raoul aufs höchste erstaunt.
»Und was geschieht inzwischen mit mir?«
»Du bleibst ruhig hier. Sollte sich die geringste Gefahr ergeben, so telegraphiere ich dir sofort, und du machst dich aus dem Staube. Und nun lebe wohl, morgen abend bin ich in Oloron und werde wissen, woran wir sind.«

17.

Nur unter großen Gefahren und mit unsäglicher Mühe war es Gaston von Clameran gelungen, sich zu retten, und daß es gelang, verdankte er in erster Linie dem alten Fährmann Menoul.

Nachdem sie in Camargue gelandet waren, versteckte der treue Schiffer seinen Schützling bei einer befreundeten Familie und begab sich auf Kundschaft nach Marseille.

Da Gaston Valentine den Schmuck seiner Mutter gelassen hatte, bestand sein ganzes Vermögen aus 920 Franc, eine Summe, die kaum für die Überfahrt gereicht hätte. Um also seinen Zehrpfennig zusammenzuhalten, wollte er sich auf dem Schiff nützlich machen, das heißt die Überfahrt durch seiner Hände Arbeit verdienen. Und ein Schiff, wo er unterkommen konnte, sollte Menoul auskundschaften.

Das gelang dem alten Fährmann schon am ersten Abend. In einer Matrosenkneipe erfuhr er, daß der Kapitän eines amerikanischen Dreimasters, der vor Anker lag, ein vorurteilsloser Mensch wäre, der mit Vergnügen kräftige Burschen, die tüchtig zugreifen konnten, in Dienst nähme, ohne sich um ihre Vorgeschichte zu kümmern oder nach Papieren zu fragen.

Menoul sprach mit dem Kapitän und kehrte dann zu Gaston zurück. »Es wäre alles in Ordnung«, sagte er, »aber ich fürchte, es wird Ihnen schwer ankommen. Sie müßten Matrosendienste verrichten, und der Kapitän scheint ein geriebener Schurke zu sein.«

»Es bleibt mir keine andere Wahl«, entgegnete Gaston.

Er hatte sich kaum an Bord der »Tom Jones« befunden, als er wahrnahm, daß Menoul in bezug auf den Kapitän recht hatte, und kaum achtundvierzig Stunden dauerte es, da

wußte er, daß er mitten unter eine Schar Verbrecher aller Art geraten war!
Ihm war das gleichgültig, seine Gedanken waren weit fort, in der Heimat, bei seiner geliebten Valentine.
Doch hatte er wenig Zeit, sich seinen Gedanken, seinem Schmerz zu überlassen. Er mußte die harte Lehrzeit eines Matrosen durchmachen und bedurfte seiner ganzen körperlichen Kraft und Willensstärke, um die Anstrengung, die der Dienst erforderte, zu ertragen. Aber nachts, wenn er Wache hatte, da kamen die Gedanken und mit ihnen die Sorge um die Zukunft. Er hatte Valentine versprochen, in drei Jahren als reicher Mann wiederzukehren. Wie sollte er dies Ziel erreichen?
Es hatte nicht den Anschein, als ob die »Tom Jones« bald Valparaiso erreichen sollte, wenn sie überhaupt das Ziel hatte. Der Kapitän sagte lachend, sie wollten erst einmal einen Abstecher nach Guinea machen, um eine Fracht »Ebenholz« zu holen.
Mit dieser Bezeichnung meinte er Neger, denn der ehrenwerte Kapitän war ein Sklavenhändler!
Als Gaston dies erfuhr, war er entsetzt, aber er war klug genug, zu schweigen, denn er sah ein, daß er durch seine Worte den Kapitän nicht zum Aufgeben seinen Handels brächte. Überhaupt mußte er sich hüten, das Ansehen, das er bei der Mannschaft und den Vorgesetzten genoß, aufs Spiel zu setzen. Durch den alten Menoul wußten sie die Geschichte von den ausgeteilten Messerstichen und der kühn durchschwommenen Rhone, und das imponierte ihnen. Der Kapitän schätzte ihn besonders wegen seines überlegenen Verstandes. Als der zweite Steuermann verunglückte, übertrug er Gaston dessen Stelle.
Drei Jahre waren vergangen, als die »Tom Jones« endlich in

den Hafen von Rio de Janeiro einlief und Gaston das Schiff verlassen konnte.
Der Kapitän hatte ihm sein Gehalt ausbezahlt, und so besaß Gaston ein Vermögen von zwölftausend Franc.
Trotz der wilden Gesellschaft, in der er drei Jahre unter allerlei Abenteuern und Gefahren gelebt, hatte er weder die Heimat noch die Geliebte vergessen. Als er an Land war, schrieb er sofort einem vertrauten Freund und bat ihn, Valentine in Kenntnis zu setzen, daß er am Leben sei und sein Versprechen halten werde. Er ließ sie bitten, sich noch zu gedulden. Er schrieb auch an seinen Vater und erwartete mit Ungeduld Nachrichten aus der Heimat.
Aber erst nach einem Jahr kam ihm die Antwort des Freundes zu. Er erfuhr, daß sein Vater gestorben und Louis außer Landes sei. Der Brief enthielt auch die Mitteilung, daß er selbst wegen Totschlags zu mehreren Jahren Gefängnis verurteilt worden und Valentine sich verheiratet habe.
Diese Nachrichten schmetterten ihn nieder. Heimatlos, entehrt, und Valentine hatte ihn vergessen!
Er war der Verzweiflung nahe, aber dann raffte er sich auf und stürzte sich, um zu vergessen, in einen Strudel von Arbeit und Spekulationen. Tausend Dinge unternahm er, er arbeitete in Bergwerken und verkaufte Felle, er versuchte wilde Ländereien urbar zu machen. Er hatte ungeheure Summen gewonnen und wieder verloren, doch ließ er sich nicht entmutigen, begann immer wieder aufs neue, und endlich, nach jahrelangem Ringen und Kämpfen, war er ein Millionär, dessen Gelder sicher angelegt waren.
Die Sehnsucht nach der alten Heimat, die er so lange bekämpft, erwachte in ihm aufs neue, und er beschloß, nach Frankreich zurückzukehren.
Er hatte Erkundigungen eingezogen und sich vergewissert,

daß die Gerichte ihn nicht mehr verfolgen würden, und so machte er denn einen Teil seiner Habe zu Geld und schiffte sich ein.

Dreiundzwanzig Jahre waren nach seiner Flucht vergangen. Nun betrat er die Heimat wieder, aber er kam als Fremder und fühlte sich unsäglich einsam und tief traurig. Auch der Klimawechsel bekam ihm nicht. Er erkrankte, und die Ärzte sandten ihn in ein Pyrenäenbad.

Die Gegend gefiel ihm überaus gut, und als er genesen war, beschloß er, sich dort niederzulassen. Da ihm die Untätigkeit unerträglich war, erstand er bei Oloron ein Hüttenwerk und gab sich mit Eifer dem Betrieb seiner Eisenwerke hin.

Eines Abends überbrachte ihm der Diener die Karte eines Herrn, der ihn zu sprechen wünschte. Auf der Karte stand: Louis von Clameran.

»Mein Bruder«, rief Gaston freudig erregt, »mein Bruder« und stürmte dem Ankömmling entgegen.

Gaston bereitete seinem Bruder einen ungemein herzlichen Empfang. Er lachte und weinte gleichzeitig, als er ihn umarmte, schüttelte ihm immer wieder die Hände, betrachtete ihn unverwandt.

»Du hast dich gar nicht verändert, Louis«, sagte er, »ich habe dich sofort wiedererkannt an dem Ausdruck deines Gesichtes, deinem Lächeln.«

Louis lächelte in der Tat. So mochte er vielleicht auch in jener Nacht gelächelt haben, als durch den Sturz seines Pferdes Gaston dem Verderben preisgegeben war.

Gaston war über den Besuch seines Bruders aufrichtig erfreut. »Nun bin ich doch nicht mehr einsam, nicht mehr fremd in der Heimat«, sagte er, »nun habe ich einen Bruder, einen Freund … Aber sag mir, wie ist es dir gelungen, mich zu finden?«

Auf diese Frage war Louis gefaßt gewesen. Er erzählte, daß im Klub ein Herr, der eben aus dem Pyrenäenbad Eaux-Chandes gekommen, erzählt habe, er hätte dort von einem Marquis de Clameran sprechen hören. »Ich glaubte«, berichtete Louis weiter, »irgendein Abenteurer habe sich unterstanden, sich unseren Namen zuzulegen, und rasch entschlossen bin ich hierhergeeilt.«

»Und an mich dachtest du nicht?«

»Wie konnte ich? Seit dreiundzwanzig Jahren galtest du als tot.«

»Wie, du wußtest nichts von meiner Rettung? Hat euch denn die Komtesse von Laverberie nicht benachrichtigt? Sie versprach mir, den Vater aufzusuchen.«

»Nein«, entgegnete Louis mit betrübter Miene, »leider hat sie uns nichts wissen lassen.«

»Nichts«, rief Gaston erzürnt. »Wie, sie konnte so grausam sein, unseren armen Vater vor Kummer sterben zu lassen? Ach, sie hatte immer eine Angst vor der Meinung der Welt und hat mich ihrem guten Ruf geopfert.«

»Aber warum hast du nicht geschrieben?«

»Ich schrieb, bekam aber keine Antwort von euch. Mein Schulfreund Paul teilte mir mit, daß der Vater gestorben sei und du Clameran verlassen habest.«

»Ich verließ Clameran, weil ich dich für tot hielt.«

Gaston stand auf und ging im Zimmer einige Male auf und ab, gleichsam als wollte er die tiefe Traurigkeit, die ihn übermannt hatte, abschütteln. »Genug«, sagte er nach einer Pause, »lassen wir die Vergangenheit. Alle Erinnerungen, ob gute oder schlechte, sind nicht soviel wert wie die kleinste Hoffnung, und – Gott sei Dank – die Zukunft ist unser!«

Und sogleich begann er Zukunftspläne zu schmieden. »Wir bleiben zusammen«, sagte er, »wir trennen uns nicht mehr.«

Der Diener meldete, daß die Abendmahlzeit bereit sei, und die Brüder begaben sich Arm in Arm in den Speisesaal.
Gaston war im Fragen, im Erzählen unerschöpflich.
Louis war in großer Sorge, ob Gaston nicht in Clameran gewesen sei, aber zu seiner Beruhigung erfuhr er, daß der Bruder die Heimat noch nicht aufgesucht hatte.
Die Brüder waren bis in die späte Nacht aufgewesen. Von seinem vergangenen Leben hatte Gaston berichtet, aber kein Wort über das gesagt, was Louis zu wissen wünschte, er mußte sich also gedulden.
Am nächsten Tag telegraphierte er an Raoul: »Fasse Mut, alles geht gut.«
Als er mit seinem Bruder wieder zusammentraf, gab er dem Gespräch eine Wendung, die ihm Klarheit über die Absichten Gastons geben sollte. »Wir haben bis jetzt über alles Mögliche gesprochen, Gaston, nur nicht über das Geschäftliche.«
Der Bruder sah ihn verwundert an. »Was meinst du damit?«
»Ich meine die Erbschaft. Da du als tot galtest, so fiel mir alles zu, du hast nun ein Anrecht auf die Hälfte ...«
»Ach, bitte, sprich nicht davon, die Sache ist ja verjährt – übrigens weißt du, daß der Vater nur *einen* Erben wünschte – es bleibe also nach seinem Willen.«
»Nein, Gaston, das kann ich nicht annehmen ...«
»Warum? Bist du so reich, oder hältst du mich für so arm?«
Louis erschrak bei dieser Frage. Was sollte er antworten, um sich nicht zu verraten? »Ich bin weder arm noch reich«, entgegnete er leichthin.
»Ich wäre beinahe froh, wenn du arm wärst, damit ich die Freude hätte, mit dir zu teilen.«

Dieses Gespräch fand während des Frühstücks statt. Danach lud Gaston Louis ein, seine Besitzung zu besichtigen. Er zeigte ihm das große Haus, die Wirtschaftsgebäude, die Stallungen, den schönen Park und das moderne Hüttenwerk. Und während sie alles besichtigten, Gaston erklärte und erläuterte, schritt Louis finster und einsilbig neben ihm her. Neid und Mißgunst fraßen an seinem Herzen, und der alte Haß gegen den Bruder erwachte aufs neue.
»Nun, was sagst du? Habe ich gut gekauft?« fragte Gaston heiter.
»Gewiß, du hast dir das herrlichste Gut in der schönsten Gegend der Welt ausgesucht. Man könnte dich beinahe beneiden.«
»Es gefällt dir, wirklich, lieber Louis, du wärst imstande, dein nebliges Paris aufzugeben? Oh, dann schlag ein, bleib bei mir. Zur Langeweile ist keine Zeit, wir haben Arbeit genug. Wir wollen das Werk vergrößern, bauen, erfinden — das soll ein Leben werden! Bist du einverstanden, Louis?«
Louis schwieg. Vor einem Jahr noch hätte ihn dieser Vorschlag mit Freude erfüllt. Das wäre ein Hafen gewesen nach so manchem Sturm und Schiffbruch, und er wäre kein Abenteurer mehr, nein, wieder ein Mensch geworden, wie früher!
Aber jetzt war es zu spät. Mit Wut im Herzen mußte er dies erkennen. Er war nicht frei, er hatte in Paris ein schändliches Spiel angezettelt, das er nicht aufgeben durfte, ohne Gefahr zu laufen, mit den Gerichten in Konflikt zu geraten. Und wenn er noch allein gewesen wäre, er hätte einfach verschwinden können, aber — er hatte einen Mitschuldigen!
»Du antwortest nicht«, sagte Gaston, über Louis' Stillschweigen verwundert, »gefällt dir mein Vorschlag nicht?«

»Dein Vorschlag gefällt mir wohl, aber... ich bekleide in Paris eine Stelle und kann das Gehalt nicht entbehren.«
»Louis, hast du mich denn nicht verstanden?«
»Aber Gaston, ich kann dir unmöglich zur Last fallen.«
»Wie magst du nur so töricht reden! Habe ich dir nicht gesagt, daß ich sehr reich bin? Dies Hüttenwerk ist nur ein Bruchteil meines Vermögens, ich besitze gute Staatspapiere, und außerdem habe ich noch Geschäftsverbindungen in Brasilien, vor kurzem erst bekam ich von meinem Geschäftsfreund vierhunderttausend Franc überwiesen, von denen ich nur fünfzigtausend abgehoben habe.«
Louis zitterte vor freudiger Aufregung, endlich sollte er erfahren, was er zu wissen wünschte.
»Du hast noch Geschäfte in Brasilien?« fragte er.
»Ja, mit einem ehemaligen Sozius, und er hat mir einen Bankier namens Fauvel in Paris empfohlen, er soll ein sehr ehrenwerter Mann sein.«
»Du kennst ihn nicht persönlich?« fragte Louis ganz blaß vor Aufregung.
»Nein, noch nicht, aber ich hoffe, bald seine Bekanntschaft zu machen. Ich beabsichtige nämlich, dich nach Paris zu begleiten, wenn du hinfährst, um deine Angelegenheiten vor deiner Übersiedlung hierher in Ordnung zu bringen.«
Louis fühlte sich bei dieser Mitteilung wie vernichtet, aber er faßte sich gewaltsam und fragte scheinbar ruhig: »Wie, du willst nach Paris, ich denke, du verabscheust dieses Babel?«
»Allerdings, ohne die berühmte Hauptstadt zu kennen, ist sie mir äußerst unsympathisch. Mich locken auch nicht ihre falschen Freuden – ich habe eine ernste Pflicht zu erfüllen. Nun ja, ich will dir's gestehen, die Komtesse von Laverberie soll nach Paris geheiratet haben ... ich möchte sie

wiedersehen ...« Gaston schwieg einen Augenblick, dann fuhr er fort: »Dir, Louis, kann ich es ja gestehen, ich habe ihr vor meiner Flucht den Schmuck unserer Mutter anvertraut.«

»Und den willst du jetzt zurückfordern?«

»Ja, das heißt, es soll mir ein Vorwand sein, um sie aufsuchen zu können, ich möchte sie wiedersehen, weil ... weil ich sie einst geliebt habe.«

»Wie denkst du sie ausfindig zu machen?«

»Das wird sehr einfach sein. In der Heimat dürfte man wohl den Namen ihres Mannes, vielleicht sogar ihre Adresse kennen. Ich schreibe heute abend noch meinem alten Schulfreund ...«

Als Louis endlich sein Zimmer aufsuchen konnte, fühlte er sich niedergeschmettert, er versuchte seine Gedanken zu ordnen und einen Plan zu entwerfen. Auf den ersten Blick schien seine Lage äußerst verzweifelt.

Er hatte in dem Abenteurerleben, das er seit zwanzig Jahren führte, manch schwere Stunde erlebt, aber immer vermochte er die Klippen des Strafgesetzbuches zu umschiffen, und immer war es ihm, selbst in den verwickeltsten Fällen gelungen, sich aus der Schlinge zu ziehen. Aber jetzt sah er, daß er sich in eine Sackgasse verrannt hatte, und kein rettender Gedanke erleuchtete ihn – es gab keinen Ausweg! Von allen Seiten drohte Gefahr: Fauvel, Gaston, sie würden sich beide an ihm rächen, sobald ihnen die Wahrheit bekannt würde, ja, selbst seinen Mitschuldigen Raoul hatte er zu fürchten.

Die Begegnung zwischen Valentine und Gaston mußte um jeden Preis verhindert werden, aber wie? Einen Augenblick lang dachte er daran, von seinem Bruder eine größere Summe zu leihen und für immer zu verschwinden. Aber er

verwarf den Gedanken wieder, denn so viel Geld, als er benötigte, konnte er ja doch nicht fordern.
Der Kopf schmerzte ihm schier zum Zerspringen, und doch wollte ihm nichts einfallen. Er gab schließlich sein Nachdenken auf. »Vielleicht hilft der Zufall«, sagte er sich mit bösem Lächeln, »er hat mir ja schon öfter geholfen.«
Für den Augenblick war weiter nichts zu tun, als Gaston möglichst daran zu hindern, an die Pariser Reise zu denken.
Zu diesem Zweck äußerte Louis am nächsten Tag den Wunsch, Oloron und die Umgebung genau kennenzulernen. »Es ist ein herrliches Land«, sagte er.
Gaston ging freudig auf den Vorschlag ein, und täglich wurden Ausflüge mit dem Wagen oder zu Pferde unternommen. Allein es half nicht viel, denn Gaston ließ den Gedanken an die Pariser Reise nicht fallen, er wollte nur die Antwort auf seine Anfrage abwarten.
Nun versuchte Louis, ihn durch ernste Gegenvorstellungen dazu abzubringen. »Sie ist die Frau eines andern, hat wahrscheinlich Kinder, denkst du nicht, daß es für sie peinlich sein müßte, dich wiederzusehen. Auch für dich selbst kann die Begegnung nur schmerzlich sein.«
»Du magst wohl recht haben, es ist töricht – ich kann nicht anders.«
Mit fieberhafter Ungeduld erwartete er den Brief aus der Heimat, aber noch größer war Louis' Ungeduld, und er ging täglich dem Briefboten entgegen, um ihm die Post abzunehmen.
Und endlich war der ersehnte Brief da!
Louis ging damit rasch auf sein Zimmer, schloß sich ein und riß das Schreiben auf. Der alte Schulfreund berichtete eine Unmenge Dinge, die Louis nicht interessierten, doch endlich

fand er die Valentine betreffende Stelle. Sie lautete: »Die Komtesse Laverberie hat sich mit einem Pariser Bankier namens André Fauvel verheiratet. Er ist ein Ehrenmann, und ich gedenke, bei meiner nächsten Reise nach Paris mit ihm in geschäftliche Beziehung zu treten. Ich hoffe, du hast nichts dagegen, wenn ich mich auf dich berufe.«

Louis war außer sich vor Aufregung. Ich wäre verloren gewesen, wenn Gaston den Brief erhalten hätte, sagte er sich. Aber er zweifelte keinen Augenblick, daß die Gefahr nicht abgewendet, sondern nur hinausgeschoben war. Gaston würde sich höchstens eine Woche noch gedulden, dann dem Freund nochmals schreiben …

Und selbst, wenn ich den zweiten Brief ebenfalls unterschlage, sagte er sich, was hilft das? Dieser Schafskopf von einem Schulkameraden will ja nach Paris, wird von Gaston sprechen – dann ist alles verloren!

Nun blieb ihm nur eins übrig: von seinem Bruder Geld ausborgen und das Weite suchen.

Eines Abends ging er mit Gaston auf der Straße, die von dem Hüttenwerk nach Oloron führte, spazieren und war eben im Begriff, eine kleine Geschichte zu erzählen, deren Schluß eine Anleihe von 200 000 Franc bilden sollte, als er plötzlich heftig zusammenschrak. Ein wie ein Handwerksbursche gekleideter junger Mann war an ihnen vorübergekommen, und Louis hatte in ihm Raoul erkannt.

Gaston bemerkte seinen Schreck. »Was ist dir?« fragte er erstaunt.

»Oh nichts«, entgegnete Louis mit vor Aufregung bebender Stimme, »ich bin an einen Stein angestoßen und habe mir weh getan.«

Gaston sprach und erzählte allerlei, aber Louis ging stumm und wie geistesabwesend neben ihm her. Was sollte Raouls

Anwesenheit bedeuten? Louis hatte ihm täglich geschrieben, aber keine Antwort erhalten. War in Paris ein unvorhergesehener Fall eingetreten? Kam er, um ihm zu sagen, daß das Spiel verloren sei?
Gaston beendete zu Louis' Freude den Abendspaziergang früher als gewöhnlich. Er hatte tagsüber sehr viel gearbeitet, fühlte sich müde und begab sich zur Ruhe.
Rasch verließ Louis wieder das Haus. Er war überzeugt, daß Raoul in der Nähe herumschleichen würde. Richtig, er hatte keine hundert Schritte gemacht, als ein Mann hinter einem Gebüsch hervortrat und sich ihm in den Weg stellte.
»Raoul! Was gibt's, was führt dich her?«
»Nichts.«
»Was tust du dann hier, mit welchem Recht verläßt du deinen Posten? Weißt du denn nicht, daß uns das zugrunde richten kann?«
»Das ist *meine* Sache«, antwortete Raoul ruhig.
Mit eiserner Faust umklammerte Louis den Arm des jungen Mannes.
»Was soll das heißen, was unterstehst du dich?« rief Louis mit unterdrückter Wut.
Raoul machte sich von ihm los. »Etwas zarter, wenn ich bitten darf«, sagte er trotzig, »ich will höflich behandelt sein – sonst antworte ich *so.*«
Und mit diesen Worten ließ er den Lauf eines Revolvers aus der Tasche hervorschimmern.
Sie hatten einen abgelegenen Seitenweg eingeschlagen, waren dann querfeldein gegangen, und erst als sie weit draußen in völliger Abgeschiedenheit waren, sagte Raoul: »So, ich meine, hier sind wir ungestört, teurer Onkel, und ich kann mich deutlich erklären. Deine Briefe, lieber Onkel, waren

mit großer Vorsicht abgefaßt, das war natürlich klug, aber ich fand sie zu dunkel. Ich hatte nur die eine Empfindung: Gefahr ist im Verzuge, und da ich der Gefahr gern ins Auge schaue, so bin ich gekommen.«

»Wie, hast du kein Vertrauen zu mir?«

»Ungeheures, verehrter Onkel, dasselbe, das du zu mir hast. Laß dir also in Kürze sagen, daß ich nicht gewillt bin, mich am Narrenseil führen zu lassen. Ich weiß ganz genau, daß du mich im Notfall ohne Zaudern preisgeben würdest – leugne nicht, edler Oheim, denn an deiner Stelle täte ich dasselbe. So, nun kennst du meine Meinung. Damit genug gegenseitiger Vorwürfe. – Und nun berichte mir alles.«

Louis sah ein, daß er seinen Mitschuldigen nicht einschüchtern konnte, daher ließ er seine Entrüstung fahren und berichtete alles getreulich. Nur über die Vermögensverhältnisse Gastons sprach er nicht wahrheitsgemäß, sondern tat, als wenn der Reichtum seines Bruders nur ganz unbedeutend wäre.

»O weh«, sagte Raoul, nachdem er alles gehört hatte, »die Sache steht schlimm.«

»Nicht so arg, als es den Anschein hat. Verlaß dich auf mich, es wird mir schon gelingen, ein Mittel ausfindig zu machen. Kehre ruhig nach Paris zurück. Solange ich hier Gaston festhalte, läufst du dort keine Gefahr.«

Raoul dachte einen Augenblick nach. »Allerdings«, versetzte er nach einer Pause, »haben wir von meiner Mutter nichts zu fürchten, aber du hast uns, verehrter Onkel, eine gefährliche Feindin geschaffen ...«

»Du meinst Madeleine? Bah ...«, antwortete Louis und machte eine geringschätzige Handbewegung.

»Du unterschätzt sie, glaube mir. Sie hat sich allerdings bereit erklärt, sich für ihre Tante zu opfern und dich zu heiraten, aber sie ist kein schwacher Charakter und wird kämpfen, denn – sie liebt. Wenn du klug bist, so verzichtest du freiwillig auf sie.«

»Niemals!« stieß Louis fast schreiend hervor. »Niemals! Ich wollte sie zuerst wegen ihrer Mitgift, aber jetzt würde ich sie auch ohne einen Pfennig Vermögen nehmen. Ich liebe sie, und ich muß und will sie besitzen!«

Raoul war von dem leidenschaftlichen Ausbruch betroffen. »So, du liebst sie, nun, dann sind wir so gut wie verloren. Das Herz geht mit dem Verstand durch, und es wird der Tag kommen, an dem du dich ihr auf Gnade und Ungnade ergibst. Und sie ist eine schlaue Delila, sie ist unsere Feindin und wird uns vernichten!«

»Du scheinst sie ja furchtbar zu hassen, oder – mein schöner Neffe – hast du vielleicht auch Feuer gefangen und ist der Haß nichts anderes als – verschmähte Liebe?«

Obwohl die Nacht sternenhell war, konnte Louis doch den Ausdruck, der Raouls Züge plötzlich entstellte, nicht wahrnehmen.

»Nein«, stieß er rauh hervor. »Mir liegt an den Weibern nichts, ich will nur Geld.«

»Also gib dich zufrieden, sobald Madeleine meine Frau ist, bekommst du die Hälfte ihrer Mitgift, was begehrst du mehr?«

Die beiden Gesellen sprachen noch hin und her, und Mitternacht war längst vorüber, als sie sich mit dem Versprechen, sich morgen am selben Ort und zur selben Zeit wieder treffen zu wollen, trennten.

Auch in dieser Nacht konnte Louis kein Auge schließen. Die Frage, warum Raoul Paris verlassen hatte, quälte ihn unablässig, und er begann, seinen Spießgesellen zu fürchten und zu hassen.

Aber bis zum nächsten Abend, als er mit Raoul zusammentraf, war sein Entschluß gefaßt.
»Nun«, sagte Raoul, sobald er seines Onkels ansichtig wurde, »was hast du ausgeheckt?«
»Ich hätte dir zweierlei Vorschläge zu machen. Der eine ist, wir verzichten auf das Geschäft, du verschwindest aus Frankreich – natürlich mit einem hübschen Sümmchen in der Tasche.«
»Was nennst du ein hübsches Sümmchen?«
»Nun, zum Beispiel ... hundertfünfzigtausend Franc.«
Raoul lächelte verächtlich. »Mein sehr verehrter Onkel beliebt zu scherzen. Glaubst du, ich kenne dich nicht? Mir bietest du diese Lappalie, während du sicherlich dich mit einer Million aus dem Staube machen wirst.«
»Du bist nicht bei Trost«, versetzte Louis.
»Leugne nicht, was habe ich von dem ganzen Geld, das wir Madame Fauvel oft gegen meinen Willen entrissen haben, bekommen? Kaum den zehnten Teil ...«
»Wir haben ja davon noch einen Zehrpfennig.«
»Jawohl, aber er ist in *deinen* Händen, und wenn die Sache schief ginge, dann würde der Herr Onkel sich und die Kasse in Sicherheit bringen, der Neffe aber ohne einen roten Heller dastehen und könnte ins Zuchthaus wandern.«
»Das kannst du von mir glauben?« fragte Louis beleidigt.
»O ja, das und noch viel mehr. Übrigens kann ich dir sofort beweisen, daß du mich betrügen willst.«
»Wieso?«
»Hast du mir nicht gesagt, daß dein Bruder im bescheidenen Wohlstand lebe? Nun, das ist eine Lüge. Er ist vielfacher Millionär, ich kann dir haarklein all seine Besitzungen aufzählen. Du siehst, werter Onkel, ich habe die Zeit meines Hierseins nicht verloren.«

Louis fand keine Antwort darauf.
»Das ist aber nicht alles, was ich dir vorzuwerfen habe. Ich ärgere mich hauptsächlich darüber, daß das Spiel durch deine Schuld verloren ist. Madame Fauvel war für uns die Henne mit den goldenen Eiern. Statt uns nun mit dem, was sie freiwillig gab, zu begnügen, mußte ich die arme Frau halb zu Tode quälen, so daß sie jetzt nicht mehr aus noch ein weiß.«
»Das war nötig.«
»Dann setzt du dir in den Kopf, Madeleine zu heiraten – sie aber ist imstande, die Anzeige bei der Polizei zu machen ...«
»Das wird sie nicht.«
»Die Zukunft wird's lehren, wer recht hat. Am einfältigsten aber hast du dich betragen, als du die ganze Geschichte eingefädelt hast. Du hättest dich eben besser erkundigen müssen. Du sagtest mir: dein Vater ist tot – und siehe da, jetzt lebt er, und wir haben uns in einer Weise betragen, daß ich nicht vor ihm erscheinen kann. Statt der Million, die er mir sicher – wenn nicht mehr – geschenkt hätte, bekomme ich jetzt nichts, und das danke ich dir ...«
»Genug«, fiel Louis heftig ein, »wenn ich alles aufs Spiel setze, so habe ich auch die Mittel, um die Partie zu retten.«
»Da wäre ich neugierig. Wenn Gaston seine geliebte Valentine aufsucht, wird er alles erfahren und dann ist es aus!«
»*Wenn* er sie aufsucht«, versetzte Louis.
Raoul antwortete nicht, und beide schwiegen. Ein furchtbarer Gedanke war beiden gleichzeitig gekommen, und sie erschraken selbst darüber. Sie äußerten kein Wort, aber sie verstanden sich. Nach einer langen Pause brach Louis endlich das drückende Schweigen.

»Also«, begann er, »willst du die hundertfünfzigtausend Franc, die ich dir für dein Verschwinden anbiete? Überlege dir die Sache noch einmal gut.«
»Ich habe sie schon überlegt, ich weiß, du willst mich betrügen, aber ich weiß auch, daß ein ungeheures Vermögen zu gewinnen ist. Ich will es entweder erringen oder zugrunde gehen.«
»Wohl, es sei. Wirst du mir blindlings gehorchen?«
»Ja, denn ich weiß, daß du *jetzt* nicht mehr versuchen wirst, mich zu betrügen.«
»Also höre! Vor allem hast du sofort nach Paris zurückzukehren. Dann begibst du dich zu Madame Fauvel und bist wieder der liebenswürdige gute Sohn. Du erzählst ihr, daß du dich mit mir vollständig überworfen hast, und kannst mich in den schwärzesten Farben malen.«
»Wie, auch vor Madeleine?«
»Auch vor Madeleine. Kennst du nicht die Geschichte jenes Mannes, der Feuer in das Haus seiner Geliebten legen ließ, um sie aus den Flammen retten zu können? Nun, wenn der geeignete Zeitpunkt gekommen sein wird, lasse ich durch dich moralisch Feuer in Madame Fauvels Haus legen und rette dann sie und ihre Nichte. Je schwärzer ich ihnen jetzt erscheine, desto lichter wird ihnen der Rettungsengel erstrahlen. Verstehst du jetzt?«
Die beiden Kumpane verabredeten noch, daß sie einander schreiben, in wichtigen Fällen aber telegraphieren würden. Dann trennten sie sich.
Einige Tage nach Raouls Abreise wurde Gaston plötzlich unwohl. Es flimmerte ihm vor den Augen, Schwindel befiel ihn, daß er kaum aufrecht zu stehen vermochte. Er legte sich zur Ruhe und hoffte, daß der Zustand sich bald bessern würde. Aber im Gegenteil, er verschlimmerte sich. Es stell-

ten sich unerträgliche Kopfschmerzen und ein großes Angstgefühl ein.
Louis tat sehr besorgt und ließ sofort den Arzt rufen. Dieser fand die Sache unbedeutend und verordnete nur einige beruhigende und schmerzstillende Mittel.
Am nächsten Tag fühlte sich Gaston wieder wohler. Er stand auf und ging seiner gewohnten Tätigkeit nach. Aber abends kam erneut ein Anfall, er war sogar weit heftiger als das erste Mal. Als der Arzt ihn untersuchte, fand er zu seiner Verwunderung so beunruhigende Symptome, daß er fragte, ob die verordnete Dosis Morphium überschritten worden wäre. Aber der alte brasilianische Diener, der schon seit zehn Jahren in Gastons Diensten stand und jetzt die Krankenpflege übernommen hatte, versicherte, daß er sich genau an die ärztliche Vorschrift gehalten habe.
Der Zustand Gastons verschlimmerte sich von Tag zu Tag, die Gelenke begannen zu schwellen, die Schmerzen waren qualvoll, und er besaß kaum so viel Kraft, um sich im Bett aufzurichten.
Da gedachte er, sein Haus zu bestellen. Er hatte schon damals, als er nach seiner Rückkehr nach Frankreich erkrankte, ein Testament gemacht und sein Vermögen zu wohltätigen und gemeinnützigen Zwecken bestimmt. Jetzt, da er den Bruder wiedergefunden, wollte er das Testament zu seinen Gunsten ändern und Louis zum Universalerben einsetzen.
Der Notar, der mit der Abfassung des Testaments betraut wurde, war ein findiger Herr. Er sagte Gaston, wenn er seinem Bruder die Hälfte des Vermögens als eine von ihm gemachte Einlage gutschrieb, so hätte Louis später weniger Erbschaftssteuer zu bezahlen.
Gaston war über den Vorschlag sehr erfreut und bat den

Notar, sogleich den diesbezüglichen Vertrag aufzusetzen. Dann ließ er Louis holen, da dessen Unterschrift unerläßlich war.
Als Louis erfuhr, um was es sich handelte, sträubte er sich, es anzunehmen, und zwar in einer Weise, die seine Uneigennützigkeit und sein Zartgefühl ins schönste Licht stellten, ließ sich aber schließlich doch überreden, seinen Namen unter den Vertrag zu setzen.
Die sonderbarsten Gefühle bewegten ihn nun. Er war reich, ungeheuer reich, er hätte nun in Frieden leben können – aber es war zu spät, er konnte nicht mehr zurück, mußte wohl oder übel vorwärts auf der abschüssigen Bahn, auf der er sich befand.
Gastons Zustand besserte sich nicht, aber während der größten Schmerzen sprach er immer von Valentine und seiner Absicht, sobald er wieder gesund wäre, nach Paris zu fahren. Eines Tages sagte er zu Louis: »Ich glaube, der Klimawechsel ist schuld, ich täte vielleicht am besten daran, wieder nach Brasilien zurückzukehren.«
Ja, das war ein Gedanke! Louis stimmte von ganzem Herzen zu und bestärkte ihn nicht nur in seiner Absicht, sondern versprach, ihn zu begleiten.
Er atmete förmlich auf. Wenn Gaston seinen Entschluß ausführte, dann war ja keine Gefahr mehr vorhanden, dann war das – Äußerste nicht nötig!
Und von diesem Tag an besserte sich Gastons Zustand merkwürdigerweise, und nach Verlauf einer Woche konnte er schon auf Louis' Arm gestützt im Garten einige Schritte machen.
Die Genesung schritt langsam, aber stetig voran. Gaston konnte wieder freier atmen, das Angstgefühl war gewichen, und neue Lebensfreude durchströmte ihn. Er sprach viel

von Brasilien und der bevorstehenden Reise. Louis konnte den Tag der Abreise kaum erwarten und nötigte den Bruder, recht gut zu essen, damit er sich rasch kräftige.
Endlich war Gaston so weit hergestellt, daß er das Hüttenwerk wieder besuchen konnte. Als er die Hochöfen in voller Tätigkeit sah und die Arbeiter, die alle an ihm hingen, weil er ihr Freund und Wohltäter war, schlich sich ein leises Bedauern in sein Inneres. Die Arbeit, die er kaum begonnen, die ihm lieb geworden, sollte er verlassen? Sein Entschluß schwankte von Tag zu Tag mehr, und schließlich kam die alte Sehnsucht nach der Jugendgeliebten wieder zurück.
»Nein« sagte er zu Louis, »ich kann Frankreich nicht eher verlassen, bis ich Valentine wiedergesehen habe.«
Und am selben Tag noch schrieb er dem alten Schulfreund und bat um Auskunft.
Dieser Brief aber ist nie an seine Adresse gelangt — Louis hatte ihn selbst zur Post zu tragen.
Unerklärlicherweise bekam Gaston einen Rückfall. Von dem Augenblick an ging es mit ihm rasch zu Ende. Bald stellte sich ein solcher Kräfteverfall ein, daß der Arzt jede Hoffnung aufgab, und wenige Tage später starb Gaston. Jetzt war Louis wirklich Marquis von Clameran und vielfacher Millionär. Nachdem er alle Angelegenheiten geordnet hatte, kehrte er nach Paris zurück.

18.

Raoul war es unterdessen wirklich gelungen, Madame Fauvels Herz wiederzugewinnen. Das war nicht schwer gewesen, denn die Ärmste hatte ja niemals aufgehört, ihn zu lieben. Da er sich nun wieder von der günstigen Seite zeigte,

war sie ganz glücklich. Sie war überzeugt, daß ihr Sohn im Grunde den edlen Charakter seines Vaters besaß und nur Louis' schlechter Einfluß ihn verdarb.
Raoul stellte keine Geldforderungen mehr und spielte seine Rolle so gut, daß er selbst Madeleine täuschte und sie von ihm eine bessere Meinung bekam.
Als Louis endlich aus Oloron zurückkam, erfreute sich Raoul allgemeiner Beliebtheit im Hause Fauvel.
Der Marquis von Clameran bezog trotz seiner Millionenerbschaft vorläufig noch sein altes Quartier im Hotel Louvre. Erst später wollte er sich ein Palais kaufen und glänzend einrichten, als prächtigen Rahmen für seine schöne Frau.
Als Raoul den Onkel besuchte, sagte er: »Ich weiß eigentlich nicht, was du willst, wir sind nun reich, gib mir den versprochenen Anteil und laß uns gehen.»
Aber das war nicht nach Louis' Geschmack. Er hatte das Abenteurerleben satt. Da er nun reich war, würde sich niemand um seine Vergangenheit kümmern. Er wollte in Paris bleiben, eine Rolle spielen, ein großes Haus führen und vor allem Madeleine heiraten.
Darum antwortete er kurz: »Nein, erst an meinem Hochzeitstag bekommst du das Geld – Madeleines ganze Mitgift –, gedulde dich aber.«
Raoul versuchte keine Einwände mehr, er wußte, daß sie vergeblich wären. »Ich bin nur neugierig«, sagte er, »wie du es anstellen wirst, zu erklären, daß du Gastons Erbe bist, nachdem du doch bei Fauvels behauptet hast, du kennst den Menschen gar nicht.«
»Sehr einfach, ich werde sagen, daß Gaston ein natürlicher, im Ausland geborener Sohn meines Vaters gewesen, den er vor seinem Tod heimlich anerkannt habe. Du selbst wirst die Geschichte deiner Mutter erzählen.«

»Das ist höchst genial, aber ... wenn man Erkundigungen einzieht ...?«

»Wer sollte das? Dem Bankier kann es ganz gleichgültig sein, ob er das Geld, das auf dem Namen Clameran bei ihm steht, mir oder einem Fremden auszahlt. Und Madame Fauvel meinst du? Selbst wenn sie einen Verdacht hätte, wird sie sich hüten, etwas gegen uns zu unternehmen.«

»Du magst recht haben, Onkel, aber Geld darf ich jetzt wohl keines mehr von ihr fordern, da du doch reich bist.«

»Warum? Das ist kein Grund. Hast du nicht gesagt, daß wir entzweit sind? Warst du nicht so entrüstet über mich, daß du erklärtest, du würdest lieber verhungern, als etwas von mir anzunehmen? Glaube mir, mein Plan ist gut vorausberechnet, es wird uns alles gelingen.«

»Ich möchte eigentlich nur wissen, wie weit du es noch treiben willst.«

»Die Sache muß sich natürlich entwickeln und kommt dann von selbst ans Ende«, entgegnete der Oheim lächelnd. »Laß uns einmal Rückschau halten und das Ergebnis zusammenfassen: Also, zuerst erschien ich auf der Bildfläche, so ziemlich wie ein Räuberhauptmann und forderte: Die Börse oder – die Ehre! Dann habe ich dich erscheinen lassen. Schon die erste Begegnung war großartig – ganz Cäsar, du kamst, sahst und siegtest. Das Mutterherz war im Sturm erobert.«

»Ja, und ohne dich ...«

»Laß mich ausreden. Der liebevolle, wiedergefundene Sohn – das war der erste Akt. Im zweiten Akt begann der junge Herr den leichtsinnigen Kavalier, den Verschwender hervorzukehren, und das ängstliche Mutterherz wendet sich, trotz ihrer ursprünglichen Antipathie, an den Onkel. Dieser ist moralisch entrüstet und die Mutter froh, den Freund gefunden zu haben. Aber der Sohn bessert sich nicht, und da nun gar der Onkel die Nichte begehrt, wird die Lage immer verwickelter, besonders da das junge Mädchen zwar einwilligt, sich zu opfern, aber die Tante gegen beide einzunehmen weiß. Im nächsten Akt aber erscheint der Sohn wieder, er ist lammfromm, schiebt alle Schuld auf den bösen Onkel und gewinnt wieder das Herz der Mutter.«

»Ja, so weit sind wir im gegenwärtigen Augenblick.«

»Nun muß dem Stück eine neue Wendung gegeben werden, und das wird der letzte Akt sein. Schon morgen wirst du Madame Fauvel erzählen, daß ich meinen natürlichen Bruder entdeckt und beerbt habe. Inzwischen wird der Bankier durch meinen Notar in Oloron verständigt sein, daß das bei ihm hinterlegte Geld mir gehört. Hierauf erscheine ich bei ihm und ersuche, es weiter in Verwahrung zu halten. Und jetzt kommt das Wichtigste. Ich begebe mich zu Madame Fauvel und halte folgende Rede: Verehrte Madame, solange ich mittellos war, sah ich mich leider genötigt, Ihre Hilfe für den Sohn meines Bruders, der auch der Ihre ist, in Anspruch zu nehmen. Leider hat sich der Junge undankbar gezeigt, er hat Ihnen schweren Kummer bereitet, er ist, mit einem Wort, ein Taugenichts. Aber er soll Ihnen nicht länger zur Last fallen, jetzt bin ich reich, und ich komme, Ihnen mitzuteilen, daß ich von nun an allein für Raouls Leben und Zukunft sorgen werde ...«

»Und das nennst du eine dramatische Verwicklung?«

»Warte, das Dramatische kommt noch. Unzweifelhaft wird Frau Valentine von meiner schönen Rede gerührt sein und mich bitten, in meiner Großmut einen Schritt weiter zu gehen und auf Madeleine zu verzichten. Darauf aber erwidere ich: Nein, das kann ich nicht. Sie hielten mich für habgierig, aber ich bin es nicht. Ich liebe Mademoiselle Madeleine um ihrer selbst willen und würde sie auf den Knien bitten, mir die Ehre zu erweisen, Marquise von Clameran zu werden, selbst wenn sie völlig unbemittelt wäre. Und um Ihnen, gnädige Frau, die Aufrichtigkeit meiner Gefühle zu beweisen, gebe ich Ihnen mein Ehrenwort, daß ich am Tage meiner Vermählung mit Mademoiselle Madeleine Raoul eine Anweisung auf eine Jahresrente von fünfundzwanzigtausend Franc übergebe.«

»Bravo! Dieses letzte Argument wird meine Mutter ganz auf deine Seite bringen«, warf Raoul ein.

»Gewiß, damit aber der schönen Madeleine das Opfer nicht gar zu schwer fällt, müssen wir ihren edlen Ritter Bertomy in ihren Augen etwas herabzusetzen suchen. Die Damen müssen erfahren, was für ein schändliches Lasterleben er führt, er spielt, trinkt, lebt im gemeinsamen Haushalt mit einer Dirne ...«

»Die notabene reizend ist, vergiß nicht zu sagen, daß die Dame Gypsy wunderschön ist, das wird eine großartige Wirkung hervorbringen.«

»Sicherlich, ich werde entrüstet sein und vor Tugend triefen. Nun frage ich, können Tante und Nichte einen Augenblick in der Wahl schwanken? Prosper ein Lump und Habenichts, ich der Träger eines glänzenden Namens, Millionär und Großindustrieller und ein so edler Oheim, der dem bösen Neffen nicht nur verzeiht, sondern sogar glänzend für ihn sorgt. Nun, was sagst du?«

»Ich glaube, daß du den richtigen Weg eingeschlagen hast.«

»Ja, aber an *dir* ist es jetzt, weiterzuarbeiten, denn deine neue Rolle beginnt. Sobald dir deine Mama Mitteilung von meinen Vorschlägen gemacht hat – du wirst das Gespräch geschickt zu lenken wissen –, also sobald du erfährst, daß

ich für dich sorgen will, bist du entrüstet und empört. Alle Entbehrungen der Welt, Not und Hunger willst du lieber ertragen, als von einem Mann etwas anzunehmen, den du hassen und verachten gelernt hast und so weiter und so weiter.«
»Sehr gut. In pathetischen Rollen bin ich immer großartig – ich sollte eigentlich zum Theater gehen.«
»Schön, du bist pathetisch und uneigennützig, aber das hindert dich nicht, plötzlich wieder dein verschwenderisches Leben zu beginnen, du wettest, spielst, verlierst und brauchst Geld und immer wieder Geld ...«
»Oh, es widerstrebt mir ...«
»Vergiß nicht, daß ich keine Rechenschaft mehr über das verlange, was du erbeutest, *alles* gehört dir.«
»Ja, dann ist es etwas anderes.«
»Nur verlange ich, daß es schnell geht. In längstens drei bis vier Monaten muß alles, was Tante und Nichte besitzen, in deine Hände übergegangen sein. Sie dürfen kein Geld, keinen Schmuck, nichts Wertvolles mehr haben, müssen völlig ausgeplündert sein.«
Louis hatte diese Worte mit so viel Leidenschaft hervorgestoßen, daß Raoul ihn verwundert ansah. »Sind dir denn die beiden unglücklichen Geschöpfe so verhaßt?«
»Verhaßt!« rief Louis, »du weißt doch, daß ich Madeleine bis zur Raserei liebe!«
»Und da widerstrebt es dir nicht, ihr Kummer zu bereiten?«
»Es muß sein. Am Tag, an dem sie durch dich an den Rand des Abgrundes gebracht werden, an diesem Tag erscheine ich als Retter. Sie haßt mich jetzt, aber mein Edelmut, meine Uneigennützigkeit und vor allem meine große Liebe zu ihr wird sie entwaffnen. Es gibt kein Weib, das einer großen Leidenschaft auf die Dauer widerstehen könnte.«

»Du weißt, daß sie Prosper liebt.«
»Sie wird ihn binnen kurzem verachten lernen«, entgegnete Louis mit seinem bösesten Lächeln. »Du weißt, Bertomy befindet sich auf abschüssiger Bahn, er spielt, und Mademoiselle Nina ist kostspielig – es wird der Tag kommen, wo er mit leeren Händen dastehen wird ... Er ist Kassierer ...«
Raoul protestierte: »Prosper ist ehrlich.«
»Schön, ich will es glauben, aber wenn man Spielschulden hat, die binnen vierundzwanzig Stunden bezahlt werden müssen, da tritt die Versuchung wohl auch an den Ehrlichsten heran. Und – um es kurz zu sagen, er ist mir im Wege, er muß beseitigt werden, muß so dastehen, daß Madeleines Gedanken sich mit Abscheu von ihm wenden. Und mit deiner Hilfe wird es mir gelingen, ihn in den Sumpf, an dessen Rande er ohnehin steht, hinabzustoßen.«
»Du mutest mir da eine Rolle zu, die mir wenig behagt.«
»Möchtest du etwa gar auf einmal den Moralischen spielen? Wenn man so noble Passionen hat wie du und gar keine Mittel, da darf man nicht zimperlich sein, wenn es gilt, im Trüben zu fischen.«
»Ich war leider nie reich genug, um anständig sein zu können«, sagte Raoul seufzend, »aber daß ich zwei wehrlose Frauen foltern und einen armen Teufel, der mich für seinen Freund hält, ins Verderben stürzen soll, das widerstrebt mir aufrichtig.« Louis lachte und spottete über die »Sentimentalität« seines Neffen, wie er es nannte, so lange, bis Raoul darüber in Zorn geriet.
»Genug«, sagte er, »ich weiß genau, daß ich zu weit gegangen bin, um noch zurücktreten zu können. Es bleibt bei unseren Abmachungen.«
Die beiden Spießgesellen trennten sich im besten Einvernehmen.

Schon am nächsten Tag begann Raoul seine neue Rolle. Er wechselte plötzlich sein Betragen, und aus dem rücksichtsvollen Sohn wurde wieder der leichtsinnige Patron, der mit immer neuen und immer unsinnigeren Geldforderungen an die Mutter herantrat.
Sie gab und gab, aber es dauerte nicht lange, so waren ihre Mittel vollständig erschöpft. Auch Madeleine, das Cousinchen, wie er sie nannte, wurde von ihm gebrandschatzt und mußte mit ihren kleinen Ersparnissen und ihrem Taschengeld herhalten.
Um sich Geld für ihren leichtfertigen Sohn zu beschaffen, verfiel Madame Fauvel auf schmähliche Methoden. Sie kaufte die für den Haushalt nötigen Sachen und Lebensmittel entweder auf Kredit, oder sie erhöhte die Rechnungen, die sie ihrem Mann vorlegte, ja, sie erfand sogar Ausgaben, während sie sich in Wirklichkeit auf das Äußerste einschränkte und sich jeden Luxus versagte.
Was kommen mußte, kam. Eines Tages stellte Raoul seine Geldforderung ungestümer denn je, er müsse unbedingt sofort 2 000 Franc haben.
»Aber«, erwiderte Madame Fauvel, »ich besitze nichts mehr, ich habe dir ja alles, alles gegeben – es bleibt mir nur mein Schmuck – wenn er dir helfen kann, so nimm ihn.«
Trotz seiner Schlechtigkeit fühlte Raoul Scham. Er empfand Mitleid mit der gütigen Frau, die er betrog und beraubte – aber er besaß keinen eigenen Willen mehr und mußte den Befehlen eines anderen gehorchen. Er unterdrückte gewaltsam seine bessere Regung und sagte barsch: »Gib mir den Schmuck, ich werde ihn verpfänden.«
Die unglückliche Frau gab ihm ein Etui mit einem herrlichen Diamantenhalsband. Raoul nahm's mit kurzem Dank und trug es ins Leihhaus.

Aber er begnügte sich mit dem einen Stück nicht, nach und nach leerte sich Madame Fauvels Schmuckkästchen. Armbänder, Ringe, Spangen, Ketten, alles, was sie besaß, wanderte ins Leihhaus, und als er sich noch immer nicht befriedigt zeigte, gab Madeleine, der unglücklichen Tante zuliebe, auch ihre kleinen Schätze heraus.

Madame Fauvel weinte still, aber das junge Mädchen zeigte ihm in ihrem Blick so viel Verachtung, daß er errötete.

»Ich kann nicht weiter fortfahren«, sagte Raoul zu seinem Onkel, »wenn es sein muß, will ich auf offener Landstraße die Leute überfallen und ausrauben, aber diese wehrlosen Frauen zu Tode martern, dazu fehlt mir der Mut!«

Clameran zuckte die Achseln. »Sie tun mir auch leid, aber ... Übrigens kann die Geschichte nicht mehr lange dauern, je früher du fertig wirst, desto besser, dann seid ihr alle erlöst.«

Raoul gehorchte, und in der Tat dauerte es nicht lange mehr – der ganze Schmuck war ins Leihhaus gewandert.

Da faßte Madame Fauvel den Entschluß, sich an den Marquis zu wenden. Er hatte sich die ganze Zeit über nicht blikken lassen, da er bei seinem ersten Besuch nach seiner Reise von ihr sehr kühl empfangen worden war. Sie fürchtete sich, Madeleine ihre Absicht mitzuteilen, weil sie auf Widerspruch gefaßt war. Da sie aber nichts ohne ihr Wissen unternehmen wollte, sprach sie doch mit ihr darüber. Zu ihrer Verwunderung war Madeleine sofort damit einverstanden.

»Je früher du mit dem Marquis sprichst, desto besser ist es«, antwortete sie.

Madame Fauvel schrieb sofort an Clameran und ersuchte ihn, sie am nächsten Tag zu erwarten. Zur festgesetzten Stunde erschien sie im Hotel Louvre. Er empfing sie mit ausgesuchter Höflichkeit, doch ließ er durchblicken, daß er sich noch sehr gekränkt fühle, weil sie ihn verkannt habe.

Sie erzählte ihm alles über Raoul, und er schien über das Betragen seines Neffen im höchsten Grade entrüstet. »Ich werde den Schelm schon Mores lehren«, rief er.
Seine Empörung aber kannte keine Grenzen, als ihm Madame Fauvel mitteilte, Raoul wende sich nur deshalb an sie, weil er von ihm nichts annehmen wolle.
»Das ist eine unerhörte Frechheit«, sagte er, »ich habe dem Jungen innerhalb von vier Monaten über zwanzigtausend Franc gegeben, und zwar nur deshalb, weil er immer drohte, sich an Sie wenden zu wollen, wenn ich ihm nichts gebe.«
Madame Fauvels Gesicht drückte Erstaunen und Zweifel aus. Da erhob sich Clameran, öffnete eine Schublade seines Schreibtisches und entnahm daraus Schuldscheine, die alle Raouls Unterschrift trugen. Er zeigte sie ihr, und sie konnte sich überzeugen, daß die Summe dieser Scheine sich auf 23 500 Franc belief.
»Und von mir hat er bare vierzigtausend Franc erhalten, den Schmuck, der über hunderttausend wert ist, nicht eingerechnet«, sagte Madame Fauvel außer sich, »was macht der Unglücksmensch mit dem vielen Geld?«
Clameran zuckte vielsagend die Achseln. Dann versprach er, Raoul noch am selben Tag aufzusuchen und zur Rechenschaft zu ziehen. Schließlich sagte er: »Madame, wenn Sie durch die Schlechtigkeit meines Neffen in momentane Verlegenheit gekommen sein sollten — mein ganzes Vermögen steht zu Ihren Diensten.«
Madame Fauvel lehnte dies Anerbieten zwar mit Dank ab, aber sie war davon gerührt, und als sie nach Hause kam, sagte sie zu Madeleine: »Ich glaube, wir haben uns geirrt, Clameran ist kein schlechter Mensch.«
Aber das junge Mädchen ließ sich nicht so leicht täuschen wie ihre Tante.

Inzwischen waren Clameran und Raoul zusammengetroffen.
»Bravo«, sagte der Oheim, »du hast deine Sache gut gemacht, die Frauen sind vollständig ausgepreßt, jetzt darfst du keinen Heller mehr verlangen, deine Rolle ist ausgespielt.«
»Es ist auch höchste Zeit, denn wahrlich, ich hab sie satt. Aber – was denkst du noch zu tun?«
»Ich habe noch ein Hindernis aus dem Wege zu räumen.«
Raoul verstand, daß er damit Prosper Bertomy meinte.
Clameran hatte es sich leicht gedacht, den jungen Mann zu verderben. Raoul hatte mit Geschick den Verführer gespielt, er zog ihn zu allen kostspieligen Vergnügungen mit, er veranlaßte ihn, hoch zu spielen. Aber da Prosper bei allem leidenschaftslos blieb, verlor er niemals die Herrschaft über sich.
Trotzdem war seine Lage schlimm. Gläubiger drängten ihn, und er mußte zu bedenklichen Mitteln seine Zuflucht nehmen. Allein, er wäre unfähig gewesen, eine Schlechtigkeit zu begehen.
»Es ist umsonst«, sagte Raoul zu Clameran, »wenn du warten willst, bis sich Prosper an der Kasse vergreift, kannst du bis zum Jüngsten Tag warten. Eher schießt er sich eine Kugel in den Kopf.«
»Wir können ja auch das abwarten«, sagte Louis kalt.
Und er wartete.
Inzwischen war Raoul wieder der gute, liebevolle Sohn geworden. Er stellte seine verschwenderischen Gewohnheiten ein und lebte bescheiden. Um seiner Mutter zu zeigen, wie sparsam er sei, gab er seine kostspielige Stadtwohnung auf und bezog, obgleich es Winter war, ein Landhäuschen in Vesinet. Er wollte in der Einsamkeit seine Verirrungen büßen,

sagte er. In Wirklichkeit war es ihm sehr angenehm, sich seine Freiheit zu bewahren und die Besuche seiner Mutter nicht empfangen zu müssen.
Madame Fauvel freute sich über die Wandlung und meinte, eine regelmäßige Beschäftigung würde für Raoul nur vorteilhaft sein. Sie sprach darüber mit ihrem Mann, und dieser erklärte sich mit Vergnügen bereit, den jungen Mann in seinem Geschäft anzustellen.
Er hatte Raoul verschiedene Male nicht unbedeutende Summen vorgestreckt und nahm es der Familie Lagors schon lange übel, daß sie den Jüngling im Müßiggang leben ließ. »Das taugt zu nichts«, sagte er, »ein junger Mensch muß arbeiten, sonst verfällt er auf lauter Dummheiten.«
Und der Bankier bot Raoul eine Stelle in seinem Korrespondenzbüro mit einem Anfangsgehalt von 500 Franc monatlich an.
Raoul freute sich sehr darüber, aber zu seinem eigenen Leidwesen mußte er auf Clamerans ausdrücklichen Befehl ablehnen und sagen, daß er zum Bankgeschäft keine Neigung fühle.
Monsieur Fauvel war über diese Ablehnung sehr verstimmt. Er sagte Raoul unumwunden seine Meinung und gab ihm zu verstehen, daß er künftig nicht mehr auf ihn rechnen könne.
Raoul tat beleidigt und ergriff diesen Vorwand, um seine Besuche einzuschränken. Er kam nur hie und da, wenn er den Bankier nicht zu Hause wußte, und nur, um über die Vorgänge im Haus unterrichtet zu bleiben.
Clameran begann ungeduldig zu werden. Raoul tat sein Möglichstes, um Prosper in die Falle zu locken, aber vergeblich.
Eines Tages kam den beiden Verbündeten der Zufall zu

Hilfe. Raoul hatte ein Spielchen veranstaltet, in dem es um ziemlich hohe Summen ging. Prosper hatte verloren und viel getrunken.

Mademoiselle Gypsy, die mit von der Partie war, wurde gewöhnlich vom Sekt sentimental. Da sie sich über den Mangel an Liebe seinerseits beklagte, verriet er, daß das Codewort der Kasse ihr Name sei.

Raoul begab sich noch in derselben Nacht zu Clameran, um ihm diese wichtige Mitteilung zu machen. Clameran, der zuerst ärgerlich war, weil Raoul ihn geweckt hatte, geriet vor Vergnügen außer sich. »Jetzt haben wir ihn!« rief er voll Schadenfreude. »Monsieur Bertomy ist zu tugendhaft, um sich selber an der Kasse zu vergreifen, aber das Codewort hat der Trunkenbold verraten – das soll er büßen! Aber warum hast du dich nicht des Schlüssels bemächtigt?«

»Es ist nicht nötig, Monsieur Fauvel läßt den seinen gewöhnlich in der Schublade seines Privatschreibtisches, zu dem Madame auch einen Schlüssel besitzt.«

»Schön, du gehst also zu Madame Fauvel und forderst von ihr durch Güte oder mit Gewalt den Kassenschlüssel ...«

»Es wird nicht viel nützen, denn wie ich weiß, duldet der Bankier keine größeren Summen in der Kasse.«

»Ich werde dafür sorgen, daß eine darin ist, ich werde mein Depot für übermorgen früh kündigen, so daß es Prosper schon abends vorher in der Kasse haben wird.«

Raoul war verblüfft. Er fürchtete nur Madame Fauvels Widerstand, aber auch diesen Einwand wußte Clameran zu entkräften. Die beiden Verbrecher saßen noch bis zum frühen Morgen beisammen, um genau festzulegen, wie das schändliche Vorhaben ausgeführt werden sollte. Die Sache mußte rasch ins Werk gesetzt werden, damit Prosper nicht etwa inzwischen das Codewort wechselte. Andererseits aber meinte

Raoul, könne Clameran das Geld nicht ohne weiteres verlangen, da längere Kündigungsfrist vereinbart war.
»Das allerdings«, versetzte Louis, »aber wenn ich Fauvel sage, ich benötige das Geld dringend, er erweise mir damit eine besondere Gefälligkeit, wird er seinen Stolz darein setzen, mir zu zeigen, daß er jederzeit über große Summen verfügt. Wir haben also nur darauf zu achten, daß du Madame Fauvel allein zu Hause findest.«
»Monsieur Fauvel und Lucien sind übermorgen zu einem Freund des Bankiers geladen, und Madeleine hat wie gewöhnlich ihr Lesekränzchen.«
»Also — dann gilt es für übermorgen.«
Als sich die beiden Gesellen trennten, konnte sich Raoul eines unbehaglichen Gefühls nicht erwehren, ihm graute fast vor dem, was ihm bevorstand.
Er war noch jung, kein hartgesottener Verbrecher, ja, manchmal fühlte er das Bedürfnis, ehrlich und anständig zu sein. Er begriff Clameran nicht, daß er ohne Not Verbrechen beging, und er haßte und verabscheute ihn immer mehr. Aber dies sollte das letzte sein. Er nahm sich fest vor, sich dann von Louis für immer zu trennen.
Je näher der Augenblick rückte, desto banger wurde Raoul, und am Abend, als die Tat ausgeführt werden sollte, erklärte er Clameran rundheraus, daß er außerstande dazu sei.
»Zum Teufel«, rief Louis, »fürchtest du dich etwa?«
»Ja«, bekannte Raoul niedergeschlagen, »ich bin kein solcher Henker wie du, ich fürchte mich.«
Die völlige Mutlosigkeit und Niedergeschlagenheit Raouls flößte ihm Besorgnis ein. Im letzten Moment durfte sein kühner Plan nicht an der Torheit eines Knaben scheitern.
Louis redete ihm daher begütigend zu, erinnerte ihn an das Vermögen, das er ihm dann bar auszahlen wolle, versprach

ihm noch mehr und sagte schließlich: »Deine ganze Furcht ist weiter nichts als eine nervöse Anwandlung. Ein Glas Burgunder wird deine matten Lebensgeister wieder auffrischen.«
Er ließ Wein kommen und nötigte Raoul zu trinken. Dieser stürzte rasch einige Gläser des schweren Weines hinunter, aber die Wirkung blieb aus.
Die Uhr im Zimmer schlug die achte Stunde.
»Es ist Zeit«, sagte Louis.
Raoul wurde aschfahl, seine Zähne klapperten. Er wollte sich erheben, aber er vermochte es nicht, die Füße versagten ihm den Dienst. Louis runzelte die Stirn, und seine Augen schossen Blitze. Sollten seine Pläne so elend scheitern? Er wollte auffahren, aber er bezwang sich. Er sah ein, daß er jetzt Raoul nicht reizen durfte, wollte er nicht alles verderben.
Er stand auf und klingelte. Als der Kellner erschien, befahl er: »Eine Flasche Portwein und eine Flasche Rum.«
Nachdem der Kellner das Verlangte gebracht hatte, mischte Louis ein großes Glas und hielt es Raoul hin. »Trink«, sagte er.
Raoul leerte es auf einen Zug. Seine bleichen Wangen röteten sich, er stand auf, schlug auf den Tisch und sagte: »Nun zum Henker, ich bin bereit! Vorwärts!«
Clameran hielt es für geraten, ihn zu begleiten.
Als sie auf die Straße traten, verflog aber im Nu die künstliche Energie, die ihm der Alkohol gegeben. Er schwankte, und Louis mußte ihn stützen und führen. Raoul glich einem Verurteilten auf dem Weg zum Schafott.
Clameran dachte: Wenn er einmal im Haus ist, dann wird sich die Sache ganz von selbst machen. Und laut fragte er: »Hast du alles behalten, was wir ausgemacht haben?«

»Ja, ja.«
»Und den Revolver ...?«
»Ich habe ihn in der Tasche ... laß mich.«
Als sie beim Haus angelangt waren, überfiel Raoul ein neuer Schwächezustand. Er zitterte und konnte sich kaum aufrecht halten. »Nein«, stieß er hervor, »es ist zu schändlich, zu feig! Die arme, unglückliche, gute Frau – ich kann nicht!«
»Wahrlich«, sagte Clameran verächtlich, »ich habe mich in dir getäuscht, weshalb hast du dich in den Handel eingelassen? Wer keine Courage hat, sollte lieber ehrlich bleiben!«
Raoul raffte sich zusammen. Er ging die Treppe hinauf und läutete. Ein Diener öffnete. »Ist die Tante zu Hause?« fragte er.
»Die gnädige Frau ist allein im kleinen Salon«, antwortete der Bediente.
Und Raoul trat ein.

19.

Als Raoul in den kleinen Salon trat, war er so verstört, blickten seine Augen so irr, daß Madame Fauvel erschreckt auffuhr. »Um Gottes willen, Raoul, was ist dir zugestoßen?«
Beim Klang dieser Stimme voll mütterlicher Angst und Zärtlichkeit erbebte der junge Mann, aber er faßte sich.
Es muß sein, sagte er sich und begann seine Rolle zu spielen.
»Was mir geschehen ist, Mutter, fragst du? ... Ein Unglück, aber es wird das letzte sein!«
»Ein Unglück ...?« stieß Madame Fauvel zitternd hervor, »o Raoul ...«

Sie wollte ihn umfassen, aber er drängte sie sanft zurück.
»Ich bin deiner unwürdig, Mutter, berühre mich nicht ...
Ich weiß ja selbst, daß ich schlecht bin und trotz aller guten Vorsätze immer wieder strauchle. – Ach, ich wäre anders geworden, wenn ich immer dich und meinen Vater gehabt hätte. Aber meine Kindheit war einsam. Fremde, die sich wenig um mich kümmerten und mich mir selbst überließen, waren meine Erzieher. Und so bin ich aufgewachsen. Ich bin ehrgeizig und eitel und bin namenlos, ich bin arm und habe Liebhabereien und Laster wie ein Millionär! Als ich dich fand, geliebte Mutter, war es schon zu spät, die bösen Instinkte waren schon zu stark. Dir zuliebe wollte ich mich bessern ... ich habe mich oft aufgerafft, aber ach ... gerade das neue ungewohnte Leben war es, das mich berauschte. Nach so vielen Entbehrungen – ich habe sogar gehungert – konnte ich endlich genießen, und so habe ich den Kopf verloren, mich wie ein Wahnsinniger fortreißen lassen.«
Madame Fauvel hörte stumm zu und fürchtete den nächsten Augenblick, der ihr sicher Schlimmes enthüllen würde.
»Ja«, wiederholte er nach einer Pause, »ich war wahnsinnig und undankbar, ich habe dich durch meine Schlechtigkeit unglücklich gemacht, ich muß mich selber verachten. Ich sehe alles ein, aber ach ... jetzt ist es zu spät.«
»Es ist nie zu spät, ein begangenes Unrecht zu bereuen und gutzumachen, mein liebes Kind«, sagte Madame Fauvel.
»Oh, wenn ich es könnte, aber es ist nicht mehr möglich. Ich bereue, ja, aber meine Besserung hält nicht an. Du weißt es ja, Mutter, ich bin ein schwacher Charakter. Meine Absichten sind immer die besten der Welt, aber ich handle wie ein Schurke ... O Gott, wohin werde ich noch geraten!«
»Sprich, was ist geschehen? Ich will alles wissen«, sagte Madame Fauvel angstbeklommen.

Raoul zögerte. Als sie aber weiter in ihn drang, ihr alles zu gestehen, sagte er mit dumpfer Stimme: »Ich bin verloren.«

»Verloren, du?«

»Ja, denn ich bin entehrt ... durch eigene Schuld!«

»O Gott!«

»Fürchte nichts, Mutter, ich werde den Namen, den du mir gegeben, nicht in den Schmutz ziehen. Ich habe wenigstens den Mut, meine Schande nicht zu überleben, und es ist besser, ich verschwinde aus einer Welt, in die ich mich nur eingeschmuggelt habe. – Hast du nicht meine Geburt verfluchen müssen? Habe ich dich nicht unzählige Tränen gekostet? Mutter, ich bin ein Unglücksmensch, und darum ist es am besten, ich sterbe.«

»Du willst sterben?«

»Ja, Mutter, es muß sein, die Ehre gebietet es.«

»Was hast du getan?« fragte sie leise.

»Etwas Ungeheuerliches, Mutter, ich habe fremdes, anvertrautes Geld verspielt.«

»Ist die Summe groß?«

»Nicht übermäßig, aber wir können sie nicht auftreiben. Arme Mutter, habe ich dir nicht schon dein letztes Schmuckstück entrissen wie ein Räuber?«

»Aber der Marquis ist reich, er hat mir sein Vermögen zur Verfügung gestellt, ich will sofort zu ihm fahren.«

»Mein Onkel ist verreist und kommt erst in acht Tagen zurück. Ich muß aber heute gerettet werden, oder ich bin verloren. Mit zwanzig Jahren hängt man freilich am Leben, aber wenn es sein muß ... ich bin vorbereitet ...« Und mit diesen Worten zog er einen Revolver hervor, lächelte traurig und sagte: »Das ist die beste Arznei für mich.«

Madame Fauvel erschrak. »Um Gottes willen, sprich nicht

so. Mein Mann wird bald nach Hause kommen, ich will ihm sagen, ich brauche Geld. – Wieviel ist es?«
»Dreißigtausend Franc.«
»Du sollst sie morgen haben.«
»Ich brauche sie heute noch.«
»Heute?« rief Madame Fauvel außer sich. »Warum bist du nicht früher gekommen, ich hätte den Kassierer ersucht ... aber jetzt ist er längst fort.«
»Die Kasse!« rief Raoul, als wenn ihm plötzlich ein Gedanke käme. »Weißt du, wo der Schlüssel ist?«
»Ja.«
»Nun, dann ...«
»Sprich nicht weiter!«
Er warf sich ihr zu Füßen. »Mutter, soll ich sterben?«
Ohne eine Antwort erhob sich Madame Fauvel und holte den Schlüssel aus der Schreibtischlade. Als Raoul danach greifen wollte, schrak sie zusammen. »Nein, nein, es ist unmöglich, es kann, es darf nicht sein.«
Raoul machte keinen weiteren Versuch. »Du hast recht«, sagte er traurig. »Ich gehe, lebe wohl, Mutter, und gib mir einen letzten Kuß.«
»Raoul ... bleibe noch ... Was nützt dir auch der Schlüssel, du kennst ja das Codewort nicht ...«
»Laß es mich immerhin versuchen.«
»Aber selbst, wenn du öffnen könntest – André läßt nie viel Geld in der Kasse.«
»Laß mich's doch versuchen. Wenn ich wie durch ein Wunder öffnen kann und Geld in der Kasse ist, dann soll es uns ein Beweis sein, daß Gott Mitleid mit uns hat.«
»Wenn es dir aber nicht gelingt, schwörst du mir, Raoul, daß du nichts Gewaltsames gegen dich unternimmst, sondern bis morgen, bis ich mir Geld beschafft habe, warten willst?«

»Ich schwöre bei dem Andenken meines Vaters.«
Madame Fauvel gab ihm den Schlüssel und führte ihn zitternd durch das Arbeitszimmer ihres Mannes, die Wendeltreppe hinab zur Kasse.
Unterwegs beruhigte sie sich etwas. Das Wunder, das Raoul erhoffte, war unmöglich: ohne Codewort war die Kasse nicht zu öffnen, und selbst wenn – es waren keine 30 000 Franc darin. Madame Fauvel fürchtete nur eins – den erneuten Verzweiflungsausbruch ihres Sohnes.
Als sie im Kassenzimmer angelangt waren, stellte Raoul die Lampe, die er trug, so hoch, daß sie den ganzen Raum erhellte. Dann trat er an die Kasse und schob die Buchstaben auf dem Schloß, bis sie den Namen Gypsy bildeten. Dabei war er von der Angst gepeinigt, daß Prosper etwa das Stichwort geändert haben könnte, als er den großen Geldvorrat verwahrte.
Als Prospers Freund wußte er genau, wie er den Schlüssel zu handhaben hatte. Er hatte ihn oftmals nach Schluß des Geschäfts abgeholt und gesehen, wie er die Kasse öffnete und schloß.
Mit Angst und Herzklopfen führte er jetzt den Schlüssel zur Hälfte ein und drehte, dann schob er ihn weiter hinein und drehte zum drittenmal – die Kasse sprang auf.
Mutter und Sohn stießen gleichzeitig einen Schrei aus. Der seine klang wie Triumph, der ihre war ein Schreckenslaut.
»Schließ zu, schließ zu«, rief sie außer sich, »laß sein, komm, komm.« Und wie wahnsinnig stürzte sie sich auf Raoul, umklammerte seinen Arm und zog ihn mit solcher Heftigkeit an sich, daß der Schlüssel, den er noch in der Hand hielt, aus dem Schloß an der Schranktür herabglitt, wobei er einen tiefen Strich durch den Firnis zog.
Raoul aber hatte schon das Päckchen Banknoten im unteren

Fach liegen sehen. Er ergriff es hastig mit der linken Hand und schob es zwischen Weste und Hemd.
Madame Fauvel ließ seinen Arm los, faltete die Hände und bat flehentlich: »Ich beschwöre dich, Raoul, gib das Geld zurück, ich will dir morgen zehnmal mehr verschaffen, nur das tue nicht, um Gottes willen nicht!«
Raoul hörte nicht auf sie, mit Gemütsruhe schloß er die Kasse sorgfältig wieder zu.
»Raoul, nimm wenigstens nicht mehr, als du brauchst. Ich werde es dann auf mich nehmen, meinem Mann zu sagen ...«
»Komm«, unterbrach er sie, »wir dürfen nicht länger hier weilen, man könnte uns überraschen oder der Diener zufällig in den Salon kommen und sich über unsere Abwesenheit wundern.«
Madame Fauvel war über Raouls plötzliche Kaltblütigkeit entrüstet. »Oh, wenn nur André käme, mir wäre es recht«, rief sie außer sich, »ich würde ihm alles sagen, damit er nicht etwa morgen den armen Prosper verdächtigt. Nein, einen Unschuldigen lasse ich nicht opfern, das geht zu weit!«
Sie hatte mit so lauter Stimme gesprochen, daß Raoul Angst bekam. Wenn ein Bürodiener in der Nähe wäre und sie hörte!
»Komm«, sagte er, ergriff Madame Fauvel am Arm und versuchte, sie fortzuziehen.
Aber sie sträubte sich und klammerte sich an einen Tisch. »Nein, ich gehe nicht früher, als bis du das Geld in die Kasse zurückgelegt hast.«
Raoul lachte höhnisch auf. »Aber begreifst du denn nicht, daß ich mit Prosper im Einverständnis handle, daß er mich geschickt hat und die Beute mit mir teilen will?«

»Das ist nicht wahr, Prosper ist ehrlich.«
»Ei, bin ich es etwa nicht? Aber wir brauchen Geld!«
»Du lügst, Prosper ist unschuldig.«
»So, also glaubst du wirklich, daß das Geld nur zufällig in der Kasse war und ich das Codewort erraten habe? Nein, meine teure Mutter, dein tugendhafter Prosper hat alles vorbereitet und mir das Codewort gesagt.«
Raoul ergriff die Lampe und drängte Madame Fauvel zur Treppe. Die letzte Mitteilung ihres Sohnes hatte sie so erschüttert, daß sie jeden Widerstand vergaß. Sie schwankte, und Raoul mußte sie stützen und führen. Oben angelangt, gab er ihr den Schlüssel, damit sie ihn in die Lade zurücklege. Er mußte die Aufforderung zweimal wiederholen, sie schien kaum zu hören. Endlich gehorchte sie mechanisch.
Dann führte er sie in den kleinen Salon zurück und setzte sie in einen Lehnsessel. Die Frau starrte mit leeren Augen vor sich hin, und Raoul fürchtete für ihren Verstand.
»Komm zu dir, geliebte Mutter«, sagte er und versuchte, ihre kalten Hände zu erwärmen, »glaub mir, es ist nichts Schlimmes geschehen, im Gegenteil. Du hast mir das Leben gerettet und Prosper einen ungeheuren Dienst erwiesen. Er ist zwar gefaßt, daß man ihn verhaften wird, aber da sich seine Schuld nicht beweisen läßt, muß er freigesprochen werden.«
Raoul sprach noch lange auf seine Mutter ein, aber sie schien nicht zu hören oder nicht zu verstehen. Sie wiederholte nur von Zeit zu Zeit: »Das ist mein Tod, das überlebe ich nicht.«
Ihre Stimme war gebrochen und klang so verzweifelt, daß Raoul von Mitleid ergriffen wurde. Schon wollte er ihr das Geld zurückgeben, da aber dachte er an Clameran, und seufzend erstickte er seine bessere Regung.

Es war Zeit für ihn, sich zu entfernen. Wie leicht konnte Madeleine, konnte der Bankier nach Hause kommen und Aufklärung über den Zustand Madame Fauvels verlangen.
Er drückte daher einen leisen Kuß auf die Stirn seiner Mutter und entfernte sich verstohlen.
Clameran erwartete seinen Spießgesellen mit größter Ungeduld. Als er endlich erschien, eilte er ihm erregt entgegen und fragte nur: »Nun?«
»Es ist nach deinem Wunsch geschehen, und dir danke ich es, daß ich der niederträchtigste Schurke von der Welt bin!«
Er zog das Päckchen mit den Banknoten hervor, warf es auf den Tisch und sagte: »Da hast du das Geld, das drei Menschen die Ehre, vielleicht das Leben kostet!«
Clameran achtete nicht auf die Worte Raouls, er betastete fieberhaft die Scheine. »Endlich«, sagte er, »nun ist Madeleine mein!« Dann wandte er sich an Raoul und fragte lächelnd : »War es schwer?«
»Ich verbiete dir«, rief Raoul außer sich, »hörst du wohl, ich *verbiete* dir, je wieder von diesem Abend zu sprechen. Ich will ihn vergessen!«
Clameran zuckte die Achseln. »Wie du willst«, sagte er ruhig, »aber vielleicht verschmähst du dies Andenken doch nicht. Nimm, es sind dreihundertfünfzigtausend Franc, sie gehören dir.«
»Unserem Vertrag nach gebührt mir weit mehr«, versetzte Raoul.
»Es soll auch nur eine Abschlagszahlung sein. Das übrige bekommst du, wie vereinbart, an meinem Hochzeitstag.«
»Schön, ich will mich gedulden, aber das sage ich dir: mute mir keine Schurkereien mehr zu, ich würde mich entschieden weigern, noch mehr solche Aufträge wie den heutigen auszuführen.«

»Nein, sei ohne Sorge, du kannst dir jetzt den Luxus, moralisch zu werden, gönnen. Deine Rolle ist zu Ende, nun trete ich auf den Plan.«

20.

Eine Stunde war verflossen, seit Raoul sich entfernt hatte, und Madame Fauvel saß noch immer in völliger Erstarrung da, unfähig, sich zu regen, unfähig zu denken.

Erst nach und nach wurde ihr ihre Lage bewußt. Jetzt begriff sie, daß sie sich von Raoul hatte schmählich betrügen lassen, daß er sie kaltblütig gefoltert und auf ihre blinde Mutterliebe gerechnet hatte. Ob Prosper wirklich Raouls Mitschuldiger war? Sie mußte es annehmen nach dem, was ihr Sohn ihr gesagt hatte. Und nun quälte sie auch noch eine andere Frage: konnte, durfte sie Madeleine von dem Vorgefallenen verständigen?

Nach langen Erwägungen beschloß sie, das fürchterliche Erlebnis geheimzuhalten.

Sie begab sich zur Ruhe, noch ehe die Ihren heimkehrten. Aber *Ruhe* fand sie nicht.

Die ganze Nacht war für sie eine endlos lange, unerträgliche Qual. Und so lang sie schien, so fürchtete sie doch den kommenden Tag. Sie zählte die Stunden.

Der Tag kam, sie wollte sich erheben, vermochte es aber nicht. Sie fühlte sich unsäglich schwach. Sie sank in ihre Kissen zurück und erwartete schaudernd, was kommen mußte.

Madeleine war auf die Mitteilung der Kammerfrau, daß die gnädige Frau sehr unwohl sei, besorgt herbeigeeilt. Sie fand den Zustand der Tante so bedenklich, daß sie den Onkel verständigen wollte, und entfernte sich, um ihn zu holen. Nach einigen Minuten aber erschien sie wieder. Sie war bleich wie der Tod und bebte am ganzen Leibe.

»Weißt du, was vorgeht, Tante? Man beschuldigt Prosper eines Diebstahls, und er soll verhaftet werden!«

Madame Fauvel stöhnte.

»Der Marquis oder Raoul haben da ihre Hand im Spiel«, fuhr Madeleine erregt fort.

»Wie wäre das möglich?«

»Das weiß ich nicht, aber Prosper ist unschuldig, ich habe ihn eben gesprochen – er hätte es nicht gewagt, mir in die Augen zu sehen, wenn er schuldig wäre.«

Schon öffnete Madame Fauvel den Mund, um ihrer Nichte alles zu sagen, als der Bankier eintrat.

»Der Elende ...«, stammelte er zitternd vor Wut, »er wagt es, mich zu verdächtigen ... und dieser Marquis von Clameran, der meine Solvenz in Zweifel zieht ...« Und mit kurzen Worten erzählte er, was sich zugetragen hatte. »Aber ich habe es längst kommen sehen«, schloß er, »bei dem schlechten Lebenswandel, den Prosper seit Jahr und Tag führt!«

Am Nachmittag, Monsieur Fauvel befand sich in seinem Arbeitszimmer, meldete der Diener plötzlich den Marquis von Clameran. Der Bankier war über diese Frechheit empört, doch bezwang er sich und sagte: »Ich lasse bitten.«

Der Diener kam zurück und sagte, der Herr Marquis sei unten im Büro und lasse Monsieur Fauvel bitten, seinen Besuch dort zu empfangen.

Fauvel war über diese Zumutung entrüstet, und ohne seinen Zorn zu verbergen, begab er sich hinab. »Was wünschen Sie, Marquis?« fragte er barsch. »Sie haben ja ihr Geld erhalten.«

»Sie sind mir böse, Monsieur Fauvel«, entgegnete Clameran

mit ausgesuchter Höflichkeit, »und ich habe es verdient. Ich habe Ihnen unrecht getan, und ich komme, um Abbitte zu leisten. Ich habe Sie ersuchen lassen, mich hier zu empfangen, weil ich wünschte, daß die Herren hier, die heute morgen Zeugen meines ungerechtfertigten Betragens waren, auch hören sollen, daß ich Sie bitte, meine Entschuldigungen entgegenzunehmen.«

Clamerans gegenwärtiges Betragen stand so im Gegensatz zu seinem sonstigen Hochmut, daß Fauvel äußerst überrascht war. »Ich muß gestehen«, entgegnete er, »Ihre Anspielungen, Ihre Zweifel ...«

»Nochmals bitte ich, verzeihen Sie. Ich war ärgerlich, erregt, und verlor die Herrschaft über mich selbst. Trotz meiner grauen Haare bin ich noch heftig und unbedacht wie ein Jüngling. Aber ich bereue mein Vorgehen, ich versichere es Ihnen.«

Fauvel, der selbst jähzornig war, aber seine Heftigkeit stets gleich bereute, hatte Verständnis für Clamerans Betragen, und da er ihm jetzt mit solcher Herzlichkeit entgegenkam, war er entwaffnet. Er streckte dem Marquis die Hand entgegen und sagte: »Es sei alles vergessen, Marquis.«

Sie unterhielten sich noch einige Minuten, dann erklärte Clameran, daß er sich gern bei Madame Fauvel melden lassen möchte, aber fürchte, vielleicht lästig zu fallen. »Madame ist sicher sehr aufgeregt wegen der peinlichen Angelegenheit«, sagte er.

»Ja, aber ein wenig Zerstreuung wird ihr gut tun, und sie wird sich über Ihren Besuch freuen. Ich aber muß leider wegen der unseligen Sache aufs Polizeikommissariat.«

Madame Fauvel hatte ihr Zimmer verlassen und lag nun im kleinen Salon auf dem Sofa. Madeleine saß neben ihr.

Als der Marquis gemeldet wurde, fuhren beide empor.

Er trat ernst und gemessen ein und verneigte sich grüßend. Madame Fauvel bot ihm Platz an, aber er blieb stehen. »Sie werden mich entschuldigen, meine Damen, wenn ich Sie störe, aber ich habe eine Pflicht zu erfüllen ...«

Und da er keine Antwort erhielt, fügte er leise hinzu: »Ich weiß *alles.*«

Madame Fauvel sah nun voraus, daß er das Geheimnis vor Madeleine enthüllen würde, und sie machte eine Bewegung, als wollte sie ihn am Sprechen hindern. Er aber schien es nicht zu bemerken, er wandte sich an Madeleine und sagte: »Erst seit einer Stunde weiß ich das Fürchterliche, weiß, daß Raoul seine Mutter zwang, ihm den Kassenschlüssel auszuliefern und ...«

Entsetzt sprang Madeleine auf. Sie faßte die Tante am Arm und sagte tonlos: »Ist das wahr?«

Madame Fauvel stöhnte und barg ihr Gesicht in den Händen.

»Und du hast zugeben können, Tante, daß Prosper angeklagt und ins Gefängnis geworfen wurde?«

»Prosper machte gemeinsame Sache mit Raoul«, sagte Madame Fauvel leise.

»Wie, das kannst du glauben?« rief Madeleine empört.

»Unglücklicherweise ist das, was Ihre Tante sagt, die reine Wahrheit«, fiel Clameran ein. »Wer anders als er hat das Codewort verraten, wer das Geld in der Kasse gelassen?«

Diese Einwände schienen auf Madeleine keinen Eindruck zu machen. Sie sah den Marquis verächtlich an und fragte: »Wissen Sie etwa, was aus dem Geld geworden ist?«

Diese Beleidigung traf Clameran wie ein Schlag ins Gesicht, aber er faßte sich sogleich und sagte: »Es wird der Tag kommen, Mademoiselle, an dem Sie bereuen werden, so ungerecht gegen mich gewesen zu sein. Ihnen aber, Madame, bin ich noch Aufklärung über den Zweck meines Besuches schuldig ... Ich komme, um Ihnen zu sagen, daß ich mich als Onkel und Vormund verpflichtet fühle, den durch Raoul angerichteten Schaden gutzumachen. Mein Neffe hat dreihundertfünfzigtausend Franc entwendet. Ich bringe Ihnen diese Summe – es ist mehr als die Hälfte meines Vermögens, aber ich würde freudig alles, was mir noch bleibt, hergeben, wenn ich dadurch Raouls Besserung erkaufen könnte ...«

Madame Fauvel war gerührt.

»Nun sind wir gerettet, ich danke Ihnen, Marquis«, sagte sie, indem sie ihm die Hand entgegenstreckte. »Sie sind gut, Sie sind edel!«

Aber Madeleine war nicht so leicht gewonnen. »Was sollen *wir* mit dem Geld?« fragte sie.

»Madame Fauvel wird es ihrem Gatten zurückerstatten.«

»Das ist unmöglich, die Tante müßte Raouls Verbrechen eingestehen, sich selbst anklagen – das kann nicht, darf nicht geschehen. Nehmen Sie Ihr Geld zurück, Marquis, Ihre ... Großmut kann uns nicht helfen.«

Clameran verbeugte sich. »Ich verstehe Ihre Weigerung und gehorche. An mir aber wird es sein, den geeigneten Weg, das Geld zurückzuerstatten, ausfindig zu machen. Sie wissen nicht, Mademoiselle, wie schmerzlich mir Ihre Ungerechtigkeit ist«, sagte er, »ich habe, nach dem Versprechen, welches Sie die Güte hatten, mir zu geben, auf einen anderen Empfang gehofft.«

»Mein Versprechen werde ich halten, aber erst, wenn ich sichere Bürgschaft habe.«

»Bürgschaft? Welche Bürgschaft und wofür?«

»Wer bürgt mir, daß nach meiner Verheiratung Raoul seine Mutter nicht aufs neue bedroht? Sie wollen ihm meine Mit-

gift geben. Aber für einen Verschwender seiner Art ist dies Geld wie ein Tropfen auf einen heißen Stein. Stehen Sie mir gut dafür, daß die Tante vor ihm für immer Ruhe hat? Und wie kann ich Ihnen glauben?«
»Was soll ich nur tun, um Sie von der Ehrlichkeit meiner Gesinnungen zu überzeugen? Soll ich versuchen, Monsieur Bertomy zu retten?«
»Ich danke für Ihr Anerbieten«, entgegnete Madeleine kalt. Wenn Prosper schuldig ist, mag er zugrunde gehen, ist er unschuldig, so wird Gott ihn beschützen.«
Clameran verbeugte sich stumm und ging, da sich die Damen zur Verabschiedung erhoben hatten.
Das Mädchen hat Charakter, dachte er, und ich liebe sie wahnsinnig. Sie ist so schön, so stolz! Sie muß mein werden! Aber wie kann ich ihr die verlangte Bürgschaft geben, wie beweisen, daß Raoul seine Mutter nicht mehr quälen wird?
Clameran war wütend. So nahe am Ziel, gab es ein neues Hindernis. Raoul stand ihm im Wege – der Bursche mußte einfach beseitigt werden! Freilich, er war mißtrauisch und klug, es würde keine leichte Arbeit sein. Allein, was half es – es mußte sein!
Madeleine freute sich über ihren glücklichen Einfall. Nun hielt sie Clameran in Schach. Sie hatte Zeit und damit viel gewonnen.
Durch Monsieur Fauvel erfuhren sie und die Tante das Ergebnis der Untersuchung gegen Prosper. Sie wußten, daß er jede Schuld in Abrede stellte und schließlich wegen Mangel an Beweisen freigelassen worden war.
Madame Fauvel glaubte an Prospers Schuld, ja, sie hielt ihn sogar für den Verführer ihres trotz alledem teuren Sohnes.

Madeleine dagegen war von Prospers Schuldlosigkeit in ihrem innersten Herzen überzeugt, und als sie von seiner Freilassung erfuhr, erbat sie sich von ihrem Onkel – für einen wohltätigen Zweck, wie sie sagte – 10 000 Franc, die sie Prosper zukommen ließ. In dem Begleitbrief, zu dem sie Buchstaben aus ihrem Gebetbuch schnitt, empfahl sie ihm, Frankreich zu verlassen und jenseits des Ozeans ein neues Leben zu beginnen.

Ein ihr vielleicht selbst nicht ganz klarer Gedanke leitete sie. Sie wollte, falls sie genötigt war, den verhaßten Clameran zu heiraten, den geliebten Mann weit entfernt wissen.

Unterdessen stellten sich für Madame Fauvel die Folgen ihrer allzu großen Freigebigkeit gegen Raoul ein. Die Lieferanten, die sich lange geduldet hatten, drängten endlich auf Bezahlung ihrer Rechnungen und drohten, sich an den Bankier selbst zu wenden.

Dazu kamen Toilettensorgen. Die beiden Damen hatten allerlei Vorwände gebraucht, um keine Bälle und Gesellschaften besuchen zu müssen – nur um keine Ausgaben zu haben. Aber nun fand der Ball bei Fauvels bestem Freund, Jandidier, statt, und sie konnten sich nicht weigern hinzugehen.

Woher aber sollten sie Geld für die Kostüme nehmen? Sie schuldeten der Schneiderin eine bedeutende Summe.

Da kam ihnen unerwartet Hilfe. Madeleines neues Kammermädchen Anna erzählte ganz zufällig von einer geschickten Schneiderin, die erst Anfängerin war, aber genügend Kapital besaß, um Stoffe und alles liefern zu können. Diese Schneiderin würde glücklich sein, durch die Kundschaft der Damen Fauvel zu Ansehen zu gelangen.

Das war ein Ausweg, aber nun fehlte es ihnen an Schmuck. Sollte Madame Fauvel ohne ihre Brillanten zum Ball gehen?

Auch Madeleines Kostüm als Edeldame erforderte Geschmeide.
Da kam das junge Mädchen auf den Gedanken, Raoul solle von dem gestohlenen Geld wenigstens so viel hergeben, um den Schmuck auslösen zu können.
»Schreibe Raoul, daß du ihn zu sprechen wünschst«, sagte sie zu Madame Fauvel, »dann fahre ich hin.«
Und in der Tat, am nächsten Abend fuhr das tapfere Mädchen nach Vesinet. Aber ihr Schritt war nutzlos. Raoul behauptete, mit Prosper geteilt, seinen Anteil aber schon verschwendet zu haben. Auch die Pfandscheine wollte er nicht herausgeben – er handelte nach Clamerans strenger Weisung –, und es gelang Madeleine nur, ihm einige, die geringe Schmuckgegenstände betrafen, zu entreißen. Was hätten ihr auch alle geholfen, da sie doch nicht das Geld besaß, die Kostbarkeiten auszulösen. Madame Fauvel mußte ohne Schmuck auf den Ball gehen.
Clameran und Raoul stritten ständig miteinander. Aber angesichts einer gemeinsamen Gefahr söhnten sie sich wieder aus.
Der geheimnisvolle Bajazzo und seine Andeutungen erschreckten sie so sehr, daß sie ihn zu ermorden versuchten. Als ihr Attentat vereitelt war und sie gar seine Spur verloren hatten, überfiel sie Angst.
»Wir müssen auf der Hut sein«, sagte Clameran, »ich fürchte, wir erfahren nur zu bald, wer der Mann ist.«
Raoul bat und beschwor Louis, auf Madeleine zu verzichten. »Noch ist es Zeit, komm, fliehen wir.«
»Nein«, versetzte Clameran leidenschaftlich, »Madeleine muß mein werden, oder ich gehe zugrunde.«
Und ruhiger geworden, fügte er hinzu: »Fürchte nichts, wir sind ja jetzt gewarnt – uns kann nichts geschehen!«

21.

Verduret schloß das Manuskript, hob den Kopf und blickte Prosper lächelnd an. »Nun, was sagen Sie dazu?«

Prosper hatte fassungslos zugehört. Wie war es dem Mann nur möglich gewesen, all dies in so kurzer Zeit in Erfahrung zu bringen! Verwundert fragte er Verduret.

»Ja«, antwortete dieser heiter, »man kann viel leisten, wenn man nur den guten Willen dazu hat. Und nun, lieber Freund, freuen Sie sich, noch ehe acht Tage ins Land gehen, habe ich unsere beiden Spitzbuben ins Garn gelockt. Ihre Ehre ist wiederhergestellt, und ich habe mein Versprechen, das ich Ihrem Vater gab, eingelöst.«

»Wie kann ich Ihnen danken?«

»Danken Sie mir nicht, erzählen Sie mir lieber, was Sie die ganze Zeit über gemacht haben.«

Prosper wurde verlegen. Er hätte seinen törichten Streich gern verheimlicht, aber er sah ein, daß er das nicht durfte, vielmehr dem Mann, der sich seiner in so selbstloser Weise annahm, die Wahrheit schulde.

»Ach Gott, ich war ein Narr«, sagte er, »ich habe in der Zeitung die Verlobungsanzeige Madeleines gesehen ...«

»Nun, und?« fragte Verduret besorgt.

»Und da habe ich Monsieur Fauvel einen anonymen Brief geschrieben ...«

Verduret schlug mit der Faust grimmig auf den Tisch. »Sie Unglücksmensch«, rief er zornig, »nun haben Sie mir vielleicht alles verdorben!«

»Aber ...«

»Schweigen Sie! Wollen Sie Ihre Dummheit etwa gar noch rechtfertigen? Was hatte ich Ihnen denn ausdrücklich gesagt?«

»Ich sollte mich ruhig verhalten.«

»Nun – und?«

»Es war abends«, berichtete Prosper kleinlaut, »ich hatte von der Zimmerluft Kopfschmerzen und ging ein wenig spazieren. Unseligerweise bekam ich Lust, in ein Kaffeehaus einzutreten. Da las ich in der Zeitung die Unglücksnachricht und habe den Kopf verloren ...«

»Hatte ich Sie nicht gebeten, Vertrauen zu mir zu haben?«

»Ja, aber Sie waren fort, ich fürchtete, die Ereignisse würden Sie überraschen ...«

»Nur Dummköpfe lassen sich von Unvorhergesehenem überraschen und aus der Fassung bringen«, versetzte Verduret kurz. »Sie haben mir mit Ihrer Voreiligkeit einen schlechten Dienst erwiesen und sich selbst auch. Aber da der Fehler nun einmal geschehen ist, müssen wir wenigstens trachten, die Folgen so gut als möglich abzuwenden. – Wann haben Sie den Brief aufgegeben?«

»Gestern abend. Ich bereute es sogleich.«

»*Vorbedacht* wäre gescheiter gewesen als nachträgliche Reue. – Fauvel dürfte also den Brief mit der heutigen Morgenpost erhalten haben. Wo ist er um diese Zeit?«

»In seinem Arbeitszimmer.«

»Also war er allein. – Können Sie sich an den genauen Wortlaut Ihres sauberen Schreibens erinnern?«

»Ja, ich schrieb: Sie haben Ihren Kassierer dem Gericht überliefert, weil Sie ihn für unredlich hielten. Aber wenn Sie meinen, daß er Ihre Kasse beraubte, glauben Sie, daß auch er es war, der die Diamanten Ihrer Frau ins Leihhaus getragen? An Ihrer Stelle würde ich die Sache nicht wieder bei Gericht anzeigen, sondern vorher ein wenig meine Frau überwachen, auch würde ich, aufrichtig gestanden, dem fremden, plötzlich dahergeschneiten Neffen etwas mißtrauen. Was aber den ehrenwerten Herrn Marquis von Clameran betrifft, so täten Sie vielleicht gut, ehe Sie den Heiratskontrakt Ihrer Nichte unterzeichnen, sich auf der Polizei nach ihm zu erkundigen. Ein Freund. – Dies ist der genaue Wortlaut.«

»Ein richtiger anonymer Brief – ganz niederträchtig.!« rief Verduret. »Die Wirkung des Briefes muß schrecklich gewesen sein … Ist Fauvel heftig?«

»Furchtbar heftig und jähzornig.«

»Dann ist die Sache vielleicht wiedergutzumachen.«

»Sie meinen? Ich fürchte im Gegenteil, ebendarum …«

»Ich meine, jeder gebildete Mensch von hitzigem Temperament kennt sich selbst und versucht, der ersten Aufregung nicht nachzugeben. Wenn sich aber Fauvel nicht beherrschen konnte, wenn er sofort zu seiner Frau gestürzt ist und gefragt hat: Wo sind deine Diamanten – dann ist alles verloren …«

»Wieso?«

»Wenn es zwischen dem Ehepaar Fauvel zur Aussprache kommt, uns unsere beiden Galgenvögel davonfliegen, und das wäre aus mehrfachen Gründen fatal. Übrigens muß ich noch einiges in Erfahrung bringen – wir wissen noch nichts über Raouls Vorleben. Ich habe in London Verbindungen – in den nächsten Tagen erwarte ich Antwort auf meine Fragen. Aber jetzt, lieber Prosper, lassen wir das Plaudern, es gibt noch mancherlei zu tun.«

Verduret läutete. Madame Alexandrine erschien in eigener Person. »Ich muß sobald als möglich Ihren … will sagen Josef Dubois und Mademoiselle Anna sprechen. Und jetzt möchte ich mich ein wenig ausruhen, ich habe drei Nächte nicht geschlafen. Sie erlauben wohl«, sagte

er zu Prosper und warf sich ohne Umstände angekleidet auf dessen Bett. »Wenn jemand kommt, wecken Sie mich.«
Fünf Minuten später schlief er fest.
Prosper, der ebenfalls die ganze Nacht kein Auge geschlossen hatte, warf sich in einen Lehnstuhl. Aber er fand keinen Schlaf, zu lebhaft beschäftigte ihn der Gedanke, wer nur sein Retter sein mochte.
Verduret hatte kaum ein Stündchen geschlafen, als es an der Tür pochte und Josef, der Bediente Clamerans, eintrat.
»Endlich sind Sie wieder da, Meister«, rief er, »es ist, glaub ich, die höchste Zeit. Wenn Sie die Vögel fangen wollen, müssen Sie sich beeilen, denn ich glaube, die Kerle haben nicht übel Lust fortzufliegen.«
»Zum Teufel! Da hast du wohl eine Unvorsichtigkeit begangen?«
»Sie sind seit dem Ball schon etwas unruhig. Der Bajazzo will ihnen nicht aus dem Kopf. Aber gestern hat sich etwas ereignet ...«
»Was? Mach rasch.«
»Gestern kommt es meinem Marquis in den Sinn, seine Papiere im Schreibtisch in Ordnung zu bringen. Plötzlich stößt er einen Fluch aus. Er besieht die Papiere nochmals, beschnüffelt sie sogar, und auf einmal fährt er mit funkelnden Augen in die Höhe und stürzt auf mich los. Ich war gerade am Kamin beschäftigt, das Feuer zu schüren, weil naßkaltes Wetter war und er die Wärme liebt. Er fährt also auf mich los und brüllt: Wer war hier, wer hat meine Papiere in den Händen gehabt? Ich sage so ruhig wie möglich: Niemand war da, wer sollte auch Ihren versperrten Schreibtisch öffnen? Er aber packt mich, schüttelt mich wie einen Pflaumenbaum, daß ich meine, die Seele fährt mir aus dem Leibe,

und schreit: Ja, man hat an meine Papiere gerührt, dieser Brief ist sogar fotografiert worden. – Ich war sprachlos, wie hat er es nur merken können? Ich bin doch vorsichtig zu Werke gegangen. Aber er ist eben ein geriebener Schuft. Siehst du den Fleck da, rieche – das ist Chlor, sagte er. Und er schrie und tobte weiter, dann ließ er den Zimmerkellner kommen und fragte ihn aus, aber englisch, dann wurde er ruhiger, und als der Kellner gegangen war, gab er mir ein Zwanzigfrancstück und sagte, es täte ihm leid, so heftig gewesen zu sein. Du bist zu dumm für das, was ich dir zutraute, fügte er hinzu.«

»Und du glaubst, daß er das wirklich dachte?« fragte Verduret.

»Ja, warum denn nicht?«

Nun, es scheint, daß du wirklich nicht sehr schlau bist.«

»Es kann schon sein, daß Ihre Meinung richtig ist. Er ließ sich nämlich diesmal nicht von mir fahren, sondern nahm den Hotelwagen.«

»Du bist ihm aber doch gefolgt?«

»Natürlich. Er begab sich zur Bank von Frankreich und dann zu einem Wechsler. Ich glaube, der Marquis trifft Reisevorbereitungen. – Das ist alles. Was habe ich jetzt zu tun?«

»Du mußt sofort nach Hause gehen, dein Herr wird deine Abwesenheit bemerkt haben, aber nichts sagen. Du fährst also fort ...«

Ein Ausruf Prospers, der am Fenster stand, unterbrach Verduret.

»Was gibt's?« fragte er.

»Clameran ...«

Mit einem Satz waren Verduret und Josef am Fenster. »Wo?«

»Dort an der Brücke, hinter dem Zelt der Orangenverkäuferin.«

In der Tat, der Marquis stand dort und lauerte. Er mußte seinem Diener unbemerkt gefolgt sein und wartete nun offenbar, bis er wieder aus dem »Erzengel« herauskäme.

»Du siehst nun, wie recht ich hatte«, sagte Verduret zu Josef, »nun hilft nur eins, der Bediente in der hübschen Livree muß verschwinden, geh zu deiner … ich meine zu Madame Alexandrine … du verstehst mich.«

Ohne ein Wort der Entgegnung verbeugte sich Josef und ging. Es dauerte keine zehn Minuten, da öffnete sich die Tür wieder, und statt des nettgekleideten Dieners mit dem frischrasierten freundlichen Gesicht trat ein sonderbar aussehender Mann ein. Er trug einen schäbigen schwarzen Anzug, der Rock war hoch zugeknöpft und ließ keinen weißen Halskragen sehen, dafür aber war die Krawatte wie ein Strick um den Hals gebunden, und der Hut, den der Mann zwischen den Händen drehte, war so fettig, daß man ihn hätte auskochen können. Mit einem Wort, Josef Dubois, der vornehme Lakai, hatte sich wieder in Fanferlot, den Polizeiagenten, zurückverwandelt. Bei seinem Eintritt erschrak Prosper, er erkannte den kleinen Mann, der bei seiner Verhaftung dabei gewesen war.

»Bravo«, sagte Verduret, »der Polizist, wie man ihn nicht schöner wünschen kann. Du hast mich richtig verstanden, mein liebes Eichhörnchen.«

Fanferlot errötete vor Vergüngen über das Lob seines Meisters. »Was habe ich jetzt zu tun?«

»Geh zur Hintertür hinaus und nimm auf dem Kai Aufstellung, aber so, daß dich Clameran bemerken muß. Er wird natürlich sofort die Polizei wittern und merken, daß, während er auf der Lauer liegt, er selbst verfolgt wird. Da wird er Reißaus nehmen und versuchen, dich auf eine falsche Fährte zu führen. Es gilt also, die Augen offen halten. Der Kerl ist schlau, laß ihn dir nicht entwischen.«

»Ei, ich bin doch kein Neuling!«

»Um so besser. Also rasch, es ist keine Zeit zu verlieren!«

Als Fanferlot sich entfernt hatte, nahmen Verduret und Prosper wieder ihren Beobachtungsposten am Fenster ein, aber noch ehe der Polizeiagent unten erschien, klopfte es an der Tür, und Nina Gypsy, jetzt Anna Dupont, trat ein.

Das arme Mädchen war gänzlich verwandelt. Früher lebhaft, fröhlich, heiter bis zur Ausgelassenheit, war sie jetzt ernst und still, und ihren schönen Augen konnte man es ansehen, daß sie in letzter Zeit viel geweint hatten.

Sie grüßte Prosper scheu wie einen Fremden und wandte sich sogleich an Verduret, der sie mit väterlicher Freundlichkeit empfing. »Nun, mein liebes Kind, was gibt es Neues?«

»Ich weiß nichts Bestimmtes, ich vermute nur, daß sich etwas Schreckliches vorbereitet. Madame Fauvel schleicht wie ein Schatten durchs Haus und sieht aus, als ob sie nicht mehr zurechnungsfähig wäre, und der Herr ist seit gestern ganz verwandelt. Sonst die Güte und Freundlichkeit selbst, ist er jetzt höchst gereizt und sieht aus, als müßte er sich gewaltsam zusammennehmen, um nicht loszubrechen. Seine Augen haben einen sonderbaren Ausdruck bekommen, der geradezu schrecklich wird, wenn sein Blick auf seine Frau fällt.«

»Habe ich es Ihnen nicht vorausgesagt, Prosper«, rief Verduret, »der unglückliche Mann hat sich beherrscht, hat Beweise gesucht und mag sie schon gefunden haben.«

»Ja«, sagte Nina, »so muß es sein, kein Zweifel, Monsieur Fauvel weiß alles.«

»Das heißt, er glaubt alles zu wissen, und das ist allerdings noch schrecklicher als die Wahrheit.«
»Jetzt verstehe ich erst den Befehl, den Monsieur Fauvel seinem Kammerdiener gegeben hat.«
»Was für einen Befehl?«
»Monsieur Cavaillon will gehört haben, wie Monsieur Fauvel den Kammerdiener beauftragte, ihm sämtliche Briefe, an wen sie auch seien, zu überbringen.«
Verduret schien das Gehörte zu überdenken. »Ich danke Ihnen, liebes Kind«, sagte er dann. »Gehen sie schnell nach Hause und beobachten Sie jede Geringfügigkeit genau, und wenn etwas vorfällt, benachrichtigen Sie mich sofort. Adieu.«
Aber Nina ging nicht sogleich. Sie hob schüchtern den Blick und fragte leise: »Und Caldas?«
Prosper fiel der Name, den er schon einmal, er wußte nicht mehr wann und wo, gehört hatte, auf. Er wollte eine Frage stellen, aber Verduret, der bei Nennung des Namens zusammengezuckt war, antwortete Nina: »Ich habe Ihnen versprochen, daß Sie ihn wiederfinden sollen, ich werde mein Wort halten – jetzt gehen Sie.«
Nachdem sich Nina entfernt hatte, schritt Verduret im Zimmer nachdenklich auf und ab. Er runzelte die Stirn, und sein Gesicht drückte schwere Besorgnis aus.
»Ich habe Sie wohl in schreckliche Verlegenheit gebracht?« fragte Prosper.
»Jawohl, schrecklich ist das richtige Wort dafür. Ich weiß nicht mehr, was ich tun soll – es ist Zeit, daß der Untersuchungsrichter ins Vertrauen gezogen wird. Kommen Sie mit, Monsieur Pertingent soll sich über die Bereicherung seiner Akte einhundertdreizehn wundern!«

22.

Wie es Verduret richtig vorausgesehen hatte, war die Wirkung von Prospers anonymem Brief furchtbar. Als Fauvel das Schreiben in die Hand bekam, fiel ihm sofort die Schrift auf. Sie war offenbar verstellt, und eine böse Ahnung beschlich ihn.

Mit zitternden Händen faltete er das Blatt auseinander und blickte zuerst nach der Unterschrift.

»Ein Freund.« – Was bedeutet das?

Fauvel las und war wie vom Donner gerührt.

War es möglich! Seine Frau untreu, seine Frau Hehlerin eines Diebstahls, dessen ein Unschuldiger angeklagt worden, seine angebetete Frau die Geliebte eines so unerhört gemeinen Menschen!

»Aber das ist ja nicht möglich!« sagte er sich, als er die erste lähmende Beklemmung abgeschüttelt hatte, »das kann ja nicht sein! Es ist eine Niedertracht, eine ehrlose Feigheit! Pfui!«

Und wütend ballte er den Brief in der Hand zusammen und warf ihn in den Kamin, in dem jedoch kein Feuer brannte. Er wollte an die Schändlichkeit nicht mehr denken und setzte sich zu seiner Arbeit an den Schreibtisch.

Allein die Gedanken wollten nicht gehorchen, immer wieder wanderten sie zu dem anonymen Brief.

»Ha, wenn ich wüßte, wer der Elende ist, der es gewagt hat, diese Verleumdungen zu schreiben!«

Er erhob sich, um das Papierknäuel wieder aus der Asche zu ziehen, vielleicht gelang es ihm doch, den Schreiber an der Schrift zu erkennen.

Er glättete das Papier, legte es vor sich auf den Schreibtisch und studierte die Schriftzüge eingehend, aber er fand keiner-

lei Anhaltspunkte. Nur als er die Zeilen nochmals und abermals las, wurde sein Vertrauen wieder schwankend.
»Nein«, sagte er, »ich kann diese Qual nicht länger ertragen, ich will Valentine diesen Brief zeigen.«
Er stand auf und schritt zur Tür. Plötzlich aber hielt er inne. »Wie, wenn es dennoch wahr wäre! Wenn sie mich elend betrügen würde ...«
Er ließ sich wieder auf seinen Sessel nieder und versank in tiefes, schmerzliches Nachdenken. Endlich faßte er einen Entschluß, er wollte seine Frau beobachten, wollte um jeden Preis die Wahrheit entdecken.
Schon nachmittags bot sich ihm eine günstige Gelegenheit, seine Nachforschungen zu beginnen. Seine Frau fuhr mit Madeleine spazieren, Lucien arbeitete neben dem Büro – er war allein. Rasch trat er in das Zimmer Valentines und öffnete die Kommode, in der sie ihr Geschmeide verwahrte. Es fanden sich darin nur etwa zehn bis zwölf leere Schmuckkästchen, alles übrige fehlte.
So hatte der anonyme Brief doch die Wahrheit berichtet!
»Nein, es ist nicht möglich, nicht möglich«, stöhnte er, und in seiner Herzensangst durchsuchte er auch noch die anderen Schubfächer – aber er fand nichts.
Vielleicht hatte seine Frau den Schmuck in Madeleines Zimmer verwahrt.
So unwahrscheinlich diese Annahme war, so klammerte er sich doch daran wie an einen Hoffnungsanker.
Aber Valentines Schmuck fand sich nicht. Fauvel entdeckte nun, daß auch Madeleines Juwelen verschwunden waren.
Also auch sie wußte von der Schmach, war sogar mitschuldig! Und nun erinnerte er sich, daß er seine Frau vor dem Ball bei Jandidier gefragt hatte, warum sie ihre Brillanten nicht trüge.

»Wozu?« hatte sie lächelnd geantwortet, »ganz Paris hatte schon zur Genüge Gelegenheit, sie zu bewundern. Übrigens passen sie nicht zu meinem Kostüm.«

Und das hatte sie lächelnd gesagt und war nicht vor Scham vergangen, die Falsche, die Elende!

Und Madeleine, das reine unschuldige Mädchen, wußte davon!

Gebrochen sank der der Mann auf einen Stuhl, Tränen traten in seine Augen und rollten langsam die Wangen herab.

Bald aber übermannte ihn wieder der Zorn, und alles in ihm schrie nach Rache.

Nach einiger Überlegung sah er ein, daß das Fehlen des Schmuckes noch keinen vollgültigen Beweis für die Treulosigkeit seiner Frau bildete. Er mußte sich also noch andere verschaffen.

Vorerst gab er dem Kammerdiener den Befehl, alle eingehenden Briefe ihm zu überbringen, dann sandte er an einen Geschäftsfreund in Saint-Remy ein Telegramm, in welchem er um genaue Mitteilungen über die Familie Lagors, namentlich über den Sohn Raoul, bat. Schließlich gehorchte er auch noch dem letzten Rat des anonymen Briefes und begab sich zur Polizei, um über Clameran Erkundigungen einzuziehen.

Aber die Polizei ist mit ihren Geheimnissen nicht freigebig. Fauvel wurde sehr höflich nach dem Zweck seiner Erkundigungen gefragt, und da er diesen nicht angeben wollte, ebenso höflich abgewiesen.

Als er wieder nach Hause kam, war das Antworttelegramm aus Saint-Remy schon eingetroffen, es lautete:

»Die Familie Lagors ist mittellos, ein Sohn Raoul ist hier unbekannt, Frau von Lagors hat nur Töchter.«

Fauvel war über diese Enthüllung fast rasend vor Schmerz und Wut. So viel Frechheit und Schamlosigkeit hätte er nicht einmal der verworfensten Person zugetraut! Und seine eigene Frau, die er wie eine Heilige verehrt hatte, wagte es, ihren Geliebten auf diese Weise in sein ehrbares Haus einzuschmuggeln. Und er, in seiner dummen Vertrauensseligkeit, hatte die Hand des Schurken gedrückt, ihm gar Geld geborgt!

»Wie werden sie sich über mich lustig gemacht haben«, sagte er sich, knirschend vor Zorn.

Und um das Maß voll zu machen, fiel ihm nun ein, daß Raoul der Freund seiner Söhne war.

Seine Söhne! Waren es überhaupt seine? Wenn Valentine ihn jetzt, nach mehr als zwanzigjähriger Ehe betrog, konnte er da überhaupt an ihre Treue glauben?

»Rache, Rache!« schrie alles in ihm, aber er mußte sich noch bezwingen, der Augenblick würde kommen.

Am nächsten Morgen überbrachte ihm der Kammerdiener, wie befohlen, die ganze Post. Hastig überflog er die Aufschriften, und richtig fand er einen an seine Frau gerichteten Brief mit dem Poststempel Vesinet.

Vorsichtig öffnete er den Umschlag und las: »Ich muß Dich dringend heute noch sprechen und bitte Dich, bestimmt zu kommen. Mündlich werde ich Dir die Gründe sagen, warum ich nicht bei Dir erscheinen kann.

Dein ganz ergebener Raoul.«

»Nun hab ich sie!« rief Fauvel, und in seinen Augen blitzte es unheimlich. Er nahm aus seinem Schreibtisch einen Revolver heraus und sah die Ladung nach. Dann faltete er den Verräterbrief wieder, schob ihn in den Umschlag und trug ihn hinaus ins Vorzimmer, wo er ihn auf die silberne Platte legte, die für Briefe bestimmt war.

Seine Abwesenheit war nicht von langer Dauer gewesen, aber sie hatte Nina, die nach der Weisung Verdurets Fauvel nicht aus den Augen gelassen, genügt, um ins Zimmer zu schlüpfen und die Kugeln aus dem Revolver zu nehmen.
»Damit ist die erste Gefahr wenigstens abgewendet«, sagte sie sich, »das übrige ist Monsieur Verdurets Sache.«
Dann eilte sie hinab, ließ sich Cavaillon herausrufen und bat ihn, schleunigst in den »Erzengel« zu gehen und den Freund von dem Vorgefallenen zu verständigen.
Eine Stunde später ließ Madame Fauvel anspannen und fuhr aus.
Und der Bankier folgte seiner Frau.
O Gott, dachte Nina, wenn Monsieur Verduret nur nicht zu spät kommt, sonst sind Madame Fauvel und Raoul verloren!

23.

Von dem Augenblick an, wo der Marquis von Clameran in Raoul ein Hindernis für seine Verbindung mit Madeleine sah, hatte er keinen anderen Gedanken, als »dieses Hindernis« zu beseitigen.
Schon am nächsten Tag hatte er Maßnahmen getroffen. Als Raoul nach Mitternacht zu Fuß nach Vesinet zurückkehrte, wurde er plötzlich auf der einsamen Straße überfallen.
Aber der junge Mann war gewandt und kräftig. Nicht umsonst hatte er in England allerlei Sport betrieben und sich unter den Boxkämpfern einen Namen gemacht. Es gelang ihm, sich seiner Angreifer zu erwehren und sie in die Flucht zu schlagen. Er selbst ging ziemlich unbeschädigt aus dem Kampf hervor.

Seit diesem nächtlichen Überfall wurde Raoul vorsichtiger und ging nie mehr ohne Waffen aus. Es kam ihm aber nicht in den Sinn, seinen ehrenwerten Oheim zu beargwöhnen.
Einige Tage später fing ein Unbekannter im Café plötzlich ganz grundlos mit ihm Händel an, warf ihm schließlich seine Karte ins Gesicht und sagte, er sei zu jeder Genugtuung bereit.
Der Kerl sah wie ein richtiger Raufbold aus. Auf seiner Karte stand:

W. H. B. JAKOBSEN
Früherer Garibaldianer
Ehemaliger Offizier der Südarmee
Italien – Amerika.

»Oh, oh, ein ruhmreicher Militär, der seine Würden wahrscheinlich im Fechtsaal erworben hat«, sagte Raoul lachend. Doch da die Beleidigung vor Zeugen stattgefunden hatte, mußte er sich mit dem zweifelhaften Gesellen schlagen.
Zwei Freunde Raouls begaben sich als Sekundanten zu Monsieur Jakobsen und vereinbarten mit seinen Zeugen die Duellbedingungen.
Am nächsten Morgen schon fand der Zweikampf im Vincenner Wäldchen statt, und schon beim ersten Gang wurde Raoul leicht verwundet.
Der Garibaldianer und Offizier der Südarmee wollte den Kampf bis zum Tod eines der Duellanten fortsetzen, und seine Sekundanten stimmten ihm bei, allein Raouls Zeugen behaupteten, der Ehre sei Genüge geschehen, und es sei überflüssig, das Leben ihres Schutzbefohlenen noch einmal aufs Spiel zu setzen. Damit war die Sache abgetan.
Raoul aber waren plötzlich die Augen aufgegangen. Er sah einen Zusammenhang zwischen dem nächtlichen Überfall

und dem erzwungenen Duell und erkannte die Hand, die die Fäden so geschickt lenkte.
»Also *so* ist es gemeint?« sagte er, »nun, der Schurke soll es büßen!«
Raoul besaß 400 000 Franc, damit wollte er sich begnügen und sich so schnell wie möglich von seinem gefährlichen Genossen trennen. Vorher aber wollte er ihn mitten ins Herz treffen und die Heirat mit Madeleine hintertreiben.
Das konnte nicht schwer fallen. Er mußte nur offen Madeleines Partei ergreifen, und um diesen Entschluß auszuführen, bat er Madame Fauvel um eine Unterredung.
Die arme Frau erschien mit Angst und Herzklopfen, sie war auf neue Forderungen, neue Drohungen gefaßt.
Aber Raoul war heute wieder der zärtliche, liebevolle Sohn. Er führte sie zu einem bequemen Sitz, kniete vor ihr nieder und bedeckte ihre Hände mit Küssen. »Arme Mutter, was hast du alles um meinetwillen leiden müssen! Vergib mir, ich bereue und ...«
Er konnte nicht weitersprechen, die Tür hinter ihm öffnete sich geräuschvoll, und Fauvel erschien mit erhobenem Revolver auf der Schwelle. Er war bleich, und es kostete ihn sichtlich eine übermenschliche Anstrengung, ruhig zu scheinen.
Bei seinem Anblick waren Valentine und ihr Sohn aufgesprungen. Fauvel aber lachte höhnisch auf. »Ich komme allerdings unerwartet«, sagte er schneidend.
Raoul hatte sich mutig vor Madame Fauvel gestellt, um sie zu schützen. Nur wollte er den offenbar eifersüchtigen Mann aus dem Irrtum reißen und sagte daher: »Glauben Sie mir, Onkel ...»
»Genug der Lügen und Schändlichkeiten«, unterbrach ihn Fauvel zornsprühend. »Die Komödie ist zu Ende!«

»Ich schwöre Ihnen ...«

»Schweigen Sie, ich weiß alles. Ich weiß, wo der Schmuck meiner Frau hingekommen ist, ich kenne den Urheber des Diebstahls, um dessentwillen Prosper eingesperrt worden ist!«

Madame Fauvel war in die Knie gesunken. Nun war der gefürchtete Tag doch gekommen! Vergeblich hatte sie Lüge auf Lüge gehäuft, hatte sich gesperrt – nun war das Unabwendbare hereingebrochen. Die Wahrheit kommt immer an den Tag!

»André«, stammelte sie, »ich beschwöre dich, verzeih!«

Bei dem Klang dieser einst so geliebten Stimme zuckte Fauvel zusammen. Die ganze Vergangenheit lebte in ihm auf. Wie eine Lichtgestalt war ihm Valentine von Laverberie einst erschienen, und er hatte sich für den glücklichsten der Sterblichen gehalten, weil sie seine Hand angenommen. Und zwanzig Jahre hatte er glücklich an ihrer Seite gelebt, sie auf den Händen getragen.

»Verzeihung, Verzeihung«, stöhnte die Unglückliche, die sich auf den Knien bis zu Fauvels Füßen geschleppt hatte. »Vergib mir, André, vergib!«

»Valentine«, sagte Fauvel traurig, mit tränenerstickter Stimme, »o Valentine, wie konntest du mir *das* antun, wie konntest du nur deine Ehre aufs Spiel setzen, so tief sinken!«

Wieder wollte Raoul den unheilvollen Irrtum, in dem sich Fauvel befand, aufklären und begann: »Erlauben Sie mir, Monsieur Fauvel ...«

Aber der Ton dieser Stimme genügte, um in dem beleidigten Gatten jede mildere Regung sofort zu ersticken. »Schweigen Sie«, rief er wild. Und nach einer Pause fügte er hinzu: »Ich bin gekommen, um euch zu überraschen und zu töten. Allein, ich habe mir zu viel zugetraut – ich bin kein Mörder. Nehmen Sie den Revolver, der dort am Kamin liegt, und verteidigen Sie sich.«

Raoul ergriff die Waffe.

»Barmherziger Himmel«, schrie Madame Fauvel und streckte flehend ihre gerungenen Hände empor, »töte ihn nicht, André, ich will dir alles bekennen.«

Das war für Fauvel zu viel! Das ehebrecherische Weib wagte es, für ihren Geliebten um Gnade zu flehen! Das Maß war übervoll!

»Zurück!« donnerte er und hob die Waffe.

Valentine aber sprang auf, breitete die Arme schützend um Raoul und rief: »Töte mich, ich bin die allein Schuldige!«

Da konnte sich Fauvel, wahnsinnig vor Eifersucht, nicht länger bezwingen und drückte ab – aber der Schuß versagte. Er gab ein zweites, ein drittes Mal Feuer, und er wollte eben ein viertes Mal losdrücken, als die Tür aufgerissen wurde, ein Mann hereinstürzte und ihm den Revolver entriß.

Verduret war's, den Cavaillon erst nach langem Suchen gefunden und der nun, von den schlimmsten Befürchtungen getrieben, nach Versinet gejagt war.

»Gott sei Dank«, rief er, als er Madame Fauvel noch aufrecht stehen sah, »sie ist nicht getroffen.« Er wußte nicht, daß Nina so klug und vorsichtig gewesen, die Kugeln aus dem Revolver zu entfernen.

Unterdessen hatte sich Fauvel von der ersten Überraschung erholt. »Lassen Sie mich«, rief er dem Fremden zu, »ich übe mein Recht aus.«

»Der anonyme Brief hat Sie getäuscht, danken Sie Gott, daß der Zufall Ihnen ein furchtbares Verbrechen erspart hat.«

»Da kann von keiner Täuschung die Rede sein«, versetzte Fauvel finster, »sie selbst bekennt sich schuldig.«

»Aber in anderem Sinne, als Sie meinen. Für wen halten Sie den jungen Mann?«
»Er ist ihr Geliebter!«
»Nein, er ist nicht ihr Geliebter, sondern – ihr Sohn!«
Raoul besaß genug Geistesgegenwart, um die Aussage des Fremden zu bestätigen. »Das ist wahr«, sagte er.
Der Bankier blickte wie geistesverwirrt von Verduret zu Raoul und dann auf seine Frau, die niedergebeugt dasaß, als erwarte sie ihr Todesurteil. Aber plötzlich durchzuckte ihn der Gedanke, daß das ein abgekartetes Spiel sei und man ihn betrügen wolle.
»Das ist nicht möglich«, stieß er hervor. »Beweise, schaffen Sie Beweise!«
»Die können Sie haben«, antwortete Verduret ruhig, »aber vorerst hören Sie.« Und rasch entrollte er in großen Zügen das von ihm aufgedeckte Drama.
Gewiß war die Wahrheit für Fauvel noch immer furchtbar, aber doch weniger gräßlich als das, was er geglaubt hatte. An dem, was er gelitten, konnte er seine Liebe zu seiner Frau ermessen. Sollte er eine so weit zurückliegende Schuld, die durch ein Leben der Aufopferung und soviel Leiden gesühnt war, nicht vergeben können?
Verduret hatte seinen Bericht längst geendet, und Fauvel schwieg noch immer. Sein Herz war zum Verzeihen geneigt. Gaston war tot, die Vergangenheit wäre ausgelöscht gewesen ohne den lebenden Zeugen einer vergangenen Schuld. »Und dieser Elende«, sagte er, seinen Gedanken laut Ausdruck gebend, »dieser Bube, der dich beraubt und mich bestohlen hat, ist dein Sohn!«
Madame Fauvel brach aufs neue in Tränen aus, aber an ihrer Stelle antwortete Verduret: »Madame glaubt es allerdings, aber in Wahrheit ist er es nicht. Man hat sie schänd-

lich betrogen, um sie desto leichter ausrauben zu können.«

Schon seit geraumer Weile war Raoul bemüht, sich geschickt der Tür zu nähern, um das Weite zu suchen. Aber in dem Augenblick, als er sich unbeobachtet wähnte und verschwinden wollte, drehte sich Verduret rasch um, legte ihm die Hand auf die Schulter und sagte: »Ei, wohin so schnell, junger Herr? Sie sind uns noch einige Aufklärungen schuldig, also müssen Sie schon noch bleiben.«

Der spöttische Ton war für Raoul wie eine Offenbarung. Jetzt erkannte er die Stimme, und entsetzt entfuhr ihm das eine Wort: »Der Bajazzo!«

»Jawohl, der Bajazzo, hier ist das untrügliche Zeichen, daß er es wirklich ist«, antwortete Verduret, indem er den Ärmel aufstreifte und die frische Narbe sehen ließ. »Erkennen Sie dies kleine Andenken? Ist es Ihnen erinnerlich, wie Sie mich nach dem Ball bei Jandidier auf offener Straße mit dem Messer überfielen?«

»O Gott, was werde ich noch alles hören müssen«, stöhnte Fauvel, »ist es noch nicht genug Schmach und Schande?«

»Beruhigen Sie sich, Monsieur Fauvel«, entgegnete Verduret, »und hören Sie den Schluß meiner Geschichte: Nachdem Louis von Clameran von Milhonne das Unglück der Komtesse von Laverberie vernommen hatte, begab er sich sofort nach England, um die Bäuerin, der das Kind übergeben worden war, aufzusuchen. Zu seiner Enttäuschung aber mußte er erfahren, daß der kleine Raoul Wilson mit achtzehn Monaten an der Bräune gestorben war.«

»Das ist nicht wahr«, fiel Raoul ein, »wer will das behaupten?«

»Wer? Die Behörden und Leute, die es wissen müssen«, versetzte Verduret. »Hier die beglaubigten Dokumente, die

Aussagen der Bauersfrau, ihres Mannes und von vier Zeugen. Hier der Auszug aus dem Geburtenregister, der Taufschein, und dies hier ist der Totenschein. Sämtliche Papiere sind, wie Sie sehen, nicht nur vom Notar, sondern auch von der französischen Gesandtschaft beglaubigt.«

»Das ist alles falsch«, sagte Raoul frech.

»So? Nun dann sagen Sie mir, was Sie von der kleinen Geschichte halten, die mir einer meiner Freunde, der eben aus London kommt und vorzüglich unterrichtet ist, mitteilte. Passen Sie gut auf, vielleicht kommt sie Ihnen bekannt vor. Ein Lord Murray, ein sehr reicher und freigebiger Mann, hatte einen Jockei namens Spencer, auf den er große Stücke hielt. Bei einem Rennen in Epsom stürzte aber der gewandte Jockei so unglücklich, daß er sich das Genick brach. Der Lord war verzweifelt, und da er selber kinderlos war, so nahm er sich des kleinen, damals vierjährigen Söhnchens Spencers an. Der kleine James war ein reizendes Kind und bezauberte Lord Murray so, daß er ihn wie einen Prinzen erziehen ließ. Bis zu seinem sechzehnten Lebensjahr betrug sich James zur Zufriedenheit seines Wohltäters, dann aber machte er schlechte Bekanntschaften und geriet auf Abwege. Sein gütiger Ziehvater vergab ihm wiederholt seine schlechten Streiche. Als er es aber gar zu bunt trieb und sogar Wechsel fälschte, da jagte ihn Lord Murray entrüstet aus dem Haus. Vier Jahre trieb sich James Spencer in den Londoner Spelunken herum und lebte vom Spiel und anderen dunklen Erwerbszweigen, als er mit dem Marquis von Clameran bekannt wurde. Dieser adlige Glücksritter bot ihm fünfundzwanzigtausend Franc an, wenn er eine Rolle in einem Lustspiel, das er aufzuführen gedachte, übernehmen wolle.«

Raoul hatte mit steigender Verwunderung seine eigene Geschichte aus dem Munde des Fremden angehört. Plötzlich wurde es ihm klar. »Sie sind ein Detektiv«, sagte er tonlos.

»Für den Augenblick bin ich nur Prospers Freund«, entgegnete Verduret, »von Ihnen wird das übrige abhängen.«

»Was verlangen Sie von mir?«

»Das gestohlene Geld, das Sie dort im Wandschrank aufbewahrt haben, und die Versatzzettel aus dem Leihhaus ebenfalls.«

Raoul sah, daß sein Spiel verloren war und daß ihm nichts übrig blieb, als zu gehorchen. Er entnahm daher dem Schrank einige Päckchen Banknoten und ein Bündel Pfandscheine und reichte sie Verduret.

Während dieser das Geld zählte, schlich Raoul leise zur Tür, öffnete sie rasch und schloß zu, da der Schlüssel von außen steckte.

»Er geht durch!« rief Fauvel.

»Selbstverständlich«, entgegnete Verduret ruhig, ohne auch nur den Kopf umzuwenden, »ich war überzeugt, daß er so gescheit sein würde.»

»Wie, Sie wollen ihn entkommen lassen?«

»Gewiß, oder wäre es Ihnen etwa lieber, die Geschichte an die große Glocke zu hängen? Soll es morgen in allen Blättern stehen, welchem Schurken Ihre Frau in die Hände gefallen ist?«

»Um keinen Preis!«

»Also lassen Sie ihn laufen. Er hat noch ungefähr fünfzigtausend Franc bei sich, damit kann er ins Ausland reisen, und wir werden nie mehr etwas von ihm hören.«

Fauvel erkannte, daß Verduret vollkommen recht hatte und er ihm mehr als das Leben verdankte. Er sagte bewegt: »Ich weiß nicht, wie ich Ihnen für den ungeheuren Dienst, den Sie mir erwiesen, danken soll.«

»Darf ich eine Bitte an Sie richten?« entgegnete Verduret.
»Sprechen Sie«, rief Fauvel, »alles, was ich habe, steht zu Ihrer Verfügung.«
»Ich bin, wie Sie gehört haben, Prospers Freund – helfen Sie ihm, seine Ehre wiederherstellen. Und dann noch eins: er liebt Mademoiselle Madeleine.«
»Ja, ich will ihm öffentlich Genugtuung geben, will seine Ehre wiederherstellen, und Madeleine soll seine Frau werden, das gelobe ich Ihnen.«
Verduret nahm seinen Hut und schickte sich zum Gehen an.
»Es bleibt Ihnen noch etwas zu tun übrig«, sagte er, »Ihre Frau ...«
»André«, flüsterte die arme Frau, »verzeih.«
Fauvel zögerte einen Augenblick, aber dann eilte er auf seine Frau zu, schloß sie in die Arme und sagte: »Nein, ich will nicht so töricht sein, gegen mein eigenes Herz zu streiten. Valentine, ich verzeihe nicht, nein, ich vergesse alles – mein geliebtes Weib!«
Leise entfernte sich Verduret und fuhr rasch nach Paris zurück.
Was sollte nun mit Clameran geschehen? Er durfte doch unmöglich ebenfalls straflos ausgehen wie Raoul! Verduret überlegte lange. Er sagte sich: Madame Fauvel darf nicht bloßgestellt werden. Daher ist es notwendig, daß von Oloron aus eine Anklage wegen Giftmords gestellt wird. Aber das kann nicht von heute auf morgen geschehen – und Clameran hat Zeit zu entwischen. Nun will ich einmal versuchen, ein Wörtchen mit ihm zu reden.
Es dunkelte schon, als endlich Verdurets Wagen vor dem Hotel Louvre hielt.
Vor dem Hotel drängten sich die Leute und wollten sich, trotz der Aufforderung der Polizisten, nicht entfernen.

»Was gibt's?« fragte Verduret.
»Ein halbnackter Mensch läuft auf dem steilen Dach herum«, antwortete man ihm. »Sehen Sie, jetzt ist er wieder bei der Dachluke. Mit der Behendigkeit eines Affen ist er hinaufgeklettert und hat dabei fortwährend ›Mörder, Mörder‹ geschrien.«
Der Mann sprach noch weiter, aber Verduret hörte längst nicht mehr, sondern drängte sich durch die dichtgekeilte Menge in den Hof des Hotels.
Wenn es Clameran wäre, dachte er. Wenn Angst und Schrecken dieses Verbrechergehirn zerrüttet hätten!
Als Verduret in den Hof gelangt war, erblickte er Fanferlot mit drei anderen Agenten.
»Was gibt's?« fragte er sogleich. »Ist es Clameran?«
»Jawohl. Als er mich heute früh am Kai erblickte, nahm er Reißaus und lief wie ein Rennpferd. Aber plötzlich machte er kehrt und eilte ins Hotel zurück. Wahrscheinlich wollte er sein Geld nicht im Stich lassen. Hier aber erblickte er meine drei Kameraden, er glaubte sich verloren, und da mag der Verstand ihm durchgegangen sein.«
Inzwischen hatte man Clameran durch einen Feuerwehrmann vom Dach herabholen lassen. Da er fürchterlich tobte, mußte ihm die Zwangsjacke angelegt werden, ehe er ins Krankenhaus gebracht werden konnte.
Verduret und Fanferlot folgten.
Der Arzt war eben damit beschäftigt, dem Kranken eine beruhigende Arznei einzuflößen, aber er sträubte sich und schrie, man wolle ihn vergiften.
»Der Fall ist sehr ernst«, antwortete der Arzt auf Verdurets diesbezügliche Frage. »Der Mann bildet sich ein, daß man ihn vergiften will, und wird jede Nahrungsaufnahme verweigern ...«

»Er büßt seine Verbrechen«, sagte Verduret leise und entfernte sich gedankenvoll.
»Was wird nun aus der Akte einhundertdreizehn werden?« klagte Fanferlot. »Ich habe Mühe und Unkosten ganz umsonst gehabt!«
»Die Akte wird allerdings nie aus dem Archiv herauskommen. Aber tröste dich, in den nächsten Tagen schicke ich dich mit einem Brief zu Monsieur Fauvel, und der Lohn für deine Mühe wird nicht ausbleiben.«

24.

Einige Tage später ging Monsieur Lecoq – der *offizielle* Lecoq, der wie ein Kanzleirat aussieht – in seinem Arbeitszimmer ungeduldig auf und ab und blickte alle Augenblicke auf die Uhr.
Endlich klingelte es, und Nina und Prosper erschienen.
»Monsieur Verduret hat uns zusammen hierherbestellt«, sagte Prosper.
»Bitte, wollen Sie sich einen Augenblick gedulden, ich werde ihn sofort benachrichtigen.«
Er ging und ließ die beiden allein. Sie saßen und sprachen kein Wort miteinander. Es dauerte eine geraume Weile, ehe Verduret erschien. Er hatte nicht seine gewöhnliche freundliche Miene, sondern sah so finster aus, daß weder Prosper noch Nina wagten, ihm freudig entgegenzustürzen.
»Ich habe Ihnen versprochen, das Geheimnis zu enthüllen«, sagte er, »und ich werde Wort halten – wenn es mir auch schwerfällt. Also hören Sie: Ich hatte einen Freund namens Caldas. Er liebte ein junges Mädchen und war so töricht zu glauben, daß auch sie ihn liebe, weil sie ihm alles verdankte ...«

»Ja«, rief Nina, »sie liebte ihn!«
»Sie liebte ihn so«, fuhr Verduret fort, »daß sie eines Tages mit einem anderen davonlief. Er war fast wahnsinnig vor Schmerz und nahe daran, sich umzubringen, aber er faßte sich und beschloß, Rache zu nehmen. – Und Caldas hat den Zerstörer seines Glücks, der durch seinen Unverstand und seine Charakterschwäche an dem Rand des Abgrunds stand, mit starker Hand zurückgerissen und ihn gerettet. – Verstehen Sie, Prosper? Wissen Sie, wer die handelnden Personen sind? Sie sind *alle* hier versammelt ...«
Und rasch riß er Perücke und Bart herunter.
»Caldas!« rief Nina.
»Ich heiße in Wirklichkeit weder Caldas noch Verduret, sondern ... ich bin Lecoq, der Sicherheitsagent.«
Prosper und Nina waren zu verblüfft, um ein Wort hervorbringen zu können. Lecoq aber fuhr fort: »Sie verdanken Ihr Heil nicht mir allein. Mademoiselle Madeleine war meine Bundesgenossin. Ich hatte ihr versprochen, daß Monsieur Fauvel nie etwas erfahren würde. Aber Sie haben durch Ihren anonymen Brief meine Vorsichtsmaßnahmen vereitelt. – Nun wissen Sie alles!« Er wollte in sein Schlafzimmer zurücktreten, aber Nina stürzte auf ihn zu und rief flehentlich: »Caldas, ich beschwöre dich ... ich bin so unglücklich ... ach, wenn du wüßtest ...!«
Prosper sah, daß seine Gegenwart überflüssig war, und entfernte sich leise.

Wenige Wochen später wurde die Hochzeit Madeleines und Prospers gefeiert, nachdem Fauvel den jungen Mann zu seinem Teilhaber gemacht hatte.
Die Firma des Bankhauses hieß nun:

André Fauvel und Prosper Bertomy.